L'immortel

En esperant des
nombreux anniversaires
futurs
Hubert
et Maman

Franz-Olivier Giesbert

L'immortel

À Marseille,
ma merveille

Avertissement

Écrire un roman, c'est faire du vrai avec du faux et du faux avec du vrai. Dans ce livre, toute ressemblance avec des personnages existants ou ayant existé n'est donc pas tout à fait fortuite. Je me suis inspiré de faits réels et, ensuite, j'ai tout inventé. Résultat : tout est vrai et tout est faux, comme dans les livres, comme dans la vie, comme à Marseille.

Prologue

C'était une de ces journées où le cagnard ramollit tout. Les réflexes, les conversations et tous les bruits qui se fondent dans la même rumeur flasque.

Charly réparait ses filets sur le port de Cassis. On aurait dit un vieux pêcheur professionnel, tant ses gestes semblaient naturels. Vêtu seulement d'une casquette et d'un maillot de bain, il s'était assis à même le quai, à côté de son bateau.

Ses yeux ne clignaient pas, ou peu. D'où un regard intense qui vous passait à travers : quand il vous observait, on était toujours tenté de se retourner. Le front large, le nez un peu busqué, deux grosses rides entre les sourcils, il semblait ruminer quelque chose mais avec un air débonnaire. On l'appelait l'Immortel.

Il ne vit pas arriver l'homme. Assez distingué malgré des sourcils abondants et des lèvres charnues, il avait, lui aussi, la soixantaine et transpirait des cordes sous son costume noir à rayures. Sa chemise et sa cravate étaient trempées comme des serpillières. C'était Martin Beaudinard, expert-comptable, ancien adjoint au maire et, depuis plusieurs années déjà, trésorier de l'Olympique de Marseille. Le meilleur ami de Charly Garlaban.

« Je t'ai cherché partout, dit-il en retirant sa veste. Pourquoi ne réponds-tu pas sur ton portable ? »

Charly leva les yeux qu'il plissa aussitôt, comme s'il réfléchissait, mais c'était à cause du soleil. Après un silence, il laissa tomber sur le ton de quelqu'un qu'on dérange :

« Tu vois bien que je suis occupé.

— Tu n'es pas raisonnable, Charly.

— Pourquoi ça ?

— Tu ne devrais pas t'afficher comme ça, sur le port, alors que ce jobastre de Vasetto veut te faire la peau. Tu vas finir par en prendre une. »

Alors que Charly retournait à ses filets, Martin Beaudinard reprit :

« Il est après moi aussi, tu sais. Je suis tout le temps suivi.

— Toujours par le même type ?

— Oui, le bossu dont je t'ai parlé.

— Je ne comprends pas. J'avais pourtant donné des instructions. »

Charly tendit son bras, puis :

« Passe-moi ton portable. Depuis le temps, tu devrais savoir que ça ne sert à rien de m'appeler sur le mien. Même le nouveau. Il est dans un bar et je m'en sers juste pour relever les messages. »

Charly avait décidé qu'un portable était un indic, doublé d'une balance. Il est vrai qu'il permet tout. De vous écouter. De vous localiser. De vous suivre à la trace. Même éteint, il vous trahit en vous faisant repérer. Il donne raison aux auteurs de science-fiction qui prédisaient qu'un jour toute l'espèce humaine serait pourvue d'un mouchard. Les bovins gardent une puce électronique à l'oreille, de la naissance à l'abattoir ; les gens, eux, ont désormais un portable à la main : c'est le même principe.

Après avoir composé un numéro en poussant un gros soupir, Charly dit à la personne qui décrochait :

« C'est moi... Je suis triste. »

Un blanc s'ensuivit, au bout de la ligne.

« Je suis même très triste, insista Charly.

— On ne fait pas toujours ce qu'on veut, Charly, répondit son interlocuteur après avoir marqué un nouveau temps d'arrêt.

— J'ai payé pour ce travail, non ?

— Tu as payé. La moitié. L'autre, ce sera après, comme on fait d'habitude.

— Donc, maintenant, tu dois régler le problème.

— Un problème, ça ne se règle pas d'un claquement de doigts, tu sais ça autant que moi, Charly. Il faut préparer les choses. Il faut s'organiser.

— Tu as déjà eu tout le temps pour ça.

— On n'est pas des surhommes.

— Écoute-moi bien, petit. Si tu ne règles pas ce problème d'ici la fin de la semaine, c'est toi qui va devenir un problème et tu sais ce que je fais avec les problèmes, moi, hé, tu le sais ?

— Oui, je le sais. Tu me donnes jusqu'à quand ?

— Vendredi. Sinon, je vais me fâcher et je n'aime pas quand je me fâche. Je fais des choses qui me déplaisent et que je regrette après.

— Te fâche pas, Charly, je t'en supplie. Je ferai le travail.

— Tu as intérêt. »

En disant ça, Charly avait un sourire sur les lèvres et une ironie dans la voix. C'était son truc : proférer ses pires menaces sur un ton badin, comme s'il fallait les prendre à la blague.

Charly interrompit la conversation au milieu d'une phrase de son interlocuteur qui continuait à protester de sa bonne foi.

En rendant son portable à Martin, Charly haussa les épaules :

« Bon, je suis sûr qu'il va très vite régler le problème, maintenant… »

Sur quoi, Charly se redressa lentement, en refusant l'aide de Martin Beaudinard qui lui tendait le bras. Il était fier quoiqu'un peu démâté depuis son « accident », le pauvre vieux. Quand il fut enfin debout sur ses jambes moulues, il proposa à l'expert-comptable de venir boire de l'eau, sur son bateau.

C'était un bateau de pêche, ridé comme une vieille pomme, qui avait l'âge où meurent les bateaux, mais Charly lui était très attaché, « personnellement », comme il disait. Il sentait le fuel, l'huile de graissage et le poisson pourri. Un chat gris et un chien jaune sommeillaient à l'ombre, tout près l'un de l,autre. Ils étaient tellement absorbés par leur activité qu'ils daignèrent à peine lever une paupière quand Charly et son ami s'amenèrent.

Pendant que Charly sortait deux bouteilles d'eau de la glacière, Martin Beaudinard demanda :

« Tu en as réglé combien, de problèmes, dans ta vie ? »

Charly répéta, comme s'il ne comprenait pas la question :

« Combien ? »

Il ferma les yeux, sans doute pour signifier qu'il se concentrait, puis murmura :

« Est-ce que je sais, moi ? Je n'ai jamais compté.

— Mille ?

— Sûrement pas. Quelques dizaines, tout au plus.

— Allez, au moins cent. Regarde déjà combien tu viens de calibrer de types en quelques semaines. Un vrai massacre.»

Charly n'aimait pas cette conversation et changea brusquement de sujet :

« Sais-tu que mon nouveau chat est alcoolique ?

— Tu m'as dit ça, l'autre jour.

— Le soir, il me fait tout un cirque si je ne lui ai pas donné un peu de bière. Figure-toi qu'il boit même du vin, maintenant. Tu veux voir ? »

Sans attendre la réponse, Charly prit une bouteille de vin dans la glacière et en versa une rasade dans l'écuelle du chat qu'il appela en faisant des bruits de baiser.

Le chat se précipita sur l'écuelle et but son vin d'une traite. Le chien qui l'avait suivi se contenta de humer puis de laper une rinçolette, à tout hasard, avant de repartir dépité. L'autre continua à lécher le récipient longtemps après qu'il fut vide avant de réclamer une nouvelle tournée avec des miaulements revendicatifs.

« Pas question», dit Charly qui lui fit signe de dégager.

Le chat s'exécuta, la queue relevée et le poil hérissé. L'alcool le rendait agressif. Il retrouva sa place auprès du chien, sur le pont.

« C'est drôle, reprit Charly, un chat qui s'appelle Coca et qui est alcoolique.»

Charly aimait les bêtes. À la manière d'un saint François d'Assise qu'il paraphrasait volontiers, il les considérait comme ses frères et sœurs. Déjà, quand il était en classe de quatrième au lycée Thiers de Marseille, l'année où Martin Beaudinard devint son meilleur ami, il avait sauvé un moineau tombé du nid. Jamais il ne s'en séparait. En cours, l'oiseau ne quittait pas sa poche. Mais chez ses parents, il adorait picorer dans les assiettes ou se poser sur les cheveux de son bienfaiteur. Un farceur qui savait rester raisonnable quand il le fallait. Un jour, il avait disparu et Charly ne s'en était pas remis. C'était un sentimental qui ne se remettait jamais de la perte des siens.

Il avait toujours prévu de se retirer un jour dans une ferme du côté de Sisteron, dans les Alpes-de-Haute-Provence. Des pots-de-vin aux élus de tous bords ont permis aux grandes surfaces de proliférer partout ou presque en Provence. Un cancer qui détruit les commerces des centres-ville, distillant ainsi, dans les rues vides, une peur sourde qui profite à l'extrême droite. Sisteron restait l'une des rares exceptions, dans la région. Charly comptait finir sa vie par là-bas, au milieu des bêtes. Des ânes et des chèvres, surtout. Il y pensait de plus en plus, ces temps-ci. C'était sa patantare, ce rêve d'un ailleurs qui nous fait tous vivre. Tous les jours ou presque, il passait en revue les petites annonces immobilières du quotidien *La Provence*.

« Tu devrais te couvrir le chef », dit Charly en tendant une casquette à Martin qui, après l'avoir enfilée, retira sa chemise qu'il mit à sécher sur le bord.

L'amitié, c'est de l'amour, mais sans les mots, les serments et tout le reste. C'est plus reposant. Charly et Martin se connaissaient depuis une cinquantaine d'années. Eussent-ils quelque chose à se dire, ils n'avaient pas besoin de se parler. Ils pouvaient rester des heures ensemble sans ouvrir la bouche.

C'est ce qu'ils firent pendant une vingtaine de minutes, assis sur le bord du bateau, à l'ombre de la cabine, en se laissant bercer par l'eau molle du port. Jusqu'à ce que Charly dise :

« Je crois que je vais me ranger.

— Tu dis toujours ça mais tu ne pourras jamais.

— Il faut que je quitte Marseille avant que Marseille me quitte.

— Fais attention, Charly.

— J'ai jamais fait attention. Ce n'est pas à mon âge que je vais commencer.

— T'as quand même pas oublié ce qui t'est arrivé au parking d'Avignon. Moi, je crains que, le jour où tu prendras ta retraite, tu ne fasses plus peur et que le jour où tu ne feras plus peur, eh bien… »

Les paroles suivantes se perdirent dans le mistral qui se levait. Charly ne lui demanda pas de répéter. Il connaissait par cœur le discours de Martin qui, ne voulant pas qu'il dételle, le lui servait souvent avec passion. À croire que son intérêt avait pris le pas sur la fidélité : son cabinet d'expert-comptable était devenu l'un des plus gros de Marseille grâce à son truand d'ami.

« La peur, t'as raison, y a que ça de vrai, dit Charly. Dans les boîtes, les portes s'ouvrent devant nous, les tables se dégagent, les filles nous badent et le champagne coule à flots. D'un clin d,œil, on fait la pluie et le beau temps. Alors, évidemment, on s'encroit, on s'écoute pisser, nos chevilles enflent. C'est là que les malheurs commencent. Les voyous sont rarement à la hauteur. Souvent, ce ne sont rien que des minus, des roudoudous… »

Le chien se leva et quémanda un ba qu'il reçut avant de lécher, en retour, les lèvres de son maître.

« On fait quand même un drôle de métier, reprit Charly. On amasse de l'oseille toute sa vie mais on ne peut jamais en profiter vraiment. Sinon, on se fait coffrer par les poulets qui vous demandent d'où elle vient. On a beau acheter des tickets de tiercé gagnants à des caves, pour la blanchir, ça ne suffit jamais vraiment. En plus de ça, une fois qu'on est entré là-dedans, souvent par hasard, on ne peut plus en sortir. C'est une damnation, le Milieu. T'es condamné à y rester et même à crever dedans. Si tu décides de t'arrêter pour de bon, tu peux être sûr qu'un jour, quelqu'un viendra frapper à ta porte pour venger son père, son frère ou son oncle, adieu pays. Et pourtant j'ai envie d'autre chose, de vraie vie. Tu comprends, cousin ? »

Charly disait ça sur le ton de celui qui a bien l'intention de vivre jusqu'à sa mort. Elle l'attraperait vivant et encore, rien qu'à regarder ses yeux perçants, on pouvait douter qu'elle l'attrapât un jour.

PREMIÈRE PARTIE

L'assassin frappe trois fois

1

Mort à Venise

*« Comme tu as fait, il te sera fait.
Tes actes te retomberont sur la tête. »*
Ancien Testament

C'était un vendredi soir, à Venise. Il régnait une grande agitation sur la place Saint-Marc. Le printemps donnait des ailes aux pigeons et les mâles faisaient la roue devant les femelles. Quand ils ne s'entretuaient pas.

De temps en temps, si on n'y prenait garde, on pouvait buter sur un cadavre de pigeon, la tête en sang, les yeux crevés, la langue rougie et pendante. Tels sont les effets de l'amour. Du moins chez les pigeons.

Chacun des trois cafés de la place avait dressé devant sa devanture une estrade recouverte où un petit orchestre jouait des airs connus du répertoire classique ou populaire, c'était selon. D'où une certaine cacophonie, au total plutôt plaisante.

Après avoir hésité un moment, Ange Papalardo avait choisi d'inviter Lorraine à s'asseoir à la terrasse du café Florian. Ce serait sûrement le plus cher, à cause de toutes les gloires passées qui avaient posé leur cul sur ses fauteuils. Mais bon, il était très amoureux, Ange.

C'est au moment précis où il s'asseyait qu'il aperçut quelque chose qui le terrorisa. Une silhouette, un visage, un regard, il n'aurait pas su dire quoi. Sa bouche s'assécha d'un coup et son dos dégoulina de suées, tandis que ses yeux fouillaient dans la foule pour vérifier qu'ils avaient bien vu ce qu'il lui sembla voir, mais non, l'ombre s'était déjà fondue dans la masse.

« Y a un problème ? » demanda Lorraine.

Ange Papalardo ne répondit pas. Il vérifia son nœud de cravate, pour se donner une contenance.

« Quelque chose ne va pas ? insista-t-elle.

— Non, ce n'est rien. Juste ce maudit mal de crâne.

— Mon pauvre chéri. »

Sur quoi, Lorraine l'embrassa. Elle l'embrassait tout le temps, pour un oui pour un non. Il aimait ça comme il aimait sa façon de le bader, avec l'innocence de l'admiration.

Elle avait la vingtaine. Lui, la quarantaine. Ils n'étaient pas du tout assortis. Autant elle semblait un pur produit des beaux quartiers de Marseille, autant il incarnait le nouveau riche mal dégrossi. Habillé dernier cri, la montre tape-à-l'œil, les dents trop parfaites pour être vraies.

Ange Papalardo était l'un des lieutenants de Rascous, numéro un du Milieu marseillais. Il avait des oursins dans les poches, le patron. Jamais un centime sur lui. D'où son surnom qui, selon le *Dictionnaire du marseillais* publié par l'académie de Marseille, signifie : « 1. Avare, pingre, radin. 2. Teigneux. Du provençal *rascous*, *rasclous*. »

Il ne fallait pas se fier au front bas d'Ange Papalardo ni à son nez écrasé de boxeur. Malgré les apparences, ce n'était pas un truand à l'ancienne mais un homme plutôt fin qui lisait des romans, allait au théâtre et savait déchiffrer les comptes d'exploitation. Avec ça, fils et petit-fils de policiers. Il en avait gardé une passion effrénée de la vérité qu'il savait extorquer à la pince ou à la décharge électrique, avec une maestria incomparable, à tous les ennemis de son boss. Il ne l'aurait jamais avoué, fût-ce sous la torture, mais il pensait que le Rascous n'était pas à la hauteur. Trop cupide, trop inculte, trop premier degré. Souvent, on aurait dit qu'il avait perdu la tête, le patron. Quand il piquait ses crisettes, par exemple, et qu'il prétendait « fumer » tous ceux qui se mettaient en travers de son chemin. Les policiers, les juges et les truands concurrents.

Même s'il faisait tout pour le lui dissimuler, Ange savait que le Rascous l'avait percé. On ne supporte jamais le mépris de ses subordonnés. Dans la pègre, c'est même quelque chose qui ne pardonne pas. Ange se sentait donc en danger, ces temps-ci. Il voulait prendre du champ. Il y a longtemps qu'il y songeait mais c'était devenu une obsession depuis qu'il avait rencontré Lorraine, quinze jours auparavant. Une étudiante en droit, fille d'un des plus gros promoteurs immobiliers de Marseille.

L'idylle était née lors d'une fête de mariage, dans une somptueuse propriété, sur l'avenue du Prado. Tout le monde était là : la politique, la pègre, l'immobilier, le football, les affaires. Dès qu'il l'avait vue, Ange s'était avancé vers elle, la gorge sèche et les jambes flageolantes, avant de dire, les yeux baissés : « Mademoiselle, je suis désolé de vous importuner, mais voilà, je voudrais vivre le reste de ma vie avec vous, m'endormir avec vous et me réveiller avec vous. Je ne vous demande pas de me répondre maintenant mais simplement de me donner ma chance… »

Lorraine la lui avait donnée. Ange l'avait emmenée à Venise avec l'idée qu'il était maintenant un autre homme et commençait une nouvelle vie. Pas un instant il n'avait songé à emporter une arme avec lui. Depuis qu'il avait aperçu furtivement l'ombre de la place Saint-Marc, il se demandait s'il ne fallait pas regretter cette folie. Mais bon, l'amour guidait ses pas, désormais, et il adorait lui obéir.

Après qu'ils eurent bu la tasse du chocolat chaud que s'étaient enfilée avant eux Lord Byron et tant de célébrités du temps jadis, Ange Papalardo invita Lorraine à faire un tour en gondole. Ils la prirent du côté du palazzo Grassi et elle s'enfonça aussitôt dans le ventre clapotant de Venise. C'était bien. Ballotté par les eaux, il ne pensait plus à l'affreuse vision de tout à l'heure. Il ne pensait plus qu'à embrasser encore et encore la femme de sa vie.

Quelques jours plus tôt, lors de leur premier rendez-vous, dans un restaurant du Vieux Port, le lendemain de son coup de foudre, Ange avait tout dit à Lorraine de ses activités avant de lui promettre de se retirer très vite. Dans les affaires, il en avait la bosse. Ou bien dans la brocante, c'était sa passion. Ou encore dans la restauration, il possédait déjà une pizzeria à La Ciotat.

Elle avait alors laissé tomber : « Nous sommes comme Roméo et Juliette. Sauf que nous réussirons, nous. »

Ange avait aimé la comparaison. C'était un grand romantique. Alors que le gondolier les observait avec

22

l'autorité de l'habitude, il était revenu là-dessus :
« Les obstacles sont si grands entre nous qu'on est condamnés, pour les vaincre, à un amour immense.

— Éternel », avait-elle précisé, parce qu'à son âge, on n'a jamais peur de rien.

La nuit tombait, une nuit de pleine lune qui éclaboussait les murs et les canaux d'une lumière savonneuse. Elle n'éclairait pas suffisamment pour permettre à Ange Papalardo d'identifier l'homme en imperméable qui se trouvait en bas du pont vers lequel leur gondole approchait. Il se tenait raide comme la mort. On aurait dit une sentinelle ou une statue.

Il sifflotait un air de *La Tosca* de Puccini, « E lucevan le stelle ». Sans doute le seul morceau de musique à pouvoir tirer des larmes aux pierres.

Quand, enfin, il reconnut l'homme à l'imperméable, le visage d'Ange se recouvrit de sueur et sa bouche resta bée, un instant, avant qu'il hurle :

« Tu ne sais pas ce qui s'est passé. Écoute-moi avant de faire une bêtise… »

Il se leva à moitié, dans une position de supplication, tandis que l'homme sortait de sa poche un Glock 9 mm avec un silencieux.

« C'est quoi, ça ? cria Ange. Tu es fou ! »

Son cœur battait des cymbales dans sa poitrine. Les coups retentissaient dans tout son corps. Dans les tempes, en particulier. Il ne s'entendait plus, avec tout ce bruit au-dedans de lui.

Alors que le gondolier, conscient de la gravité de la situation, tentait une marche arrière, Ange, la vue brouillée par la sueur qui coulait dans ses yeux, essaya un dernier argument :

« Il faut que je t'explique. Ça ne te prendra pas de temps. Trois minutes, pas plus. Donne-moi une chance !

— Ordure, est-ce que tu m'en as donné une, à moi ? »

Le coup partit. Ange Papalardo reçut la balle en plein front et sa carcasse dingua au fond de la gondole où, après un soubresaut, elle retrouva la sérénité qu'apporte généralement l'au-delà.

Recouverte d'un mélange de sang et de cervelle, Lorraine resta un long moment interdite, avec un rictus de stupéfaction, la bouche ouverte. On aurait dit une petite fille qui vient de renverser sur elle un pot de confiture de groseilles.

Avec ses yeux laiteux, c'est elle qui semblait la plus morte des deux.

2

Les canards du bois de Boulogne

*« La vie, ça finit toujours
par devenir mortel. »*
Jehan Dieu de la Viguerie

Le corbeau se dandinait dans l'herbe en surveillant son quatre-heures du coin de l'œil. Un caneton qui restait toujours éloigné de sa mère. L'insouciance et l'innocence incarnées. Il avait trois jours tout au plus mais déjà un jabot à avaler les mares et les poissons. Tout lui faisait ventre. C'est pourquoi il traînait.

Sa mère l'appelait de temps en temps. Elle avait beaucoup à faire avec ses sept petits. Ils nageaient en tous sens sur le cours d'eau argenté qui serpentait entre les lacs du bois de Boulogne. On aurait dit que le monde leur appartenait. Mais aucun ne prenait autant de risques que le futur quatre-heures du corbeau.

Le caneton s'était approché dangereusement du bord et s'apprêtait à grimper sur la terre ferme pour engloutir le papillon jaune qui le narguait. C'était le moment, c'était l'instant. Tendu comme un arc, le corbeau s'élançait pour décoller quand il reçut un morceau de silex qui le fit tomber à la renverse. Même pas le temps de se relever. Une autre pierre le plaqua au sol et une troisième lui écrasa la tête.

Franck Rabou afficha un sourire de satisfaction. Décidément, il avait la main. C'était son troisième corbeau de la journée. Encore quelques semaines à ce rythme-là et le bois de Boulogne, qui était infesté de cette racaille ailée, redeviendrait ce qu'il n'aurait jamais dû cesser d'être, si les autorités avaient fait leur travail : un havre de paix pour les canetons.

Il allait examiner de près sa dernière victime quand il aperçut quelqu'un passer dans les fourrés, devant lui. Il n'y prêta pas attention et donna un léger coup de pied au corbeau pour vérifier qu'il était bien mort. Mais non, il bougeait encore. Franck Rabou posa donc le pied sur la tête du volatile et effectua plusieurs mouvements circulaires dessus afin de la lui broyer. Il allait s'arrêter pour constater l'étendue des dégâts infligés à l'oiseau quand il revit la personne de tout à l'heure, dans le clair-obscur du bois. De face, cette fois. Il la reconnut tout de suite.

C'était la mort. Qu'est-elle, en effet, sinon quelqu'un qui vient vous chercher, un beau jour, alors que vous êtes en train de vaquer tranquillement à vos occupations ? Vêtu d'un jean troué et d'un blouson de cuir noir, l'homme semblait avoir un rendez-vous, ou attendre un taxi. Apparemment, il avait tout son temps. Il chantonnait « L'apertura » de *Nabucco* de Verdi. Franck Rabou ne pouvait voir son regard mais, resté dans l'ombre, il pouvait l'imaginer. Un regard comme un canon de fusil.

Rien ne passa sur le visage émacié de Franck Rabou. Juste un froncement de narines pour neutraliser le picotement perpétuel qu'il éprouvait dans la cloison nasale, comme tous les cocaïnomanes. C'était un petit homme taillé dans des sarments, la peau sur les os : on voyait la Bonne Mère à travers. Froid et méthodique, il ne connaissait pas la peur. C'est pourquoi on l'avait surnommé « le Cobra », à Marseille. Quelques jours plus tôt, il avait même été assez culotté pour rompre les amarres avec le Rascous, c'était dire. Il ne le sentait plus et avait décidé de se reconvertir dans le proxénétisme à Paris où il comptait pas mal de relations. Il avait six filles qui faisaient le tapin pour lui dans le bois de Boulogne. Des grosses, des bombes, des vieilles, il y en avait pour tous les goûts et tous les prix. Un boulot tranquille, qui pouvait rapporter gros. Il fallait juste surveiller le cheptel et relever les compteurs.

L'homme s'approcha et dit :

« Et alors ?

— Et alors ? répéta le Cobra avec un petit sourire crispé.

— Qu'est-ce que tu racontes ?

— Je n'ai jamais rien raconté à personne de ma vie ce n'est pas aujourd'hui que je vais commencer. »

Il fallait gagner du temps. C'est la première règle quand on n'a aucune chance. Jouer la montre. Ne pas s'affoler. Ne rien précipiter. C'est ainsi, parfois, que l'on finit par reprendre la main.

Franck Rabou regrettait donc d'avoir fermé tout de suite la discussion. Lui qui était si peu causant, il se ferait violence, maintenant. Il engagerait la conversation. Il balancerait des choses, au besoin. S'il voulait se sortir de là, il devait à tout prix intéresser l'homme au blouson. L'endormir, et le captiver en même temps pour qu'il s'approche, toutes défenses baissées. Et là...

Le Cobra avait en effet une arme. Un couteau à cran d'arrêt avec une lame dentelée. Avec ça, il avait tranché des tas de gorges en moins de temps qu'il ne faut pour l'écrire. Sa technique était aussi rapide qu'efficace. Quand la cible se trouvait à la bonne distance, ça marchait à tous les coups.

« Depuis le temps, dit le Cobra, ça fait tellement bizarre...

— C'est vrai que ça fait un bail.

— Où étais-tu passé ?

— Tu le sais bien, dit l'homme.

— On a dit que tu étais parti aux États-Unis pour te soigner. Je suis sûr que tu t'es plu là-bas. C'est un pays pour toi.

— Peut-être. »

L'homme au blouson n'avait pas fait un pas dans sa direction. Le Cobra était tenté, par instant, de détaler mais il lui fallait chasser cette idée de sa tête. C'eût été suicidaire. Il se serait pris un pruneau, ça ne faisait pas un pli. Mieux valait lanterner et puis saisir l'opportunité quand elle se présenterait.

« C'est bien, l'Amérique, dit le Cobra. Beaucoup moins étriqué que chez nous en France.

— En France, à Paris, tu veux dire ?

— Oui.

— Parce que Marseille, pour moi, c'est déjà l'Amérique.

— C'est vrai. »

Franck Rabou hochait la tête, avec l'expression de concentration et les yeux baissés d'un béni-oui-oui, mais ça ne collait pas avec son personnage. On voyait bien qu'il regardait par-dessous.

28

« À Marseille, reprit le Cobra, c'est comme en Amérique : y a moins de mépris qu'ailleurs. Même les putains y sont mieux traitées qu'à Paris.

— Je ne comprends pas, dit l'homme au blouson avec un air de deux airs. Pourquoi t'as quitté Marseille, alors ?

— Parce que je n'avais pas le choix. Mais je regrette Marseille, tu sais.

— Tu regrettes Marseille, répéta l'autre, comme s'il n'en croyait pas un mot.

— Je vais y retourner bientôt, j'ai décidé. Il faut que je me rapproche de mes enfants.

— Tu as des enfants ?

— Deux pitchouns. Trois ans et cinq ans.

— Comment s'appellent-ils ?

— Charles et Mélanie. »

Voilà. L'homme au blouson était ferré. Il allait maintenant se laisser amener là où il fallait. Pour preuve, il fit un pas, hésita un moment, puis avança de trois. Il était en plein jour, désormais, et le soleil du soir éclairait sa gorge que le Cobra fixait intensément en se mimant intérieurement tous les gestes : la main dans la poche, le couteau dans la main et la lame dans la gorge. Il l'enfoncerait bien profond par le bout, dans le sens de la largeur, avant de la ramener d'un coup, comme on fait pour saigner les moutons. Du coup, il trancherait aussi les cordes vocales et il n'y aurait pas de cri. Le tout prendrait une seconde, à peine plus. Moins, sans doute, qu'il n'en faudrait à l'autre pour sortir son flingue et tirer.

En attendant, il était urgent de poursuivre la conversation et le Cobra reprit sur le même ton de panouille :

« Y a un de mes enfants qui a un cancer. Mon fils. Dans la vie, chacun a sa croix. C'est la mienne. Je n'en peux plus. »

Là, il en avait trop fait. S'inventer deux enfants, pourquoi pas ? Mais jouer avec le cancer, ça pouvait porter malheur. Quelque chose comme un regret passa dans son regard et l'homme au blouson, doté d'un œil de laser, le perçut tout de suite. Il décida de tirer la chose au clair :

« Tu es sûr que tu as des enfants, toi ?

— Oui, pourquoi ?

— Tu n'as pas une tête à avoir des enfants. »

Alors, l'homme au blouson sortit un pistolet automatique équipé d'un silencieux et tira. Sous l'impact, le Cobra ouvrit la bouche avec une expression d'étonnement stupide, la même que celle de Lee Harvey Oswald, l'assassin de John Fitzgerald Kennedy, quand Jack Ruby lui tira dessus.

Après ça, il poussa un cri, une sorte de glapissement plaintif. Il essaya de boucher avec ses mains le trou sanglant qui grandissait sur sa chemise. La cause était perdue d'avance, mais il insistait.

L'homme au blouson tira une deuxième balle. C'était la bonne. Elle traversa la tête en faisant couler, dessous, une sorte de gelée blanche.

La mort rend rarement intelligent mais là, elle exagérait. On aurait dit un débile profond. Il se tortilla un peu, comme s'il avait la colique, hoqueta vaguement et puis mourut, sous le regard de l'homme au blouson que le spectacle semblait trister.

Quand un promeneur retrouva le corps de Franck Rabou, à la tombée de la nuit, il avait toujours la bouche ouverte et deux corbeaux picoraient Dieu sait quoi dedans.

3

Mortel cimetière

« Quoi de plus dangereux que
de se faire tuer ? »
Boris Vian

Depuis qu'il était parti de Marseille, Bastien Paolini avait toujours roulé au-dessus de la vitesse auto-
risée. En ralentissant, ça va de soi, aux abords des
radars dont il connaissait les emplacements. Pour les
autres, tous ces pièges à honnêtes citoyens que dressait partout la gendarmerie française, pas de problème. Il avait un appareil, évidemment interdit à la
vente, qui lui annonçait le danger en poussant des
couinements électroniques.

Il regardait régulièrement sa montre. Il était en
retard. Certes, de pas grand-chose. D'une petite
dizaine de minutes, pas plus. Mais il détestait être en
retard. Tout, chez lui, était toujours chronométré. Ça
commençait le matin avec le réveil à 7 h 30, le petit
déjeuner à 7 h 35, la douche à 7 h 50 pour un départ
de la maison fixé à 8 heures et ça continuait ainsi
toute la journée. Il vivait à la minute près et ne tolé-

rait pas les exceptions. La nuit, il fermait la lumière à 1 h 20, quoi qu'il arrive.

Cet homme était un puits d'angoisse, ça se voyait comme le nez au milieu de la figure. Dans son regard, surtout, qui était souvent déchirant. Depuis la mort de sa mère, il y a si longtemps déjà, sa montre était la seule chose au monde qui pouvait le rassurer. Pour être précis, il eût fallu dire ses montres car il était collectionneur et en changeait comme de chemise ou de femme.

Bastien Paolini était un grand balèze d'une cinquantaine d'années, de la catégorie des mammifères marins. Le nez en forme de proue. Les pieds comme des palmes. Les bras qui semblaient des pagaies. Au vrai, il ramait. Il avait passé sa vie à ramer. Tout était démesuré chez lui. Ses membres dont il ne savait pas quoi faire, ses excès de vitesse, légendaires à Marseille, et puis son obstination qui en avait bluffé plus d'un.

Officiellement, il était conseiller en communication d'une petite chaîne de salons de coiffure. Il avait un bureau et même un numéro de téléphone. Mais si on l'appelait à son bureau, on avait toutes les chances de tomber sur sa messagerie. Il ne passait à son travail qu'une fois par an, et encore. Il avait trop à faire. Il était le bras droit du Rascous.

C'était l'homme des planques et des missions délicates dont il s'acquittait toujours avec doigté. Pourvu de toutes les compétences techniques et d'un sens de l'organisation peu commun, il était devenu l'un des meilleurs experts marseillais en filatures et sonorisations. Une référence internationale, pour ainsi dire. C'est pourquoi il était passé à travers les balles des dernières guerres des gangs. Il imposait le respect, ce qui est, dans le Milieu, la meilleure garantie de survie.

Après avoir pris le rond-point de Mérindol, Bastien Paolini gara sa BMW, à gauche, devant le cimetière et regarda sa montre : 15 h 08. Il poussa un soupir. Il n'avait pas rattrapé son retard. À peine sorti de sa voiture, il marmonna un juron qui se perdit dans le vent : « Tron de l'air, » secoua la tête à plusieurs reprises, avec une mimique enfantine, puis bloqua la fermeture automatique des portes.

Il entra dans le cimetière et monta tout au long, vers la gauche, pour s'arrêter devant une tombe de marbre blanc, belle et sobre, sur laquelle était inscrit :

« Frédéric Paolini, 1979 – 2001 »

C'était son fils. Un étudiant surdoué qui faisait des étincelles à la School of Economics de Harvard. La fierté de son père. Il avait été assassiné lors d'un séjour à Marseille. Au fusil à canons sciés, haché à la chevrotine, comme un petit truand. C'était un message, comme on dit. Sauf que Bastien Paolini ne l'avait pas compris. Des années plus tard, lui, le roi des micros discrets, ne savait toujours pas qui avait commandité le crime.

Bastien Paolini aimait se dire que son chagrin serait moins lourd à porter s'il avait pu tuer de ses mains le meurtrier de son enfant unique. Surtout, après l'avoir fait bien souffrir. En lui crevant les yeux, par exemple. Ou bien en lui arrachant les ongles, comme savait si bien le faire le regretté Ange Papalardo, Mozart de la chose, à sa grande époque.

Mais après des années d'enquête, il lui fallait reconnaître qu'il tournait en rond. Il avait bien quelques soupçons, soit. Mais de pistes, point. C'était la première fois de sa vie qu'il n'arrivait pas au bout d'un dossier alors que c'était, de tous, celui qui lui tenait le plus à cœur. Rien que d'y penser, il avait des rats dans la tête. Il n'avait cependant pas dit son dernier mot. Il ne le dirait pas tant qu'il n'aurait pas retrouvé celui qui, en tuant son fils, lui avait brisé son avenir et enlevé le goût de vivre.

Il ne s'en remettrait pas, il le savait. Mais, en un sens, tout ça l'avait rapproché de son fils : jamais il ne lui avait autant parlé que depuis qu'il était mort. Souvent, il faut que les siens meurent pour que l'on commence à communiquer vraiment.

Rien au monde ne lui aurait fait rater son rendez-vous hebdomadaire avec Frédéric. Tous les lundis, à 15 heures, qu'il pleuve ou qu'il vente, il allait se recueillir sur sa tombe, à Mérindol. Il y restait une vingtaine de minutes. À prier, rêvasser ou conjecturer. À jurer aussi. Parfois, à trépigner. De rage et d'impuissance.

Il était à peine arrivé devant la tombe qu'il entendit des pas derrière lui, en même temps qu'une voix qu'il reconnut tout de suite, une voix chaude et grave :

« Non, mais t'as vu l'heure ? Qu'est-ce qui t'arrive ? Ta montre s'est arrêtée ? »

Bastien Paolini se retourna, le cœur battant du tambour. Un homme coiffé d'un chapeau de paille s'amenait vers lui, un sourire aux lèvres et un sac en plastique à la main.

« Mon déjeuner a duré trop longtemps, répondit Bastien.

— Je te reconnais plus.

— C'était un flic. J'ai essayé de lui tirer les vers du nez sur la mort de mon fils. Je n'arrivais pas à en décoller.

— Il ne t'a rien demandé en échange ?

— Non, rien. Mais je lui ai déjà rendu un grand service. L'an dernier, j'ai trouvé un boulot à sa fille dans une boîte de pub à Paris.»

Il y eut un silence. Les deux hommes semblaient se jauger et s'épier en même temps.

« Qu'est-ce que tu es venu faire ? finit par demander Bastien, la bouche soudain sèche de peur. Tu as quelque chose à me dire ? »

Nouveau silence. En guise de réponse, l'autre sifflota un air de *Rigoletto* de Verdi, « Tutte le feste al tempio». Après ce qui était arrivé à Ange Papalardo et Franck Rabou, ces derniers jours, Bastien Paolini savait ce qui l'attendait s'il ne réagissait pas. Il allait passer sa main sous sa veste quand l'homme au chapeau de paille l'arrêta :

« Non, pas ça, connard. Tu te tiens tranquille, compris ?

— Compris.»

L'homme avait sorti une arme équipée d'un silencieux, qu'il pointait en direction de Bastien qui leva ses mains tremblantes en protestant :

« Tu ne vas pas faire ça, dis ?

— Tu m'as déçu, tu sais.

— Je n'ai plus ma tête depuis la mort de mon fils.

— Ce n'est pas une excuse. Tu m'as déçu quand même.

— Désolé.

— Moi aussi, je suis désolé.»

Après quoi, l'homme au chapeau de paille tira. Bastien Paolini fut projeté en arrière et sa tête se fracassa contre la tombe de son fils qu'elle macula de sang.

Il resta un moment à trembler, on aurait dit de froid, les yeux grands ouverts, comme s'il regardait venir la mort, avec des spasmes qui lui traversaient tout le corps. Ensuite, il sembla reprendre le dessus, pointa une main en direction de son assassin et commença à parler mais ce fut juste du jus de sang qui sortit de sa bouche. Il reçut alors le coup de grâce en plein front.

Le petit vent tiède qui courait dans le cimetière emporta vite l'odeur de poudre. L'homme au chapeau de paille avait à peine fait quelques pas en direction de la sortie que l'air était déjà revenu à la normale. Il sentait comme toujours à Mérindol, trois saisons sur quatre, un mélange de thym, de foin coupé et de caramel brûlé.

4

Les démangeaisons de la commissaire

« Cette époque est désaxée. »
William Shakespeare

La commissaire Sastre n'aimait pas son patron.
Un ramenard à cheveux longs, toujours tiré à quatre
épingles, avec un accent pointu à mourir de rire.
Avec ça, vétilleux, couard et tateminette. Un Parisien.
Le comble, c'était son haleine de fromage. Livarot,
maroilles ou camembert, ça dépendait des jours.
Mais c'était du vrai fromage. Au lait cru, fermenté et
bien coulant. Du lourd.

Avant de frapper à la porte de son bureau, Marie
Sastre s'arrêtait toujours un instant, le cœur battant,
en se demandant si elle ne pouvait pas remettre cet
entretien à plus tard, et puis non, comme elle n'avait
pas froid aux yeux, elle finissait par se lancer, l'air
conquérant, le sourire aux lèvres.

Quand elle entra, le directeur de la police judiciaire de Marseille ne daigna pas lever les yeux.
C'était son habitude, à Jean-Daniel Pothey. Il tenait
toujours à montrer qu'on le dérangeait. On aurait dit

qu'il commençait à faire ses signatures ou à ranger ses papiers dès que quelqu'un pénétrait dans son bureau. La commissaire Sastre resta debout jusqu'à ce qu'il lui fasse signe de s'asseoir d'un geste agacé, sans même la regarder.

Il se passa bien une bonne minute avant qu'il ne lève la tête ou plutôt le menton, car c'était la pièce maîtresse de son visage, une sorte de grande pelle qui lui valait sans doute son surnom : le Bulldozer. Il était de très mauvaise humeur. Il avait la dent contre Marseille, comme d'habitude. Il lui vouait même une haine absolue.

« Quel scandale, cette grève des poubelles ! s'exclama-t-il. On ne peut même plus marcher sur les trottoirs. Et je ne parle pas de l'odeur ! Y a qu'à Marseille que ça arrive, ce genre de choses. Des types qui travaillent dix heures par semaine et qui, en plus de ça, veulent qu'on les augmente. C'est du délire ! »

Il leva un sourcil comme s'il attendait une phrase, une approbation. Marie Sastre détestait qu'il parle comme ça de Marseille. Elle ne savait quoi dire. Elle finit par murmurer :

« C'est le système.

— Vous parlez d'un système ! "Fini-parti", qu'ils appellent ça, je crois ? »

La commissaire Sastre opina et le patron reprit :

« Les éboueurs partent dès qu'ils ont fini leur secteur, si j'ai bien compris. Total, ils font quelques rues à la grosse en roulant à pleins gaz, quitte à écraser les enfants au passage, pour retrouver bobonne ou leur deuxième boulot. Je résume bien la situation, commissaire ?

— Il me semble.

— C'est à cause de ce genre de pratiques que Marseille va mourir, voyez-vous. Sous des monceaux d'ordures. Un jour, il y aura une épidémie, vous verrez. De peste, de grippe aviaire, d'un truc africain ou d'autre chose. C'est écrit. »

Elle s'attendait à ce qu'il parle encore de la prescience de Louis XIV qui, après la construction des deux forts Saint-Jean et de Saint-Nicolas, censés protéger Marseille, avait fait pointer les canons, non pas vers le large, mais sur les quartiers populaires de la ville. C'était une de ses histoires préférées. Eh bien, non. Il marqua une pause avec l'air de regarder une mouche et la commissaire sauta sur l'occasion pour tenter d'aborder le sujet qui l'avait amenée :

« Je suis venue vous dire que...

— Et la mairie qui va encore baisser son froc devant les éboueurs, si elle en a encore un, ce qui reste à prouver ! Quand j'entends dire que Marseille est un modèle pour la France, franchement, je me marre.

— Je voulais vous parler de l'assassinat de Bastien Paolini.

— Il n'y a qu'une seule chose de bien à Marseille : les femmes. J'adore les Marseillaises. Elles ont la niaque. »

Un silence, puis :

« L'affaire de Mérindol ? Bien sûr, j'ai suivi ça de très près, commissaire.

— J'ai du neuf, dit Marie Sastre.

— Il n'y a qu'ici que l'on tue dans les cimetières. Vous ne pourriez pas imaginer ça ailleurs. Jamais. »

La commissaire se racla la gorge pour signifier qu'elle allait dire quelque chose d'important :

« Je pense que le meurtre de Mérindol est lié à ceux d'Ange Papalardo, le mois dernier, et de Franck Rabou, il y a quinze jours.

— Dit comme ça, c'est intéressant mais je ne vois pas où ça nous mène : nous avons un tueur en série qui opère tous les quinze jours dans le monde de la pègre. Bon. Et alors ?

— Alors, les trois victimes sont des hommes du Rascous.

— Le Rascous vient peut-être de découvrir qu'il y a un indic ou un traître dans son équipe, dit Jean-Daniel Pothey en se grattant le dos à l'aide d'un coupe-papier. Il procède donc à un grand nettoyage de printemps. Ce ne serait pas la première fois.

— En effet, souffla Marie Sastre.

— Je crois savoir, en plus, que les liens s'étaient distendus avec au moins deux des trois victimes, Rabou et Papalardo. Vous avez une autre hypothèse, commissaire ?

— Deux autres. Si le Rascous ne fait pas de ménage dans son camp, ce qui est possible, mais pas certain du tout, il faut aller chercher du côté de ses ennemis : Charly ou bien le Pistachier. Je voudrais les interroger. Le Pistachier, surtout. »

Le Pistachier était le principal concurrent du Rascous pour le contrôle de Marseille. Un homme à femmes et un polyglotte au flegme ironique qui était passé, depuis longtemps, du stade artisanal au stade international, important de la came, des cigarettes et du pétrole pour lequel il affrétait des tankers. Selon le *Dictionnaire du marseillais* de l'académie de Marseille, pistachier signifie : « 1. Coureur de jupons. 2. Petit arbre (*Pistacia vera*, Anacardiacées) qui n'est plus guère présent en Provence où il était autrefois

largement cultivé pour la production de pistaches.»
Explication : « Il existe des arbres pistachiers mâles
et des arbres femelles : aussi, il est d'usage de planter
un arbre mâle entouré de plusieurs dizaines d'arbres
femelles. D'où le sens 1.»

Jean-Daniel Pothey s'enfonça dans son fauteuil et
pianota sur son bureau :

« Le Pistachier, Charly, le Rascous… Comme vous
y allez ! Toujours aussi pressée, la Marie ! Vous avez
envie de faire la une des journaux, n'est-ce pas ? »

Marie Sastre n'aimait pas ce ton et le signifia tout
de suite à son patron :

« Je fais simplement mon métier, monsieur le
directeur. Les deux hommes ont un mobile. C'est le
Rascous qui a tenté de faire assassiner Charly dans
un parking d'Avignon l'an dernier.

— Permettez-moi de vous dire que rien ne le
prouve, absolument rien. Je connais bien ce dossier.

— C'est en tout cas ce qui se dit dans le Milieu,
insista Marie Sastre.

— Ce qui s'y dit n'est pas parole d'Évangile. En
plus de ça, Charly Garlaban a quand même été bien
amoché après la fusillade dont il a été la victime.
C'est un invalide, pour ainsi dire. Incapable d'assassiner trois tueurs à la suite.

— Je ne crois pas. Souvenez-vous qu'à peine sorti
de sa convalescence, il a été surpris dans un quatre-
quatre, armé jusqu'aux dents, devant le domicile de
Rascous. On a même réussi à le coffrer quelque
temps pour port d'armes prohibées.

— Oui, je me rappelle, commissaire.»

Elle l'avait énervé. Il commença à chantonner en
rangeant des papiers sur son bureau. Mauvais signe.
Elle rétropédala sur un ton doucereux :

« Je comprends vos doutes, mais j'essaie toutes les pistes, que voulez-vous.

— La précipitation est toujours mauvaise conseillère.

— Je suis bien d'accord avec vous. C'est pourquoi nous devons explorer la piste du Pistachier. Lui aussi a un mobile. C'est le Rascous qui nous a donné, il y a quelques années, les renseignements nous permettant de le faire tomber.

— Ça, c'est indubitable. Où en est-il, de sa peine ?

— Il a encore six mois à purger.

— Vous pensez qu'il a les moyens de frapper, après sept ou huit ans de prison ?

— Cinq ans. Il paraît que c'est le grand chef, aux Baumettes. Je ne crois pas qu'il soit hors circuit. »

Jean-Daniel Pothey passa ses mains sur les yeux, comme pour prendre une décision, puis laissa tomber :

« Faut-il vraiment empêcher tous ces gens de s'entretuer ? Finalement, ça se discute.

— C'est une conception. »

Il se leva et s'approcha d'elle en murmurant :

« D'une certaine manière, ces gens-là maintiennent l'ordre dans la ville, vous savez. Ils la nettoient sans arrêt des petites frappes et des mabouls de la gâchette qui la mettraient vite à feu et à sang si on les laissait proliférer. Les braqueurs de bar-tabac, les assassins de bijoutiers. Et puis, ne nous racontons pas d'histoires, ils assurent la sécurité des bars et discothèques. Tous les patrons d'établissement de nuit disent la même chose : "Je paye, j'appelle quand il y a une bagarre, ils sont là dans l'instant et ils me règlent le problème. La police, le temps qu'elle arrive, si jamais elle arrive, ma boîte a eu le temps de brûler plusieurs fois". »

Des effluves de son haleine effleurèrent les narines de Marie Sastre qui tremblèrent. On aurait dit un vieux munster oublié depuis plusieurs jours dans un placard, un été de canicule. Il ne manquait que les vers.

« En plus, reprit-il, vous n'avez rien contre eux. Pas l'ombre d'un élément. Sachez, ma petite, que, même si on est à Marseille, on reste en France, jusqu'à nouvel ordre, et que la France est un État de droit. On ne peut pas placer les gens en garde à vue pour un oui ou pour un non, parce qu'on en a envie, il faut vous rentrer ça dans la tête. »

Qui cherchait-il à protéger ? Était-il juste mal luné ? L'odeur du munster empêchait la commissaire de se concentrer. Dieu merci, le directeur s'éloigna, regarda un paquebot entrer dans le port de la Joliette, puis retourna à son fauteuil, tandis que la conversation se poursuivait.

« Je voulais juste vous informer, dit-elle, que je comptais interroger ces gens-là dans le cadre de mon enquête. Parce que je sais que ça peut avoir un certain retentissement médiatique, il me semblait convenable de vous prévenir.

— Réfléchissons un peu, si vous le voulez bien. Pour le Pistachier, je crois qu'il faut laisser tomber. Il est à l'ombre : c'est ce qu'on appelle un alibi en béton. Je ne vois pas l'intérêt.

— Ça vaut la peine d'essayer, monsieur le directeur. On n'a rien à perdre.

— Si, justement. Nous avons beaucoup à perdre. Notre réputation de sérieux, notamment. Je sais qu'il est beau garçon, qu'il a du charme, qu'il fait craquer les filles, et je comprends tout à fait votre désir de le rencontrer mais je pense que ça ne nous sera d'aucune utilité. Donc, ma réponse est non, en tout cas, pas tout de suite, puisque vous avez bien voulu me demander mon avis.

Après un silence qu'il mit à profit pour se sucer une dent, Jean-Daniel Pothey reprit :

« Au fait, je déjeune avec le préfet et le procureur tout à l'heure. Qu'est-ce que je peux leur dire s'ils m'interrogent sur les meurtres ?

— Parlez-leur de la balistique.

— Bonne idée, la balistique. Et alors ?

— Nos collègues parisiens et italiens m'ont adressé les éléments d'autopsie et d'expertise balistique. Ces trois meurtres ont été commis avec des pistolets automatiques calibre 9 mm. L'étude des stigmates de tir permet d'établir qu'il s'agit de trois armes différentes, mais que chaque fois l'assassin s'est servi d'un Glock. C'est ce qu'attestent les traces de percussion et d'extraction sur les douilles. Les experts sont formels.

— Merci commissaire. »

Il était rare qu'il remercie. C'était le moment ou jamais de capitaliser. Marie Sastre revint à la charge :

« Laissez-moi au moins interroger Charly Garlaban. Je sens que tout ça a un lien avec la fusillade d'Avignon.

— Je réfléchis et je vous rappelle. »

Sur quoi, Jean-Daniel Pothey se redressa d'un coup sur son fauteuil et saisit le combiné de son téléphone. C'était sa façon de congédier ses visiteurs.

Les contrariétés donnaient toujours des démangeaisons à Marie Sastre et cet entretien l'avait contrariée. Trois ans déjà qu'elle travaillait à la Brigade de répression du banditisme (BRB) sous les ordres de ce malotru. Elle n'en pouvait plus. En sortant du bureau, elle fut saisie d'une crise de mangeance, comme disait sa mère, et se gratta le dessous de l'oreille jusqu'au sang. Après quoi, elle se sentit mieux.

Quand elle arriva à son bureau, deux étages en dessous, le téléphone sonnait. C'était le patron. Sa voix était empreinte d'une fausse euphorie quand il dit :

« Allez, c'est bon, Marie. Vous pouvez interroger Charly.

— Merci, monsieur le directeur. »

Elle se gratta encore le dessous de l'oreille mais, cette fois, de bonheur.

Deuxième partie

Mort et résurrection
de Charly Garlaban
(17 janvier – 3 mai 2005)

5

Vingt-deux balles pour un seul homme

*« Rien ne vous atteindra, hormis
ce que Dieu vous destine. »*
Le Coran

Avignon, un an et quelques plus tôt, le 17 janvier 2005

Ils étaient huit dans deux voitures garées l'une contre l'autre au troisième étage du parking des Halles, au cœur d'Avignon. Le visage grave, les maxillaires serrés.

La plupart étaient chargés de cocaïne : ça se voyait à leurs yeux, des yeux de chouette, fixes et perçants. C'est ce qui permettait d'évacuer la peur, avant les opérations.

Huit fantômes de la mort. On les aurait tout de suite repérés si les vitres de l'Audi et de la Renault Espace n'avaient été teintées : impossible de voir à travers. Elles étaient si noires que ça donnait aux deux véhicules quelque chose de funéraire.

Il y avait de tout dans les deux voitures : des malabars, des gringalets et même des personnages à qui on aurait donné le bon Dieu sans confession.

Chacun avait une arme à la main. Pour les traditionalistes, c'était un Colt 45, chargé au 11.43 : c'est généralement avec ça que les truands se châtient, en Provence. Pour les modernes, c'était un Glock 9 mm, aussi efficace mais bien moins encombrant.

Il régnait une grande tension à l'intérieur des véhicules. Pas un bruit, pas un mot. De temps en temps, un raclement de gorge, et encore, à peine amorcé, sitôt réprimé. Un silence d'hôpital, la nuit, dans le couloir des derniers soins.

Chacun regardait droit devant soi sans bouger la tête. En face, de l'autre côté de l'allée, il y avait la voiture de celui qui devait bientôt y passer. Une BMW noire, prête à bondir.

Chaque seconde poussait l'autre en prenant son temps, comme au ralenti, et c'est ça, sans doute, qui provoquait le malaise. La peur suintait sur plusieurs visages, répandant sa petite odeur acide. Le front en eau, les lèvres sèches, les mains tremblantes, l'un des conjurés avait même l'air effaré. Il se mangeait les couilles, comme on dit à Marseille.

« Bon, c'est pas tout, mais nous, on n'a pas que ça à faire. Qu'est-ce qu'il fout, cet enculé ? »

L'homme qui avait parlé, installé à l'avant de l'Audi, semblait être le chef. Son siège était bien tiré à l'arrière pour qu'il prenne ses aises et les autres l'écoutaient humblement, trop humblement.

« Jusqu'au bout, ce rien aura été un rien et même un rien du tout, toujours à se ficher du monde. Un cafalot. »

Un portable vibra dans l'Audi. Le chef présumé marmonna quelque chose qui ressemblait à un OK puis souffla à l'adresse des autres :

« Bon, ça y est, la pourriture arrive. »

Même scénario, quelques secondes plus tard, dans la Renault. Celui qui avait pris l'appel dit à voix basse :

« Les gars, c'est le moment de prouver qu'on est des hommes. On va se le charcler comme il faut. »

Plusieurs secondes s'écoulèrent, comme des siècles, qu'ils mirent tous à profit pour enfiler les cagoules. Le silence devint plus lourd encore, si c'était possible. Un silence à entendre les tombes pousser.

L'homme s'amena enfin. La soixantaine hâlée, la démarche souple, l'air décidé, il portait un T-shirt, un jean et des baskets. Dans un sac en plastique qu'il tenait à la main ballottaient un portable, un passeport, un porte-monnaie, le journal du jour, un paquet de cigarettes et le trousseau où tintinnabulaient les clefs de ses différents domiciles.

C'était Charly Garlaban.

N'était la violence qui émanait de son regard bleu ciel, il aurait pu passer pour un touriste, tant il exsudait l'insouciance et le bonheur de vivre. Il venait de rendre visite à sa mère qui habitait près de là, place de l'Horloge. Il passait la voir au moins une fois par semaine. Souvent, pour déjeuner, comme ce jour-là où elle lui avait servi une escabèche, sa grande spécialité. Une sorte de terrine composée de plusieurs couches : d'abord, des oignons bien rissolés ; ensuite, des filets de sardines grillées ; enfin, des feuilles de menthe fraîche. Vous empilez les couches les unes sur les autres avant de les arroser de vinaigre et vous vous en souviendrez toute votre vie.

Charly Garlaban avait encore un goût de menthe dans la bouche.

Il était arrivé devant la porte de sa BMW quand six hommes giclèrent des deux voitures pendant que les chauffeurs, restés au volant, mettaient simultanément les moteurs en marche.

Charly, qui avait senti le danger, venait d'ouvrir précipitamment la porte de sa voiture pour monter dedans quand une pluie de balles s'abattit sur lui. Il protégea sa tête de ses deux bras dans la position de l'enfant qui veut prévenir les coups.

Sans succès. Une balle lui perça l'arrière du crâne et ressortit par la bouche. Deux autres suivirent la même trajectoire, mais un peu plus bas, fracassant sur leur passage une partie de la mâchoire. Une balle lui brisa l'omoplate, une deuxième, le poignet, une troisième, le coude, et une quatrième, l'avant-bras.

L'énumération des balles reçues serait trop longue pour ne pas être fastidieuse. On mentionnera quand même, pour en finir, celle qui entra dans le cou et rata la carotide d'un cheveu.

En quelques secondes, Charly Garlaban était devenu un grand lambeau de chairs pantelantes, du gruyère de viande, une estrasse sanglante.

Il avait reçu vingt-deux balles dans le corps quand un homme encagoulé s'approcha et, après avoir constaté l'étendue des dégâts, laissa tomber :

« Il est cuit.

— Cuit ou mort ? dit une voix derrière lui.

— Mort, mort.

— On a assez traîné. Allez, zou, on s'arrache ! »

Sur quoi, les six hommes s'engouffrèrent dans les voitures qui démarrèrent en trombe. Les pneus crissèrent affreusement dans les colimaçons de la descente. Des hurlements d'épouvante.

Charly Garlaban se releva lentement sans un cri ni même une plainte, avant de faire quelques pas d'une démarche de somnambule. Il était en sang, mais seulement au-dessous des yeux. Il parvenait donc à se repérer.

Pas beaucoup. Souvent, du blanc obstruait sa vue, sous forme d'éclairs, de taches ou de traînées. Il allait de travers comme un soûlard et semblait toujours sur le point de valdinguer. Il était condamné avec ses vingt-deux balles dans le coffre, mais non, il refusait de le reconnaître et s'appuyait contre une voiture, une Nissan blanche qu'il maculait de sang.

Il paraît que, dans ces moments-là, on voit redéfiler sa vie ou que s'impose dans votre tête un visage, généralement celui de sa mère.

Le grand-père de Charly, un ancien de 14-18, lui avait dit que le dernier mot des soldats qui mouraient au feu était presque toujours le même : « Maman ».

Il ne dit pas : « Maman ». Il ne songeait qu'à vivre. Il respirait à grandes goulées et soufflait très fort, comme pour chasser la mort qui lui rouiguait les chairs.

Il tomba, soudain, sur deux damotes chapeautées, tout de noir vêtues, du genre mange-Bon-Dieu.

« Attention, dit la première, vous ne voyez pas que vous salissez tout !

— Oh ! mon pauvre monsieur, fit la seconde, on dirait que ça ne va pas du tout… »

Tandis que Charly, à bout, se laissait glisser le long de la portière pour ne pas s'étaler d'un coup, une des mamets sortit son portable de son sac à main et appela les secours qui arrivèrent quelques minutes plus tard.

Après quoi, elle s'agenouilla près de Charly et lui dit en lui attrapant la main :

« Ne vous en faites pas, on s'occupe de vous. »

C'est alors qu'il s'affaissa, avec la bouche ouverte, la langue pendante, du vomi de sang sur les lèvres, et puis aussi quelque chose d'indéfinissable qui forçait le respect.

Il y eut un silence de mort.

6

La résurrection du corps

« Quand, à plus de cinquante ans,
on se réveille sans avoir mal
partout, c'est qu'on est mort. »
Archibald Davenport

Hôpital de la Conception, à Marseille,
cinq jours plus tard, le 22 janvier 2005

À peine avait-il entrouvert les yeux qu'il les referma, se croyant passé au-delà. Pour preuve, il ne souffrait pas. Au contraire, il nageait dans la douce euphorie que procure la morphine, cette petite sœur de la mort.

Il sourit de bonheur.

En cinq jours, il avait rencontré beaucoup de monde. Des vivants ou des morts, il ne savait plus très bien. Il ne connaissait pas la plupart. C'est fou ce que votre tête peut être peuplée quand elle n'a plus rien à quoi penser. Une volière, mais silencieuse.

Quand il rouvrit les yeux pour de bon, quelques minutes plus tard, il comprit qu'il était à l'hôpital.

D'abord, à cause de l'odeur, cette odeur de propreté clinique, si dure à supporter, qui est sans doute l'une des pires choses que doivent endurer les personnels hospitaliers. Ensuite, à cause des aiguilles de perfusion dont son avant-bras gauche, le seul valide, était criblé et qui déversaient goutte à goutte le contenu de poches en plastique accrochées au-dessus de lui. Sans parler des tubes qu'on lui avait fourrés dans le nez et la bouche, l'un d'eux étant relié à une machine qui faisait un bruit d'aspirateur : l'assistance respiratoire.

Il inspecta un moment le monde autour de lui, les machines, les écrans, les tuyaux puis se rendormit dans le même état de félicité.

Lorsqu'il se réveilla longtemps après, Charly Garlaban entendit une voix de médecin qui semblait venir de l'autre monde et qui disait :

« Comment vous sentez-vous, monsieur ? »

Est-ce qu'il savait ? Comment pouvait-il répondre, au surplus, avec un tube dans la bouche ? Il finit quand même par hocher un peu la tête en fermant les yeux.

« Vous avez eu de la chance, dit le médecin. Vous aviez une artère tranchée par une balle quand vous êtes arrivé aux urgences. Si elle n'avait pas été bouchée par un caillot de sang, vous y passiez. »

Charly grogna quelque chose derrière son tube.

« Ne vous en faites pas, reprit le médecin. Maintenant que vous êtes sorti du coma, on va vous enlever tout ça. »

Il posa sa main sur le bras valide de Charly, puis :

« Vous êtes un miraculé, monsieur. Il est vrai que vous avez une sacrée constitution. Vous étiez si tendu que la dose de curare qu'on vous a injectée pour vous endormir n'a pas suffi. On a dû en rajouter. C'est extrêmement rare, vous savez. Vous ne vous en souvenez sûrement pas mais on a même commencé à vous opérer à vif. Vous perdiez tellement de sang, vous comprenez. On n'avait pas le temps d'attendre. On a ligaturé les artères qui étaient touchées alors que vous étiez conscient... »

Le médecin avait une tête de grenouille, une grenouille à lunettes avec des cheveux coiffés en brosse et une raideur d'officier parachutiste. Avec ça, avenant et débonnaire. Il raconta à Charly tout ce qu'il avait subi, au parking des Halles, puis à l'hôpital d'Avignon et, enfin, à la Conception de Marseille où il venait d'être transféré. Les vingt-deux balles. Les deux opérations successives qui seraient suivies de beaucoup d'autres. Les séquelles dont il souffrirait jusqu'à la fin de ses jours, il ne fallait pas se raconter d'histoires. Mais bon, il semblait vraiment tiré d'affaire et c'était ce qui comptait.

Quand le médecin fut sorti, Charly lutta contre l'épuisement en cherchant les paroles d'un hymne de la Liturgie des Heures, que lui faisait jadis réciter sa mère :

> « Si l'espérance t'a fait marcher
> plus loin que la peur,
> Tu auras les yeux levés.
> Alors, tu pourras tenir
> Jusqu'au soleil de Dieu. »

Après ça, il fut emporté par un sommeil d'enfant, lourd et puissant. Il y retrouva son père mort d'une crise cardiaque, un après-midi caniculaire, quand il avait sept ans. Un instituteur très porté sur la chasse, la chosette et l'opéra. Il était parti pendant sa sieste.

Lorsqu'elle le trouva tout bleu sur son lit, sa femme appela un médecin, pour constater le décès, et décida de garder le cadavre à la maison. Elle le prépara avec Charly en bouchant tous les orifices avec du coton pour éviter les écoulements. Elle lui noua aussi un bandage autour du visage pour retenir les mâchoires. Ça lui donnait l'air cloche et comique, un air de vieille follasse.

C'était un été de cagnard où tout bouillait. La mer, l'eau des fontaines et la sueur des gens. La mort ne chômait pas, par ce temps, et les pompes funèbres étaient débordées. Le lendemain du décès du père de Charly, leurs personnels entamèrent un mouvement de grève pour protester contre leur surcroît de travail et réclamer l'embauche d'effectifs supplémentaires. Sa mère refusa de laisser le corps de son mari à la morgue et, pendant cinq jours, le veilla avec son fils qui le vit changer de couleur et d'odeur. D'abord, un parfum de sucre chaud qui chatouillait les narines, celui du quatre-quarts qui sort du four, avec aussi des effluves de confitures tournées. Ensuite, s'insinua une puanteur acide qui enfla, jusqu'à tout empester, comme si des seaux de vieille urine croupissante avaient été jetés contre les murs de la pièce. Enfin, vint la pourriture. Par décence, on ne dira rien des mouches dont il fallait arrêter le flot à coups de tapette et d'insecticide. La veuve mit alors de l'encens à brûler après avoir fermé elle-même le cercueil.

Pareille expérience à sept ans, ça vous change un homme. Depuis, Charly pouvait regarder la mort en face, la sienne et celle des autres. Il passait aussi beaucoup de temps avec les morts à qui il prétendait parler, souvent pendant son sommeil, comme ce jour-là, sur son lit d'hôpital, à la Conception, où son père l'emmena à la pêche, au large du Frioul.

7

L'apparition

*« Les apparitions ont l'heureuse
sagesse de n'apparaître qu'à ceux
qui y croient. »*
Chamfort

Le lendemain, après qu'il eut été détubé, Charly fut pris, soudain, d'un accès de panique. Et si les tueurs revenaient finir le travail ? Ils ne devaient plus penser qu'à ça. Il retira donc une à une ses aiguilles de perfusion, se leva et tenta de s'esbigner avant qu'un gros policier en faction devant la porte de sa chambre ne le retienne par sa manche de pyjama.

« Monsieur, il faut être raisonnable », dit l'agent en le ramenant par la manche jusqu'à son lit.

Charly ne savait pas si le policier était là pour le surveiller ou pour le protéger. En tout cas, il n'avait pas l'air très éveillé, le boudenfle. Il aimait tellement son pétadou, un postérieur de restaurateur, imposant comme la porte d'Aix, qu'il était du genre à passer sa vie dessus, de peur de le perdre ou qu'on le lui vole. Apparemment, il était furieux d'avoir été obligé de se lever et ne songeait qu'à se rasseoir.

Le policier sonna le rappel des infirmières et des aides-soignantes qui firent la leçon à Charly, avant de lui administrer des calmants. Après quoi, il rêvassa, somnola et pria simultanément ou séparément, c'était selon.

Une heure plus tard, il reçut la visite d'une femme dont il tomba tout de suite amoureux. Mais il est vrai qu'il était déjà tombé amoureux des infirmières et des aides-soignantes qui, dans la matinée, lui avaient fait des soins. Il les aurait même épousées toutes.

Habillée d'un T-shirt et d'un pantalon blancs si élimés qu'ils semblaient provenir d'un dépôt-vente, cette femme était la commissaire chargée de l'enquête. Des cheveux châtains, coupés courts, des grands yeux bleus qui éclairaient tout ce qu'elle regardait, des mains fines, des pieds menus, elle avait au premier abord quelque chose de gracile et de fragile. Mais il ne fallait pas s'y fier. On voyait très vite, en l'observant, qu'elle était d'une force peu commune. Le genre qu'il ne vaut mieux pas siffler sur son passage.

C'était Marie Sastre.

Après s'être présentée, elle demanda à Charly Garlaban s'il avait reconnu ses agresseurs. Il hocha la tête mais si doucement, avec tant de précautions, que la commissaire ne reçut pas le message. Elle répéta donc la question.

Le bas de son visage étant recouvert de pansements, ça ne facilitait pas son élocution. On aurait dit un râle d'agonisant qui peinait à sortir de sa gorge, une psalmodie funèbre.

Il secoua la tête.

« Vous connaissez-vous des ennemis ? »

Il secoua de nouveau la tête.

« Avez-vous des soupçons ? »

Après un moment d'hésitation, Charly secoua encore la tête.

Alors que l'entretien tournait court, le médecin vint indiquer à Marie Sastre, d'un ton sans appel, que son patient avait besoin de repos et qu'elle aurait tout le loisir de revenir lui parler dans les prochains jours.

C'était un comble : la police était venue l'interroger avant même que ses proches aient pu lui rendre visite. Après le départ de la commissaire, Charly eut envie de crier au médecin :

« Je suis la victime, et, déjà, c'est moi qu'on accuse avant, j'imagine, de me persécuter. Elle est belle, notre société, toujours à persécuter les victimes. »

Mais non, les mots restaient bloqués dans sa gorge. Il toussa longtemps, à en pleurer, jusqu'à ce que son cœur parte dans un bati-bati d'agonisant ou d'amoureux. Ou les deux à la fois.

Le médecin lui fit avaler un Stilnox qu'il posa sur sa langue, comme une hostie, et Charly s'endormit à nouveau.

C'était encore ce qu'il y avait de mieux à faire. Il se serait bien vu dormir jusqu'à sa mort.

Quand il se réveilla, longtemps après, son ressentiment contre Marie Sastre s'était évanoui : l'amour avait repris le dessus. Le parfum de la commissaire était encore là, il en était sûr, qui faisait penser à des champs de lavande, des embruns de forêt et des lits d'herbes sèches.

Il profita des dernières vapeurs dans l'air pour s'en remplir les poumons à ras bord en chantonnant l'un de ses airs préférés d'opéra, « Si, mi chiamo Mimi » de *La Bohème* de Puccini.

8

Au terminus des pourritures

> « *La vie prend un sens lorsqu'on
> en fait une aspiration à ne
> renoncer à rien.* »
> José Ortega y Gasset

Depuis qu'il avait été hospitalisé, Christelle, sa femme, rendait tous les jours visite à Charly Garlaban. Chaque fois, il dormait. Ce jour-là, enfin, elle tomba bien. Quand elle entra dans la chambre, il chantonnait, les yeux grands ouverts. Encore un air de *La Bohème* : « O soave fanciulla ».

Tirée à quatre épingles comme une belle de mai, robe à fleurs, cheveux en cadenettes, Christelle avait vingt ans et quelques. Elle ne l'embrassa pas sur la bouche comme il aimait. On n'embrasse pas des pansements ni des croûtes. Elle posa simplement un baiser sur son front puis caressa longuement le haut de son visage.

« Qu'est-ce qu'ils t'ont fait ? » dit-elle, les yeux humides.

Il la regarda sans rien dire avec un mélange d'amour et de fierté. S'il avait pu, il aurait bien souri.

« Le pitchoun va bien, reprit-elle. Il me demande tout le temps des nouvelles de toi. Je lui ai dit que tu avais eu un accident. Est-ce que j'ai bien fait ? »

Il ferma les yeux en signe d'approbation.

« Il t'a fait un dessin, tiens. »

Christelle sortit de son sac à main un dessin représentant une maison de maître au milieu d'un jardin rempli d'animaux. Il poussa un gros soupir mouillé, sans doute pour signifier son admiration, et elle murmura :

« Dis, t'as pas envie d'arrêter les bêtises pour t'installer avec moi dans une maison comme ça ? »

Il ferma de nouveau les yeux.

« Merci. Je suis heureuse, mon amour. Demain, je t'amènerai ta mère. Elle est déjà venue plusieurs fois avec moi, mais tu dormais. Ça lui a fait un coup, tout ça, tu sais. Elle a toujours du mal à marcher, la pauvre mamet. »

C'est alors qu'il s'endormit. Quand il se réveilla, une heure et quart plus tard, Christelle avait cédé la place à Martin Beaudinard. Il examinait Charly avec les yeux rougis, l'air perdu, en se frottant les mains, comme quand il était en colère :

« Tu sais qui t'a fait ça ? »

Charly secoua vaguement la tête.

« Les salauds ! s'exclama Martin. Les fumiers ! Les charnigous ! On va s'occuper d'eux, les estriper et puis les dessouder tous, du premier au dernier. Tu peux compter sur moi, Charly. On les emmènera un par un au terminus des pourritures, saloperie de capon de pas Dieu. »

C'était son juron préféré, à Martin Beaudinard. Il ne le proférait que dans les grandes occasions et toujours avec une solennité un peu forcée qui atténuait son effet. On aurait dit qu'il plaisantait.

Mais non. Au demeurant, il plaisantait peu. Frappé dès son plus jeune âge par l'esprit de sérieux qui, depuis, ne l'avait pas quitté, Martin prenait volontiers les choses au tragique. En l'espèce, il était dans son élément.

Charly n'était pourtant pas à l'article de la mort. Il y avait dans sa respiration un sifflement bien vivant, qui se transforma bientôt en un bruit rauque, puis en une tempête intérieure qui enfla au-dedans de lui, ravageant tout et provoquant des suées, des palpitations ou des fourmis dans les jambes. Non, ce n'était pas l'amour. C'était la vie ; c'était la vengeance qui bouillait en lui.

Qu'est-ce que vivre sinon se venger ? De sa famille. De son enfance. De ses souvenirs ou bien de ses ennemis. Charly avait passé sa vie à se venger.

À dix-huit ans, il avait fait plusieurs mois de détention provisoire après avoir corrigé son beau-père, coupable de battre régulièrement sa mère. Il est vrai que Charly n'y était pas allé de main morte : traumatisme crânien, deux côtes cassées, fractures du nez, du poignet et on en passe.

En prison, Charly avait été pris sous la protection d'un caïd octogénaire, dit l'Antique, Gaston Padovano, dont la vie semblait s'être arrêtée dans les années soixante et qui n'avait à la bouche que les noms de truands morts depuis longtemps, comme Carbone et Spirito.

Ses fantômes finirent par rattraper Gaston Padovano. Il fut assassiné le jour de sa sortie de prison alors qu'il buvait, place de Lenche, son premier pastis d'homme libre. Charly était un justicier. Il consi-

64

déra que ce meurtre sur lequel la police n'enquêtait pas, ne pouvait rester impuni. Il retrouva le tueur et l'exécuta dans un café, à Endoume.

Quand il sut que Charly était l'auteur du règlement de comptes d'Endoume, Gaëtan Zampa, l'un des nouveaux parrains de Marseille, ami de Padovano, lui proposa de le rejoindre. Charly refusa. Il voulait avoir le sceptre pour lui tout seul. Il ne souffrait pas l'idée de n'être pas son propre patron. Commerçant, taxi, pêcheur, il aurait pu faire tous ces métiers dès lors qu'il n'avait personne au-dessus de lui.

Charly n'avait jamais décidé de devenir truand. Après une succession de dettes de jeu, de mauvaises affaires et de dépenses inconsidérées, il n'avait pas eu le choix, comme il disait souvent. Il lui fallait de l'argent de toute urgence. Il alla donc au plus facile en extorquant une grosse somme en liquide à l'un des principaux proxénètes de Marseille.

C'était une ordure à l'état pur, ce proxénète. Il avait le sang de plusieurs filles sur les mains. Au premier coup de marteau sur le genou, il hurla, pleura, et indiqua l'endroit où il cachait son oseille : dans le double fond qu'il avait aménagé dans la poubelle de sa cuisine.

Il aimait que tout fût facile, Charly. L'argent, la vie, l'amour. Il n'avait jamais eu d'autre ambition que s'amuser et flamber, au petit bonheur des jours. Parce qu'il était un as de la gâchette, de la menace et de la séduction, il avait monté un petit empire spécialisé, notamment, dans les machines à sous, l'élevage de chevaux, l'extorsion de fonds et la réparation navale. Mais c'était resté un amateur dans le monde des professionnels. Un poète, comme disaient ses ennemis. Avec ça, insouciant et même un peu jean-foutre.

C'était bien ce qui avait failli le perdre. Il ne pensait plus qu'à se venger, désormais. Avec une telle haine au-dedans de lui, il ne pouvait plus mourir, tant il est vrai qu'elle est, comme l'amour, plus forte que la mort. Sur son lit, il bougeait sans arrêt l'index de sa main gauche, comme s'il jouait avec un revolver ima-ginaire.

Quand il eut remarqué ce geste, Martin sut que Charly vivrait. Il repartit, rassuré, de l'hôpital.

9

Du vent dans les châteaux de cartes

> « *La gloire est le soleil*
> *des morts.* »
> Honoré de Balzac

C'était une nuit extraordinaire.

Elle avait répandu partout sa poussière d'étoiles. Dans l'azur comme sur la terre. Cela ressemblait à une agonie ou à un enfantement, mais c'était les deux en même temps.

Vu de la Corniche, Marseille était comme un ciel étoilé. Un gros morceau de nuit tombé entre les collines. On aurait dit de l'infini. Quand on le regardait trop longtemps, on n'y retrouvait plus ses yeux.

Habillé tout en noir comme Johnny Cash, son chanteur préféré, Gaby Caraccella dit le Rascous marchait sur le trottoir, côté mer, quand une grosse Peugeot bleu marine à vitres teintées s'arrêta à sa hauteur. Il monta et embrassa le conducteur, un vieux beau très distingué, avec une tête refaite d'acteur américain. Il avait été tiré plusieurs fois, comme en attestaient les cicatrices sous les oreilles ou sur les tempes, que dissimulaient ses cheveux argentés. Une liposuccion avait aussi eu raison du petit ventre qui lui poussait naguère sous les mâchoires. Une haute personnalité régionale et nationale, selon l'expression consacrée. Il avait décidé de se présenter à la mairie de Marseille aux prochaines élections. On l'appelait le Commandeur.

« Dis, couillon, tu as bien laissé ton portable, cette fois ? » demanda le Commandeur.

C'était la seule personne qui pouvait parler au Rascous sur ce ton. Il en avait tué pour moins que ça.

« Évidemment » répondit Gaby Caraccella.

— C'est bien, tu es devenu méfiant. Je veux que cette conversation reste entre nous, tu comprends. Quand je vois, comme ministre, ce que la police est capable de faire avec les portables, je m'inquiète. Elle entend tout, maintenant.

— Moi, je dis que c'est une atteinte aux libertés. Avec ce culte du flicage et de la surveillance qui ravage notre pays, je me demande si on est encore en démocratie. Franchement, ça me désole.

— Moi aussi, mais on ne peut rien y faire, que veux-tu. Ce sont les gens qui exigent ça. J'appelle ça la dictature de l'opinion… »

Le Rascous et le Commandeur étaient des amis de trente ans. Ils s'étaient connus au poker. Dès lors, ils n'avaient jamais cessé de se fréquenter. Que l'un fût truand et l'autre ministre de temps en temps n'avait pas altéré leur relation. On était à Marseille et, à Marseille, tout le monde est toujours quelqu'un. Même les pauvres, les putains ou les voyous.

Entre eux, il n'avait jamais été question d'argent. Le Commandeur, qui avait fait ses premières armes dans la publicité, avant de se goinfrer dans l'informatique, était trop fortuné pour se laisser corrompre. Du moins par des gens comme le Rascous. Mais il ne crachait pas sur son influence, bien réelle dans les quartiers mal famés, ni sur ses gros bras qui, en matière d'affichage, faisaient la loi pendant les campagnes électorales. Disons que c'étaient deux anxieux, toujours sur les dents, à se manger les sangs, et qu'ils aimaient l'idée, plus ou moins illusoire, de se protéger l'un l'autre.

Depuis quelque temps, le Rascous avait même rejoint le Commandeur, sur le plan politique. Après avoir longtemps fricoté avec la droite où il comptait beaucoup d'amis, il était passé à gauche, avec cette formule dont il était très fier : « Mieux vaut être de gauche. Après, on peut rester tranquillement de droite sans que personne ne vienne vous embêter. »

Le Commandeur gara sa voiture sur un parking quelques centaines de mètres plus loin. Les deux hommes descendirent et commencèrent à marcher le long de la mer.

Il portait au doigt une grosse bagouse avec un rubis, qu'il retirait toujours devant les caméras de télévision, les appareils photo ou dans les circonstances officielles. C'était son mystère. Une histoire d'homme ou de femme. Avec lui, on ne savait pas. Il se retournait aussi bien sur les filles que sur les garçons. On disait qu'il était à la fois clé et serrure.

« Bon, dit le Commandeur. Qu'est-ce que c'est que cette histoire de tentative d'assassinat de Charly Garlaban ? Ne me dis pas que c'est toi...

— Mais non. C'est mon ami, Charly, tu sais bien. On est comme les deux doigts de la main. Comment peux-tu croire ça ?

— C'est ce qu'on pense dans la police.

— Écoute, je suis à peu près sûr que c'est le Pistachier qui a fait le coup. Charly a profité qu'il était en prison pour coucher avec sa femme. Il fallait qu'il se venge. C'est pas un mobile, ça, hé ?

— Si jamais c'était toi, Gaby, je te préviens que ça risque de te coûter cher. Tu étais en train de devenir un homme d'affaires sans histoire, du gibier de Légion d'honneur, la respectabilité faite homme. Tout ça te ramènerait plusieurs cases en arrière.

— Mais puisque je te dis que ça n'est pas moi ! C'est le Pistachier, je te répète. Un malade mental, tu sais bien. Un fada qui a des cacarinettes dans la tête.

— En tout cas, fais attention, Gaby. Je sais qu'il y a quelqu'un, dans la police, qui est sur ta piste. Une commissaire. Je ne me souviens plus de son nom.

— Je vois qui. Ne t'en fais pas, je la convaincrai. »

Le Commandeur prit le Rascous par le bras. Puis, sur le ton de la mise en garde :

« Nous construisons tous des châteaux de cartes, les uns et les autres. Un jour, le vent les emportera, c'est écrit. En attendant, il faut veiller à ne pas les mettre en péril. En tout cas, par notre faute. Par exemple, en ajoutant une carte de trop, celle qui n'a pas sa place et fera s'effondrer tout l'édifice. Ne rallume pas la guerre des gangs.

— Mais Charly n'a pas de gang !

— Tu sais comment ça se passe, les tueries entre vous. La police laisse faire jusqu'au jour où elle met le nez dans vos affaires. Promets-moi de ne rien tenter contre lui.

— Je croyais t'avoir convaincu, protesta le Rascous.

— Tu m'as convaincu mais parce que je t'aime comme un frère, le frère que je n'ai jamais eu, je vou-

70

lais juste te donner mon humble avis. Suis-le, Gaby, tu verras que tu t'en porteras bien.

— N'aie pas peur. Jamais je ne t'éclabousserai et tu pourras toujours compter sur moi comme j'aimerais pouvoir compter sur toi. Par exemple, pour ce scandale qu'est la fermeture de ma boîte de nuit d'Avignon après cette fichue histoire de trafic de drogue dans les chiottes.

— "L'Acropole" ? Mais c'est fait. Le préfet va signer, ces jours-ci, l'autorisation de réouverture. Il me l'a promis.

— Merci. »

Le Rascous embrassa le Commandeur dans un grand élan de gratitude et d'affection. Après quoi, les deux hommes retournèrent, silencieux, à la voiture. De loin comme de près, on n'aurait pu dire, alors qu'ils avançaient dans les lumières de la nuit, lequel des deux était le truand.

Quand il rentra chez lui, dans sa villa du « Bécou », sur la Corniche, le Rascous convoqua son bras droit, Bastien Paolini, et lui demanda d'annuler « l'opération » prévue contre Charly, le lendemain :

« Il ne paye rien pour attendre, l'enculé. Mais ce n'est pas le moment de le fumer. Dans la vie, tout est toujours une question de moment. Surtout la mort. »

10

La stratégie de l'immersion

« Pour se venger bien,
il faut se cacher bien. »
Blaise Mortemar

Martin Beaudinard rendait visite à Charly Garlaban une fois par jour au moins, en début de soirée.
Il lui faisait la conversation avec une fausse euphorie que corrigeait généralement son regard lar-
moyant.

Charly n'aimait pas ses apitoiements. Dès qu'ils
apparaissaient, il rentrait dans sa coquille avec un
air crispé ou encafourné que Martin interprétait
comme le résultat de brusques poussées de douleur.

La deuxième semaine de février, Charly commença à parler. Encore que le mot ne soit pas approprié. On aurait dit qu'il avait la bouche pleine de
purée de pois et sa voix semblait venir de derrière la
gorge, une voix d'estomac, voire d'intestins.

C'est alors que la commissaire Sastre vint le voir
une nouvelle fois, comme ça, à l'improviste. Quand
elle entra dans sa chambre, il écoutait, sur son bala-

deur, *La Traviata* de Verdi avec Maria Callas dans le rôle de Violetta Valéry. Il avait les yeux embués.

Toujours aussi belle, la commissaire. Il ne savait pas ce qu'il aimait le plus chez elle, de son sourire un peu cassé, de son nez frémissant, toujours à l'affût, du soleil qui brillait dans ses yeux ou de la peau dorée de ses bras, mais enfin, il était si ému qu'il parpelégeait des paupières comme une étoile dans son ciel. Sa main gauche tremblait d'émotion quand il retira ses oreillettes.

D'entrée de jeu, il demanda à Marie Sastre d'une voix mal assurée, en prenant du temps entre chaque mot, si son enquête avançait. Elle soupira :

« On est toujours au point mort.

— Y a bien une petite piste ?

— Pas l'ombre d'une. Tout dépend de vous, maintenant. Il faut que vous m'aidiez...

— Je ne collabore jamais avec la police. C'est une règle que je me suis fixée.

— En ce cas, je me vois obligée de retirer votre protection. »

Il sembla accuser le coup. Il gémit doucement une phrase incompréhensible, puis :

« Alors, vous me laissez aux chiens, à tous les charnigous de Marseille ?

— Je n'ai pas le choix, monsieur. Ce sont les ordres.

— Ne vous en faites pas, je me débrouillerai. »

Elle semblait gênée, comme si elle désapprouvait ces ordres. Avant de partir, elle souffla, les yeux baissés :

« Bonne chance. »

Quelques heures plus tard, quand il lui rapporta sa conversation avec la commissaire, le rouge monta aux joues de Martin Beaudinard :

« Je vais faire un scandale.

— Laisse tomber. Les gars qu'Aurélio nous a envoyés feront très bien l'affaire. »

Dès le lendemain de « l'accident », Aurélio-le-Finisseur avait expédié deux équipes de trois hommes qui se relayaient jour et nuit pour surveiller la chambre de Charly, son couloir et même l'hôpital tout entier. La police avait décidé de fermer les yeux.

De tous les parrains de Marseille, Aurélio-le-Finisseur était le plus jeune mais aussi le seul dont Charly fût vraiment sûr. Il devait son surnom à sa position d'avant-centre dans l'équipe de football de l'Estaque où il avait joué jadis et puis aussi à la signature qu'il laissait sur les hommes qu'il abattait : une balle à bout portant au milieu du front.

Il avait beaucoup tué. C'est peut-être ce qui lui donnait ce regard triste et compatissant des tueurs d'abattoir. Il s'était aussi beaucoup drogué, sous prétexte que la cocaïne vous armait de courage pour les actions. La rumeur disait que la drogue avait tant ravagé sa cloison nasale qu'il s'en était implanté une fausse, en platine.

Charly aurait été bien en peine d'expliquer pourquoi il avait confiance en lui, mais c'était ainsi. Une question de regard ou de poignée de mains. L'air césarien d'Aurélio-le-Finisseur contredisait sa voix douce et basse, une voix de curé de confessionnal. Son élégance naturelle ne l'empêchait pas de porter souvent de vieux habits dont il ne pouvait se séparer. C'était un personnage double ou triple et, pourtant, on serait allé sans crainte à la guerre avec lui.

En plus, il ne se la pétait pas, alors que la plupart des truands, comme le Rascous ou le Pistachier, toujours à se pousser du col ou à monter sur leurs ergots, semblaient jouer leur propre rôle dans un film de Melville, Coppola ou Scorsese. Ils allaient trop au cinéma, les olibrius.

« Remercie Aurélio pour tout ce qu'il a fait, dit Charly, et demande-lui s'il peut essayer d'enquêter un peu...

— Il a commencé. Il n'a rien trouvé. Hier, j'ai rencontré Gaby au match de boxe. Il propose toujours ses services et aimerait te rendre visite.

— Pas maintenant. Surtout que c'est peut-être lui qui était derrière tout ça...

— Franchement, ça m'étonnerait, Charly.

— Moi aussi, mais je ne veux pas prendre de risque. »

Charly ferma les yeux un moment jusqu'à ce qu'une vague l'emporte, avec une force irrésistible, de l'autre côté du monde. Mourir ou dormir : souvent, on ne voit pas la différence. Il lui semblait qu'il balançait tout le temps de l'un à l'autre. Quand il rouvrit les yeux, Martin était au-dessus de lui, l'air inquiet.

« J'ai décidé de dissoudre toute l'organisation, dit aussitôt Charly, comme s'il avait pris cette résolution pendant son sommeil.

— Mais tu vas te fragiliser.

— Pas du tout. Ma force, maintenant, ce sera ma faiblesse. Je veux me fondre dans la foule et devenir transparent. C'est ma seule chance de survie. Je compte sur toi pour faire courir le bruit que je ne suis plus que l'ombre de moi-même. Un djédji. Une bédoule. Ça calmera tous ces fumiers. »

Il poussa un petit cri aigu, le cri du lapin que l'on tue : à force de parler, il avait la bouche en feu. Il resta un moment sans rien dire, stupéfait de douleur, puis, de sa main valide, fit signe à Martin de se rapprocher avant de lui glisser à l'oreille :

« Auprès de moi, je ne garde plus que deux personnes sûres, Mickey et Pat... »

Mickey était son homme de main et de confiance. Un bras droit, toujours prêt à se faire tuer pour lui. Sauf quand il avait envie de l'assassiner, deux ou trois fois par an, après que son patron l'eut humilié sans le faire exprès. Un regard, une expression maladroite, il devenait chèvre pour un rien. C'était un grand susceptible, comme tous les esclaves.

Quant à Pat, c'était un cas. Ultra-diplômée, très cérébrale, du chien dans le ventre. Avec ça, pas manchote, la main légère et sans pitié. Une tueuse. Elle se vengeait contre la terre entière de ses parents et de ses amants qui ne lui avaient jamais rien donné, surtout pas de l'affection et encore moins de l'amour. Charly lui avait prodigué la première, elle cherchait désespérément la seconde et passait la plupart de ses loisirs sur les sites de rencontres d'Internet. Parfois, elle tombait amoureuse après un chat. Mais elle se gardait bien d'aller au rendez-vous, de peur d'être à nouveau déçue.

Il n'y a pas si longtemps, elle se droguait. Une ou deux lignes de cocaïne par jour. Mais elle avait arrêté après que Charly lui eut fait la morale.

« Mais qu'est-ce que je vais raconter aux autres ? protesta Martin.

— Tu leur diras d'aller voir Aurélio. Il leur trouvera du travail.

— Et tes bars ? Tes boîtes de nuit ? Tes machines à sous ? Qu'est-ce qu'on en fait ?

— Tu liquides. Tu les refileras à Aurélio. J'arrête tout et je me mets en immersion profonde, le temps de me venger. »

Il grimaça en fermant les yeux très fort, pour indiquer qu'il avait trop mal à la bouche. Il lui remontait aussi un goût de mort, des relents de pisse et de terreau humide. Il n'avait pas la force ni l'envie de les cracher.

Mais bon, ce n'est pas parce que la mort passe qu'elle va s'arrêter. Il ne faut pas en faire une maladie : c'est toujours quand on la fuit qu'elle vous attrape.

11

Il pleut des cercueils

> *« Beaucoup seraient lâches*
> *s'ils en avaient le courage. »*
> Thomas Fuller

C'est quelques jours après sa deuxième visite à Charly que ça commença. Un harcèlement dont la commissaire Sastre ne comprenait ni la raison ni l'objet.

Elle habitait une maison de pêcheur au Vallon-des-Auffes, un des villages de Marseille, sous la Corniche. Une bicoque en béton qui donnait sur la mer et qu'elle partageait avec Alexis, son fils.

S'il avait fallu donner un nom au paradis, on aurait pu lui donner le nom de ce vallon. N'étaient les jours de tempête ou de marrisson, on ne respirait rien que du bonheur, dans cette crique. Marie avait décidé qu'elle vivrait là jusqu'à sa mort et même encore après.

Elle rentrait tous les soirs sur le coup de 20 heures pour prendre le relais de la nounou, une Comorienne aussi chétive qu'énergique, qui lui rendait Alexis nourri, lavé et en pyjama. Ensuite, tout en avalant un yaourt bio avec du muesli en guise de dîner, elle faisait faire ses devoirs à son fils avant de le coucher.

Après ça seulement, elle allait chercher le courrier dans la boîte à lettres. C'était le rite.

Ce jour-là, elle trouva dans sa boîte, au milieu des factures et des publicités, une lettre de deuil, encadrée de noir. Dedans, il y avait une feuille de papier pliée en quatre où était dessiné un cercueil. Elle la chiffonna et la jeta à la poubelle.

Le lendemain soir, même chose. Les jours suivants aussi. Il pleuvait des cercueils. Au bout d'une semaine, elle apporta aux techniciens de la police scientifique plusieurs spécimens de ces lettres qu'elle avait pris soin, bien sûr, de ne toucher qu'avec des gants.

Les spécialistes ne trouvèrent pas d'indice, ni d'empreinte digitale, ni de trace ADN.

Quelque temps plus tard, le harceleur passa à la vitesse supérieure. Chaque jour, elle recevait des appels téléphoniques où son interlocuteur poussait deux ou trois gémissements rauques qui se voulaient angoissants, avant de couper brusquement la ligne.

Enquête faite, les appels provenaient d'un téléphone portable localisé à la prison des Baumettes. Tout accusait donc le Pistachier que Marie Sastre avait impliqué, quelques mois auparavant, dans une histoire de trafic de drogue. Il risquait de prolonger sa détention. Mais les fouilles répétées de sa cellule ne donnèrent rien et la commissaire n'insista pas : l'expérience lui avait appris que les pistes trop évidentes sont rarement les bonnes.

En attendant, ce harcèlement postal et téléphonique la troublait moins que les crises de colère répétées d'Alexis, ces regards noirs et ces longues bouderies. Elle décida de consulter une psychologue. Une des meilleures de la ville, paraît-il.

La dame l'invita à révéler sans tarder à Alexis qui était son père. Une autre psychologue lui avait déjà dit la même chose, quelques mois plus tôt. Mais Marie Sastre ne pouvait s'y résoudre.

Elle ne voulait pas annoncer à Alexis que son père était mort. Elle lui avait toujours dit qu'il était parti et qu'il reviendrait un jour. Elle pensait que les mensonges, quand ils vieillissent, deviennent souvent des vérités. Il suffisait juste d'attendre.

Pour ça, elle avait toute la patience du monde.

12

L'ange exterminateur

> « *Il n'est pas important
> que je vive, mais il est important
> que je fasse mon devoir.* »
> Frédéric II le Grand, roi de Prusse

Abdelaziz Choukri dit Mickey était l'homme d'honneur par excellence. Toujours ce mot-là à la bouche, il rangeait l'humanité en deux catégories : les gens droits et les autres, qui ne valaient rien.

C'est pourquoi il avait pas mal de morts sur la conscience. Des faux frères, des estrasses, des fangoules, des pourritures. Il les avait tous descendus avec le plaisir du devoir accompli. De la vermine, comme il disait. Il ne la tuait pas, à proprement parler : on ne tue pas la vermine, non, on l'extermine. Nuance. C'était un ange exterminateur, comme le surnommait Charly.

Il aimait se promener sur le Vieux Port mais jamais aux mêmes heures, bien sûr. Il était trop prudent. Ces temps-ci, pourtant, il avait dérogé à sa règle. Il venait toujours faire le tour des restaurants au moment du déjeuner. C'était un homme de taille moyenne aux traits réguliers qui prenait soin de s'habiller comme tout le monde. N'était sa balafre rosie sur sa joue gauche, il passerait totalement inaperçu.

Mickey cherchait quelqu'un et il finit par le trouver, ce jour-là, attablé avec une jolie femme à la terrasse d'un restaurant du Vieux Port, pas loin de l'hôtel de ville. C'était le commissaire Mondolini, de la brigade des stupéfiants. Jadis, ils avaient joué ensemble dans l'équipe des cadets de l'Olympique de Marseille, tous les deux comme attaquants. Ils avaient fréquenté les mêmes filles et les mêmes discothèques. Chaque fois qu'ils se retrouvaient, ils s'embrassaient.

Max Mondolini n'était pas un de ces flics qui aiment s'encanailler avec la pègre. Au contraire, c'était un homme intègre et propre sur lui, entré dans la police pour redresser les torts. Mais il disait bonjour à tout le monde sans anathème aucun et ses amis restaient toujours ses amis, quoi qu'il arrive. Quand il fraternisait, c'était pour la vie. Un Marseillais.

Pour que leur relation perdure, Mickey savait néanmoins que leurs rencontres devaient toujours être fortuites. Pas question d'appeler le commissaire au téléphone. Encore moins de l'inviter à dîner. Max ne l'aurait pas accepté. Il fallait se croiser par hasard. Il suffisait d'aider le destin et, en l'espèce, Mickey savait y faire.

Mickey resta posté à côté du restaurant derrière un olivier en pot, d'où il pouvait observer le commissaire. Il ne le quitta pas des yeux. Il avait encore grossi, Max, mais ça ne lui allait pas trop mal. Après qu'il eut payé l'addition puis pris congé de son invitée, Abdelaziz Choukri le suivit pendant une cinquantaine de mètres avant d'accélérer le pas. Quand il arriva à sa hauteur, il lui tapa sur l'épaule :

« Hé ! Max ! Tu ne dis pas bonjour ?

— O Mickey ! Comment va ? »

Le commissaire le prit dans ses bras et l'embrassa trois fois.

« Que deviens-tu ? demanda Max.

— Toujours pareil. Mais je me fais de la bile pour Charly. »

Max fit une grimace :

« Désolé pour lui.

— Ils l'ont bien amoché.

— Sais-tu comment on l'appelle dans la police ? »

Le commissaire Mondolini répondit, sans attendre, à sa propre question :

« "L'Immortel". Je trouve que ça lui va très bien, comme surnom. »

Mickey prit Max par le bras et demanda avec un regard de chien battu :

« À la police, vous savez au moins qui a fait ça ?

— Oui, le Rascous.

— Je ne te crois pas, Max.

— On a des écoutes qui permettent de le penser.

— Pourquoi vous ne le coffrez pas, alors ?

— Parce que c'est comme ça. Il ne faut pas chercher à savoir. En fait, on n'a aucune preuve qui pourrait servir devant la justice.

— Le Rascous a-t-il participé lui-même à l'embuscade ?

— Oui. Il est venu avec sa garde rapprochée. Huit personnes en tout. Bastien Paolini, Franck Rabou, José Fontarosa, Ange Papalardo et puis le petit nouveau, le nouveau chouchou : Frédéric Rochegude. C'est lui qui nous a mis sur la piste. Un bavard. Il ne se méfie pas du téléphone. En bas du parking, il y en avait aussi un neuvième mais il faisait juste le guet, pour annoncer l'arrivée de Charly. C'était le Morvelous. Une petite frappe qui marche à la cohue. »

Mickey feignit, soudain, d'être foudroyé par une idée, comme l'éclair :

« Tu m'as dit qu'ils étaient huit à avoir participé à l'opération du parking et tu m'as donné six noms seulement. Qui sont les deux autres ? »

En guise de réponse, Max se racla la gorge et changea brusquement de sujet de conversation.

« C'est tout ce que je sais. Comment va ta femme ?

— Bien.

— Et tes enfants ?

— J'en suis toujours gaga, des nistons. »

Le commissaire était maintenant arrivé à sa voiture. Il venait de procéder à l'ouverture automatique des portières quand Mickey demanda :

« Et de ton côté, comment ça marche ?

— Pas terrible, répondit Max Mondolini. Ça y est, le divorce est prononcé. Mais les enfants me font la gueule. Ma fille, surtout. »

Max embrassa Mickey trois fois, puis souffla, en ouvrant la portière de sa Peugeot.

« Tu as de la chance, Mickey. Ménage-toi. »

Après avoir fait démarrer la voiture, il ouvrit la vitre de la portière et dit avec un clin d'œil appuyé :

« Attention, Mickey. Tu perds la main. Tout à l'heure, quand tu surveillais le restaurant, je t'ai immédiatement repéré. La prochaine fois, essaie de te faire plus discret.

— Je te cherchais depuis si longtemps, Max, j'avais trop peur de te perdre de vue. Et puis je ne voulais pas aller te déranger devant chez toi, tu sais bien.

— Enfin, tu as eu ce que tu voulais. »

Il baissa la voix :

« En plus de ça, Mickey, il faut que tu saches, tu es suivi. Ne te retourne pas. Tu verras quand je serai parti. Y a un bossu qui te colle aux basques. Tu n'avais pas remarqué ? »

Quand il se retourna, Mickey croisa le regard d'un gringalet atteint de scoliose qui se fondit sur-le-champ parmi les passants.

Mickey fila aussitôt apporter les informations de Max à Martin Beaudinard dans ses bureaux lambrissés de la Canebière.

L'expert-comptable quitta une réunion avec une partie de l'état-major de l'OM et emmena Mickey dans le salon où il recevait ses clients. Après en avoir proposé sans succès, il se mit à dévorer la boîte de chocolats fourrés qui trônait sur le guéridon Empire. Il ne se nourrissait que de ça matin, midi et soir. De temps en temps, il faisait une exception pour un aïoli ou une bourride, mais ça devenait de plus en plus rare. Il prétendait que le chocolat était le secret de sa réussite.

« Saloperie de capon de pas Dieu, on n'est pas sorti de l'auberge ! »

Tel fut le commentaire de Martin Beaudinard après le compte-rendu de Mickey. Après quoi, il s'enfonça dans son fauteuil en cuir, l'air absorbé :

« Qui c'est qui te rencarde comme ça ?

— Je ne peux pas le dire. Secret professionnel. »

C'était à Martin de rendre compte. Possessif et ombrageux, Mickey ne supportait pas l'idée que l'expert-comptable fût si souvent un écran entre Charly et lui-même. Il ne l'aimait pas et l'aurait volontiers rangé, n'était la loyauté à son patron, dans la catégorie des vermines à exterminer.

Quand Martin Beaudinard retrouva Charly à la clinique des Oiseaux, au Roucas Blanc, il était en train d'effectuer, seul dans sa chambre et en nage, des exercices de rééducation. Il portait un survêtement blanc et des baskets usées. Il avait encore une tête d'accident mais son regard commençait à retrouver son éclat.

Après qu'il lui eut transmis l'information, Charly secoua la tête :

« C'est impossible. J'ai dormi dans le même lit que le Rascous. On a tout partagé, Gaby et moi. Les nuits. Les filles. L'argent. C'est vrai qu'on s'est un peu perdus de vue, ces derniers temps, mais il était mon meilleur ami. Si tu savais les parties de rigolade qu'on s'est payées tous les deux, les cuites, les courses à moto et tout le patin couffin…

— Je ne fais que te répéter ce que Mickey m'a dit, reprit Martin avec une moue.

— C'est peut-être une embrouille des flics.

— En effet, opina Martin.

— Pour qu'on se tire la bourre, pendant qu'eux, ils comptent les points. Ils adorent ça, les flics. Ça ne serait pas la première fois qu'ils essaieraient de semer la zizanie entre nous. Ils sont capables de tout. En plus, y a même pas de mobile. Je n'ai pas vu le Rascous depuis un certain temps mais à ma connaissance, on n'a pas de gros différends ».

Une lueur passa dans le regard de Charly, comme un couteau, puis :

« Sauf que j'ai fait un ou deux coups fumants, ces derniers mois, et que mes affaires marchaient bien. En plus de ça, les célébrités vont plus facilement vers moi que vers lui. Tu sais comme il aime être sur les photos avec les acteurs. Ce n'est pas ma faute s'ils préfèrent être à côté de moi. Depuis que je le connais, il a toujours voulu ce qui était dans l'assiette du voisin, Gaby. Même s'il a du caviar plein la bouche, il sera toujours jaloux des frites que tu bouffes. Il mérite bien son surnom, hé, le Rascous. »

Deux mouches faisaient l'amour devant lui. Charly les regarda, sourit puis observa un long silence avant de laisser tomber :

« La source de Mickey est très fiable, j'ai déjà eu l'occasion de le vérifier. Avant de décider quoi que ce soit, il faut donc tirer les choses au clair. Alors, voilà comment on va procéder. Tu vas demander à Mickey d'organiser, avec Pat, l'enlèvement du maillon faible : le petit Rochegude. Avant de lancer les représailles, on va le faire parler et puis on avisera.

— Le Rascous le prendra très mal.

— Non, parce qu'il ne saura pas que c'est un enlèvement. On le maquillera en disparition. On fera écrire à ce tromblon de mes deux une lettre au Rascous où il dira qu'il quitte Marseille pour aller refaire sa vie aux États-Unis.

— Et s'il ne veut pas l'écrire ?

— T'en fais pas. Avec Pat, il écrira tout ce qu'on veut. On lui prendra tous ses papiers et une grosse valise avec ses effets personnels. Tout le monde n'y verra que du feu, on pourra travailler tranquille. Et si ce qu'a dit le flic à Mickey est avéré, je ferai justice moi-même.

« — Non, pas toi-même, Charly. Tu as vu dans quel état tu es ?

— Dans quelque temps, je saurai tirer de la main gauche puisqu'ils m'ont foutu la main droite en l'air, et je te jure Dieu que je les descendrai tous moi-même. Un par un. »

Soudain, il exsudait de son visage en même temps que de sa carcasse une violence inouïe. Martin semblait à la fois effrayé et fasciné.

« Y a plus de police dans ce pays, reprit-il. Elle est à la botte de la justice, c'est-à-dire d'un tas de jobastres et de dormiasses. Si elle ne peut pas faire son travail, eh bien, c'est moi qui vais le faire. Et ils verront, les fumiers, qui c'est, Charly. »

Quelques jours plus tard, Mickey apprit par le téléphone arabe que Max Mondolini était muté à Bordeaux. Officiellement, ce n'était pas une sanction mais ça en avait tout l'air. À l'Évêché, certains évoquaient ses liens avec la pègre.

Mickey culpabilisa. Il était convaincu que quelqu'un avait balancé Max après les avoir vus converser, comme des amis de toujours, sur le Vieux Port. Il se mit à soupçonner tout le monde, le bossu, bien sûr, mais aussi Martin Beaudinard à qui, pourtant, il n'avait pas donné son nom.

13

Œil pour œil

*« Tombe sur moi le ciel,
pourvu que je me venge ! »*
Corneille

Il était dans les quatre heures du matin quand
l'Alfa Romeo de Frédéric Rochegude entra dans le
jardin de la villa qu'il avait louée à Endoume, l'un
des quartiers de Marseille. Il était seul et soûl, avec
cet air de noyé que les noctambules traînent toujours
au petit matin. On dirait qu'ils reviennent de l'autre
bout du monde et qu'ils voudraient qu'on les plaigne
ou qu'on les embrasse, après tout ce qu'ils ont vécu.

Sa compagne, une Thaïlandaise qui répondait au
nom de Kiki et ne parlait pas un mot de français, avait
depuis longtemps cessé de le suivre dans ses pérégri-
nations nocturnes, de bar en boîte de nuit. Elle avait
passé un coup de fil à sa mère, au pays, avant d'étein-
dre sa lumière vers 9 heures du soir. Elle dormait
douze heures par jour. Sinon, elle avait des migraines.

Quand il eut fermé la porte du garage, Frédéric
Rochegude fut surpris de ne pas voir débouler son

chien. Un rotweiler qui répondait au nom d'Hercule et qui dormait toujours dans le jardin en attendant l'arrivée de son maître. Il l'appela à voix basse, pour ne pas réveiller les voisins :

« Hercule ! Hercule ! »

Il n'avait pas fait trois pas dans le jardin qu'il sentit le canon glacé d'une arme contre sa nuque.

« Mets tes mains sur la tête, dit une voix derrière lui. Ne bouge pas ou je te crève. »

C'était Mickey.

Frédéric Rochegude ravala sa salive. Il cherchait l'inspiration, une astuce, quelque chose pour se sortir de là, mais non, il était fait. C'était la première fois qu'il se trouvait confronté à une situation de ce genre et il sentait couler en lui un mélange de fatigue et de tristesse. Il avait, soudain, très envie de dormir.

Un petit bout de femme sortit de l'ombre et s'avança devant lui. Elle ne faisait pas plus d'un mètre et demi. Une minote. Coiffée très court, la démarche chaloupée, elle semblait une adepte de la musculation et, n'étaient les deux seins fermes qui pointaient sous son col roulé, on aurait pu la prendre pour un garçon C'était Pat. Elle portait des gants.

« Vous allez me donner vos clés et m'expliquer où sont vos affaires, dit-elle. Les valises, les chemises, les chaussettes, je veux tout savoir. Après, on partira en voyage. »

Si on avait pu descendre jusqu'aux racines de son arbre généalogique, on aurait sûrement établi que Pat descendait du serpent. En ligne directe. Il y avait chez elle quelque chose de sinueux et de silencieux, qui troublait ses victimes. Avec ça, une célérité dans l'action, qui laissait pantois. Comme disait Charly,

« elle tue les gens longtemps avant qu'ils ne s'en rendent compte ».

Mickey l'attendait dans le garage. Il avait fait asseoir Frédéric Rochegude à la place du mort, dans son Alfa Romeo, et se tenait derrière, le canon de son 38 plaqué contre la nuque de l'autre.

Vingt minutes plus tard, Pat les avait rejoints avec deux valises.

« Vous n'avez pas fait de mal à Kiki, au moins ? demanda Frédéric Rochegude.

— Non, elle dormait et je ne l'ai pas réveillée. Il semble, en revanche, que votre chien ait été empoisonné. Je suis désolée. »

Mickey prit le volant et ils partirent tous les trois, dans la voiture de Frédéric Rochegude, en direction de Bouc-Bel-Air où elle s'arrêta devant une petite villa, un F3 avec un olivier planté au milieu de la bouillasse qui tenait lieu de jardin.

En route, Pat avait forcé Frédéric Rochegude à boire une petite fiole d'eau. Soi-disant pour le dégriser. En fait, elle contenait plusieurs milligrammes de GHB, une molécule sans couleur ni odeur qui assure la soumission chimique en provoquant un mélange d'euphorie et de somnolence. Le dernier chic pour les violeurs.

« Maintenant, tu es mon Toutou », dit Pat.

Ce serait désormais le surnom de Frédéric Rochegude. Quelques minutes plus tard, sous l'effet anxiolytique et hypnotique du GHB, il était en effet devenu un béni-oui-oui, obéissant au doigt et à l'œil. L'action narcotique et myorelaxante de la molécule avait, en plus, engourdi son cerveau et diminué sa coordination motrice en le réduisant à l'état de légume, un légume souriant. Un babachou.

Mickey sortit les valises qu'il brûlerait le lendemain dans la cheminée, puis partit « noyer » la voiture du côté de l'étang de Berre. Quand il fut sorti, Pat demanda à Toutou de s'asseoir à la table de la salle à manger et, après lui avoir donné un stylo et du papier, lui dicta une lettre au Rascous où il expliquait pourquoi il allait tenter sa chance aux États-Unis : « J'ai envie d'autre chose, de grands défis. Pour moi, c'est important. »

Après qu'il eut écrit l'adresse du Rascous sur l'enveloppe, elle l'emmena, sous la menace de son arme, dans une cave aménagée où elle le fit s'asseoir sur une chaise avant d'entamer l'interrogatoire en tournant autour de lui, comme elle avait vu faire les policiers, dans les films noirs. Elle alla droit au but :

« Alors, dis-moi, qui a participé à l'embuscade contre Charly ? »

Après un sourire de ravi de la crèche, il répondit sans hésiter comme s'il récitait les noms :

« Franck Rabou, Ange Papalardo, Malek Telaa et Bastien Paolini. »

Là, il s'arrêta net. Toujours très méthodique, Pat sortit de son blouson un stylo et un petit carnet, puis nota les noms.

« Et le Rascous ? demanda-t-elle.

— Bien sûr, le grand patron y était. C'est même lui qui a tout dirigé.

— Et toi ?

— Moi, non, je n'y étais pas. Je venais de me faire opérer.

— De quoi ?

— Des hémorroïdes. J'avais le troufignon en feu. Si on m'avait prévenu, j'aurais pu retarder mon opération. Mais comme d'habitude pour ce genre de choses, le grand patron a averti tout le monde à la dernière minute, vous savez comment il est... »

Pat réfléchit un moment en se mangeant la peau du petit doigt.

« Je ne comprends pas, finit-elle par dire. Si on les additionne tous, ça nous donne cinq personnes et il paraît qu'il y en avait huit, au parking d'Avignon. Sans compter le type qui faisait le guet. Fais le compte : il en manque au moins trois, mon Toutou. »

Il répéta d'un air stupide :

« Trois ?

— Trouve-les moi vite. Sinon, je vais m'énerver.

— Mais je ne sais pas, moi.

Il semblait sincère mais Pat ne voulait rien entendre.

« Tu ne sais pas ? dit-elle d'une voix sifflante. Tu vas voir si tu ne sais pas ! »

Elle prit une boîte de comprimés sur un meuble. Du Spasfon. Elle lui en fit avaler trois avant de lui demander d'ouvrir la bouche pour vérifier qu'il les avait bien ingurgités. Après quoi, elle lui demanda de se déshabiller, ce qu'il fit de bonne grâce, mais en prenant son temps, parce qu'il fonctionnait au ralenti. Au fur et à mesure qu'il se dévêtait, elle ne pouvait s'empêcher de tomber sous le charme. C'était un bel Adonis, le putassier. Un poitrail de bûcheron. Des lombes de marbre. Des grands bras puissants. Des mollets craquants, on en aurait mangé. C'est ce que Pat préférait chez les hommes, le mollet, et avec lui, elle était servie. De l'entrejambe, on ne dira rien, par pudeur, mais c'était du même acabit.

« T'es beau, dit-elle comme on l'aurait dit d'un gâteau.

— Je sais ».

C'était la réponse la plus bête qui fût mais il avait une excuse : le GHB.

Elle sortit de la poche de son blouson un rouleau de fil en plastique et, après lui avoir ligoté les mains, le poussa, toujours sous la menace de son arme, jusqu'à la salle de bains où elle lui demanda de se coucher sur le dos, dans la baignoire. Il s'y glissa avec l'expression d'un bébé avant le bain et elle lui lia alors les pieds en serrant très fort.

Elle s'absenta un moment et revint avec un entonnoir pourvu d'un tube d'une quinzaine de centimètres qu'elle lui enfonça dans l'œsophage. Il hoqueta un peu, sans plus. Le Spasfon commençait déjà à faire son effet.

Alors qu'elle faisait couler l'eau du robinet dans l'entonnoir, elle lui cria :

« J'ai oublié de te dire quelque chose d'important. Il faut que tu le saches, maintenant qu'on est appelé à passer un bout de temps ensemble : ton père a tué le mien. Dans le dos, en plus, de trois décharges de chevrotine. Au pied de la montée des Accoules, en 1987. Tu te rappelles cette histoire ? J'aurais bien aimé carboniser moi-même ton vieux, mais bon, d'autres s'en sont chargés, il y a deux ans. Dommage, vraiment dommage. J'avais neuf ans quand c'est arrivé. Tu imagines le traumatisme. Ça m'a gâché mon enfance. Ça fait dix-huit ans que je ne pense qu'à me venger mais je savais que le moment viendrait un jour. Eh bien, le voilà. »

Toutou se tortillait comme un gros ver, au fond de la baignoire. Pat ne savait pas si c'était à cause de l'eau ou de ce qu'elle venait de lui dire. À tout hasard, elle arrêta le robinet et lui palpa le ventre.

« Allez, y a encore plein de place là-dedans, dit-elle. On va continuer, mais, n'aie pas peur, je ne te ferai pas péter le nombril. Je n'ai pas l'intention de te tuer. J'ai attendu trop longtemps, tu comprends. Je ne vais pas te gâcher comme ça. »

Elle rouvrit le robinet et reprit en lui tenant la tête à deux mains :

« Avant toute chose, il faut que tu me parles de l'affaire d'Avignon. C'est, pour toi, une question de vie ou de mort. Je vais te remplir encore un peu et puis je te donnerai ta chance. Si tu ne la prends pas, tant pis pour toi, mais je te plains d'avance. »

Après qu'elle lui eut coupé l'eau et retiré le tuyau de la gorge, le Toutou semblait au bord de l'évanouissement. Le temps de reprendre ses esprits, il finit par lâcher :

« Détachez-moi et je vous balance tout sur le Rascous.

— Je veux d'abord que tu me parles du guet-apens contre Charly.

— Je vous dirai ce que je sais, parole d'homme. »

Avec sa bouche ouverte et les renvois d'eau qui, de temps en temps, lui secouaient la gorge, il avait l'air pathétique, le Toutou. Elle coupa avec un canif le fil qui lui nouait les pieds qu'à en juger par leur rougeur, elle avait serré trop fort, puis :

« Pourquoi as-tu prétendu que tu avais participé à l'opération, si ça n'est pas vrai ?

— Moi ? J'ai dit ça ? Première nouvelle…

— Oui, on est bien renseignés, tu sais.

— Je suis un peu tartarin, c'est mon péché mignon, et je me suis effectivement vanté d'avoir participé à l'embuscade auprès d'un ou deux potes, mais le jour du guet-apens, je sortais de l'hôpital, vous pouvez vérifier. Je voulais quand même venir mais le grand patron a refusé... »

Il parlait lentement, sur un ton dégagé, ce qui, vu l'enjeu, donnait à la conversation quelque chose de surréaliste. Mieux valait briser là. Convaincue qu'il n'en savait pas plus qu'il n'en avait dit, Pat fixa, il n'y a pas d'autre mot, le Toutou sur le siège des toilettes de la cave. Elle doubla les liens de ses mains avec du fil de fer et enroula autour de ses chevilles deux grosses chaînes, fixées à des anneaux scellés au sol, qu'elle cadenassa.

Elle lui mit ensuite autour du cou un grand collier en cuir relié à une chaîne plus grosse encore, fixée à un anneau scellé sur le mur, cette fois.

« Tu vois, j'avais tout préparé pour toi, dit-elle. Je t'attendais, collègue, ça n'était pas de la blague. Mais ne t'inquiète surtout pas, mon Toutou : si tu coopères, tout se passera bien. »

Il était cinq heures et quelques du matin. Elle bourra Frédéric Rochegude de comprimés. Du Stilnox, du Doliprane et encore du Spasfon. Elle lui administra aussi une nouvelle dose de GHB. Après quoi, elle éteignit la lumière et ferma la porte.

Quatre heures plus tard, Frédéric Rochegude fut réveillé par le tube qui pénétrait à nouveau dans sa gorge. Pat versa dans l'entonnoir le contenu d'un fait-tout. Une pâte molle prit peu à peu possession de son corps, envahi bientôt par une douce torpeur, un mélange de vague extase et de fatigue. C'était de la mouture de blé avec de l'eau, de la poudre de lait et de l'huile de tournesol. Une estouffade.

« Je suis content de toi, dit-elle après ce premier gavage. Pour la peine, je vais te faire des cadeaux. »

Quand elle lui eut retiré le tube de gavage, elle fourra dans sa bouche un nougat avant de lui donner à boire de l'eau sucrée, bien trop sucrée pour être buvable dans des circonstances normales mais Pat avait tellement salé sa mouture que la bouche en feu de Frédéric Rochegude était prête à avaler n'importe quoi pour étancher sa soif. C'était le but.

« Quand tu auras dépassé le quart de tonne, dit Pat, je te rendrai à ta mère. »

Il passa vite de trois à six gavages quotidiens. À ce régime-là, Frédéric Rochegude tourna rapidement au boudenfle, dégoulinant de partout. Il n'était plus qu'un ventre avec une bouche en haut.

Un jour, après que Pat l'eut farci de Stilnox, pour qu'il ne se réveille pas, Charly vint rendre visite à la chose. Il se pinça les narines, pour signifier qu'elle ne sentait pas la rose, puis donna sa bénédiction :

« Tu as bien fait, ma minote. »

Pat offrit à Charly de boire une coupe de champagne rosé. Du Ruinart. Elle avait toujours une bouteille dans son réfrigérateur, au cas où il viendrait lui rendre visite. Il ne buvait pratiquement que ça. En piscine. Autrement dit, dans des grands verres à vin remplis de glaçons.

« Je suis fier de toi, dit Charly pendant qu'elle le servait. Une vengeance, il faut la travailler. La penser. En faire une œuvre. Y a que les femmes qui savent faire ça. Nous les hommes, on n'a pas la patience.

— Allons, tu es très patient, toi.

— Non, j'ai la vanèle. Je suis toujours trop pressé. C'est ça qui me tue.

— On peut te venger à ta place, tu sais.

— Non. C'est une affaire personnelle, la vengeance. Il y a un tel plaisir dedans qu'on ne peut pas le laisser à quelqu'un d'autre. Je veux jouir, tu comprends.

— Mais comment vas-tu faire tout seul, Charly ? As-tu vu comment ils t'ont arrangé ?

— Je les sécherai tous, les fumiers. »

Il y avait une telle haine dans son regard, subitement, qu'on avait du mal à le soutenir. Pat détourna les yeux.

« Pour moi, dit-il, il n'y a qu'une justice en ce monde. C'est la vengeance. »

Pat opina du chef.

« La vengeance, reprit-il, c'est la justice quand elle ne se trompe pas. La justice absolue, la seule qui vaille. »

Six semaines après son enlèvement, Pat, estimant qu'elle avait vengé son père, tint sa promesse à Frédéric Rochegude. Maintenant qu'il n'était plus qu'un gros bédélet incapable de marcher et juste bon à se ventrouiller, elle allait lui rendre sa liberté. Elle eut bien du mérite. Il fallut au moins une heure pour extraire le Toutou des toilettes et le sortir de la cave avant de le hisser dans une fourgonnette. Quand elle le déposa devant la grille d'entrée de la villa de sa mère, à Martigues, elle l'avait revêtu d'une housse en plastique avec un trou au milieu pour laisser passer la tête. Il n'était plus qu'un sac de graisse qui attendait le prochain gavage.

Il resta assis un moment avant de tomber sur la chaussée, comme un gros tas. Il ne se sentait pas malheureux, mais juste abruti : ça irait mieux quand il aurait mangé.

On n'entendit plus jamais parler de Frédéric Rochegude, ni à Marseille, ni ailleurs.

14

Mauvaise pioche

*« C'est hasarder notre vengeance
que de la reculer. »*
Molière

La Corniche, à Marseille, le 3 mai 2005

Il faut se méfier de la haine. C'est la pire ennemie
de la vengeance qui nécessite toujours beaucoup de
doigté et de sang-froid. Dès qu'il alla mieux, l'Immortel ne put se retenir. Il voulut en finir tout de suite.

C'était une de ces nuits où la lune se prend pour
le soleil : elle inondait la terre de lumière blanche.
Mais ce faux jour et ce calme facticc n'allaient pas
durer. On sentait bien qu'une bataille se préparait là-
haut. Des troupeaux de nuages s'amoulonnaient au
fond de l'horizon, tandis que le vent courait dans
tous les sens, en aboyant, comme un chien de berger
après ses moutons.

Trois personnes étaient tapies derrière les vitres
teintées d'un quatre-quatre BMW noir, garé à une
trentaine de mètres du portail d'une des plus belles

villas de la Corniche, « Le Bécou ». Dedans ça sentait la pizza. Une odeur d'ail et de chaussette sale. Les cartons graisseux avaient été relégués sur la plage arrière. On était passé au stade de la digestion et le temps s'était arrêté, à l'intérieur du véhicule. Pas un mot, à peine un souffle. La conductrice et les passagers étaient tendus comme des chasseurs à l'espère attendant une compagnie de sangliers.

Ils étaient au demeurant bien armés. Les deux hommes avaient chacun à la main un pistolet-mitrailleur type Uzi. La jeune femme, un pistolet automatique Beretta 9 mm et, au pied de son siège, un fusil à pompe, canon court et crosse revolver, chargé avec des balles Brennecke. Ils étaient bien là depuis deux heures, à faire le guet, quand une voiture de police s'arrêta à leur hauteur. Contrôle d'identité, fouille du véhicule, garde à vue et direction la case prison pour Charly, Mickey et Pat. Mauvaise pioche.

Pendant le procès, Charly tenta bien d'émouvoir le tribunal en montrant ses blessures au visage :

« Il faut que je circule armé, vous comprenez. Je n'ai pas le choix. Depuis mon accident, je suis menacé…

— Mais que faisiez-vous, armé jusqu'aux dents, devant le domicile de Gaby Caraccella, à 1 heure et demie du matin ? demanda le président du tribunal, une sorte de cadavre tiède à tête de fouine, qui se trouvait apparemment très drôle. Vous guettiez son retour pour lui offrir des fleurs ?

Un petit silence et Charly laissa tomber :

« Je dois vous faire un aveu, monsieur le président.

— À la bonne heure… Nous vous écoutons.

— Il me faut vous avouer, monsieur le président, que, jusqu'à ce satané soir, j'ignorais que mon ami Gaby habitait là. »

Rires dans la salle. Le président tenta de reprendre la main :

« Et si Gaby Caraccella était sorti de sa villa à ce moment-là, qu'auriez-vous fait avec vos armes ?

— J'aurais dit : "O Gaby ! Tu habites là ?" Et puis on aurait parlé.

— Quel genre de conversation ?

— Une conversation d'amis.

— N'étaient-ce pas des balles, et non des mots, que vous comptiez échanger avec lui ?

— Monsieur le président, vous le savez bien, il y a des balles qui sauvent et il y a des mots qui tuent. »

Le procès risquait-il de mal tourner ? La justice aime qu'on la prenne au sérieux. Me Sylvie Hovnanian, qui assurait la défense de Charly, le savait bien. Mais rien ne semblait pouvoir entamer sa sérénité et son sourire, un sourire hollywoodien. C'était une belle femme, très vive, qui avait toujours une phrase ou deux d'avance sur vous quand vous lui parliez. À un moment donné, elle fit un signe au président qui l'invita à se rapprocher.

Après un petit conciliabule, il suspendit la séance pour se concerter avec ses collègues. À son retour, il expédia l'affaire avec un air accablé.

Que s'était-il passé ? Une histoire classique. Pressés de faire la nique à leurs collègues de la P.J., les policiers de la Sureté urbaine avaient rédigé à la hâte les procès verbaux d'interpellation et de perquisition dans le quatre-quatre BMW, grevant la procédure de plusieurs cas de nullité. Me Sylvie Hovnanian avait proposé un marché au président. Ou bien elle mettait publiquement en question le travail des policiers, et la procédure d'association de malfaiteurs en vue de commettre un crime tombait à l'eau. Ou bien les faits étaient disqualifiés en douce et n'était retenue qu'une banale affaire de port d'armes prohibées, ce qui permettait à la police, donc à la République, de garder la face.

Le président avait choisi la seconde solution. Charly ne fut donc pas condamné à quelques années de prison, mais seulement à plusieurs mois. Il purgea sa peine en lieu sûr, à la prison des Beaumettes, sous la protection du Pistachier. Toujours aux petits soins, Martin allait le voir deux ou trois fois par semaine, au parloir, sans pour autant décolérer contre son ami qui avait monté cette opération ridicule sans lui en parler. Un jour qu'il lui en faisait reproche, l'Immortel lui avait répondu :

« La vengeance est comme l'amour. Elle croit tout ce qu'elle souhaite. »

Quand Charly sortit de prison, quelques mois plus tard, il ne songeait toujours qu'à se venger. Il avait survécu. Mais pour renaître, il lui fallait faire couler le sang.

TROISIÈME PARTIE

Le retour de Monte-Cristo

15

Sur un air de *Rigoletto*

> *« Les jours sont des fruits et notre*
> *rôle est de les manger. »*
> Jean Giono

Cassis, un an plus tard, le 27 mai 2006

La commissaire Sastre n'avait pas perdu de temps. Le lendemain du jour où le directeur de la police judiciaire lui avait donné son feu vert pour rencontrer Charly, elle se rendit dès potron-minet à Cassis. Elle s'assit à la terrasse du bar de la Marine, sur le port, et commanda un petit noir. L'air était si pur que tout résonnait comme après une nuit d'hiver, quand il a gelé.

Elle aimait le dodelinement des bateaux sur le port. Ils se la coulaient douce, les radasseurs. Elle aurait pu passer la journée à les regarder mais elle avait du travail. Après avoir payé l'addition, elle se dirigea vers un vieux chalutier sur la proue duquel était écrit, en grosses lettres rouges : « Le Corsaire ».

« Monsieur Garlaban, demanda-t-elle, vous êtes là ?

« — Oui, répondit une voix, mais comment le savez-vous ?

— Mon petit doigt.

— Pour une fois que la police sait quelque chose ! »

Charly finit par pointer une tête. Il était dans la cabine.

« J'ai été chargée de l'enquête sur le crime de Mérindol, dit-elle, et je voudrais vous poser quelques questions.

— Volontiers. Je n'ai rien à cacher. »

Charly passa sur le quai, après avoir gratifié d'une caresse un petit caniche noir et un jeune chat blanc qui montaient la garde, sur le pont. À le voir marcher, on n'aurait jamais dit qu'il avait reçu vingt-deux balles dans le corps. Rien d'un éclopé. Au contraire, il se tenait bien raide, l'air fier et dominateur. Il parvenait à cacher qu'il n'avait plus l'usage du bras droit et sa seule séquelle semblait être un boitillement.

Comme il remarqua que la commissaire était frappée par ce détail, il tint à rétablir de suite la vérité :

« J'ai la goutte. J'ai bu trop de vin et mangé trop de foie gras, dans ma vie. Trop de sardines aussi. C'est mon orteil qui a tout pris. »

Ils allèrent au bar de la Marine, s'assirent à la table que Marie Sastre venait juste de quitter et commandèrent chacun un café.

« Je suis heureux de vous revoir, dit Charly. Que puis-je faire pour vous ?

— M'éclairer. »

Il y eut quelques secondes magiques pendant lesquelles le soleil recouvrit les êtres et les choses d'une grande toile de fils d'or. Ils les savourèrent en silence.

« Je vais sûrement vous décevoir, finit par dire Charly. Je suis un pauvre type retiré de tout qui essaie de vivre tranquillement ses derniers jours en vendant ses poissons aux restaurants de Cassis. »

Un sourire ironique glissa sur le visage de Marie Sastre :

« C'est cela, oui.

— Vous pouvez ne pas me croire si ça vous chante, mais mon seul bien et ma seule raison de vivre, en dehors de mon dernier-né, c'est ça. »

Il montra *Le Corsaire* qui se dorait sur l'eau que la lumière avait verdie.

« J'aime la mer, vous comprenez, reprit-il. Quand je suis au large sur mon bateau, j'ai le sentiment d'avoir le monde entier pour moi. Je peux crier ou chanter à tue-tête des airs d'opéra.

— Vous aimez l'opéra ?

— J'aurai passé chaque jour de ma vie à en écouter. En faisant ma toilette, en relevant mes filets… »

La commissaire se gratta fébrilement le genou, puis :

« Je suis comme vous. J'en écoute tout le temps. Et quel est votre opéra préféré ?

— *Rigoletto*.

— Moi, c'est *La Bohème*.

— Mais ce n'est pas d'opéra, j'imagine, que vous êtes venue parler avec moi ce matin.

— Non. Ce sont des meurtres de Paolini, Rabou et Papalardo. Il y a un lien entre eux. Ils étaient tous les trois impliqués dans la tentative d'assassinat dont vous avez été la victime à Avignon, il y a plus d'un an.

— Je ne savais pas qu'ils avaient trempé là-dedans.

— J'ai du mal à vous croire.

— Je suis un homme seul, vous savez bien. Je n'ai pas les moyens d'investigation de la police. Et quels sont les autres fumiers qui ont participé à la fusillade ?

— Je ne vous le dirai pas mais j'imagine que ce sont les prochains sur la liste.

— Donc, vous me soupçonnez ? »

Charly leva les yeux au ciel, avec un rictus qui exprimait l'étonnement et l'indignation.

« Un peu, oui, que je vous soupçonne, dit la commissaire. Si c'est vous, en tout cas, prenez garde avant d'exécuter la victime suivante. Il y en a un, dans le tas, qui ne voulait pas votre mort.

— Comment le savez-vous ?

— L'un d'eux a tiré au 357 Magnum en prenant soin de ne pas vous toucher. Il a envoyé six balles très haut au-dessus de vous, et légèrement à votre gauche, qui plus est.

— Un débutant ?

— Non. On a retrouvé les impacts dans un petit cercle délimité. Un véritable tir groupé. C'est donc un bon tireur. Il visait à côté, il n'y a aucun doute là-dessus. »

Marie Sastre se mangea les lèvres avec une expression de rage voluptueuse. C'était bon. Surtout avec le goût du café.

« C'est quand même bizarre, dit-elle, que meurent les uns à la suite des autres tous ceux qui ont essayé de vous tuer.

— Dieu les a rappelés à lui. C'est la justice divine. »

Elle soupira, pour signifier qu'elle n'avait pas apprécié la plaisanterie, puis :

« J'aimerais que vous me disiez ce que vous faisiez les jours des crimes.

— Vous en êtes déjà là ? Pour vous répondre franchement, je ne connais pas les jours des crimes, mais je suis sûr que j'étais chez ma mère. Elle pourra témoigner. Je vais tout le temps voir ma mère. Ça ne me réussit pas toujours, d'ailleurs. »

Il rit, d'un rire un peu forcé.

« J'aurais souhaité, dit-elle, que nous ayons une conversation sérieuse.

— Moi aussi. Mais vous me soupçonnez. Comment pourrais-je vous faire confiance ?

— Entre nous, de toute façon, il ne peut y avoir de relation de confiance. Je suis commissaire et vous êtes…

— … retraité », coupa-t-il.

Il plissa les yeux avec un petit sourire malicieux, qui se crispa soudain.

« En tout cas, reprit-il, je constate qu'une fois de plus, la police se fiche des victimes. La preuve, elle s'est beaucoup plus intéressée à moi-même qu'aux fumiers qui ont cherché à me descendre. Je n'ai pas le souvenir, chère madame, que vous ayez enquêté avec autant de soin sur l'affaire d'Avignon. Après ça, étonnez-vous que les gens aient envie de faire justice eux-mêmes. Ils n'ont pas le choix. »

Il se leva brusquement de table, pour donner de la solennité à ce qui allait suivre, puis :

« Ces pauvres malheureux dont vous êtes venue me parler, je suis sûr que leurs casiers judiciaires ne tiennent pas dans des armoires. Le mien, il est vide, pour ainsi dire. C'est vrai que j'ai grandi et vécu du côté obscur du monde mais je ne suis pas un méchant bougre, vous savez. Y en a même qui disent que je suis un chic type. Et c'est moi qu'on embête, qu'on asticote et qu'on fatigue ! C'est le monde à l'envers, peuchère ! »

Il tira de sa poche un gros billet qu'il laissa sur la table, pour l'addition, et continua sur un ton subitement adouci :

« Voulez-vous faire une petite balade en bateau avec moi ? Je vous propose de poursuivre cette conversation en mer... »

La commissaire Sastre hésita un instant, puis hocha la tête, les yeux baissés avec une expression de petite fille prise en faute. C'était contraire à tous ses principes. Jamais de fraternisation avec les suspects ni d'acoquinage avec le Milieu. Mais bon, il faisait si beau et elle aimait tant la mer.

Quelques minutes plus tard, *Le Corsaire* quittait le port en toussotant des bouffées de fumée, comme tous les vieux rafiots. Charly semblait apaisé maintenant. Il montra la baie à la commissaire :

« Le jour où on meurt, il paraît qu'on a un paysage dans les yeux. Je voudrais que ce soit celui-là. »

On ne le dit pas assez : la félicité éternelle existe ici-bas. À Cassis, en particulier, entre le cap Canaille qui, depuis des millénaires, fait la nique à la mer, et les calanques qui se sont données à elle. Tout est clair de ce côté-là du monde. Le ciel, la roche, les fonds marins. Le Diable lui-même ne pourrait pas s'y cacher.

Quand ils se furent éloignés du port, la commissaire et le retraité pêchèrent à la palangrotte, en lançant des lignes de fond. Charly attrapa deux daurades qu'ils grillèrent sur le pont.

Après qu'ils eurent fini de les manger et alors que Charly préparait le café, Marie Sastre demanda :

« Pourquoi dormez-vous sur votre bateau et non pas chez vous ? »

Il ne répondit pas tout de suite. Il apporta les tasses, but en grimaçant une gorgée de café bouillant, puis souffla, sur le ton de la confidence :

« Je ne dors pas tous les jours sur mon bateau, j'ai plusieurs planques, mais je reconnais que c'est ma maison, ce bateau. J'ai fait des tas de métiers. Jockey, photographe, barman, attaché de presse, mais de tous, c'est celui de pêcheur que j'aurai préféré.

— Vous n'allez jamais chez vous, à Cavaillon ?

— C'est impossible, en ce moment. Je suis un homme traqué et je dois protéger ma famille. Tenez, j'avais un pur-sang en pension à Cavaillon. "L'Empereur", vous en avez peut-être entendu parler. Il y a quelques années, il s'est fait un petit nom en gagnant des courses à Deauville et à Cagnes-sur-Mer. Eh bien, l'autre jour, en ouvrant la porte de notre villa pour aller à l'école avec sa mère, mon pitchoun est tombé sur les quatre pieds de "L'Empereur". Ils avaient été découpés à la tronçonneuse et déposés sur mon palier. Je ne veux pas qu'il revoie une chose comme ça. J'ai donc mis ma femme et mon fils au vert quelque part dans la région.

— Vous n'avez pas porté plainte ?

— Pour avoir encore des ennuis avec la justice ? Non, mais vous rigolez ! N'oubliez pas qu'on vit dans un monde où on fait toujours le procès des victimes. »

Après ça, ils écoutèrent un moment le silence de l'air que troublaient à peine quelques clapotis. La mer s'était tue, elle se prélassait.

Eux aussi. La chaleur et le silence mélangés abolissaient tout. Le temps, les pensées, les odeurs, les couleurs. On aurait dit que l'infini était tombé sur terre.

C'est alors que l'Immortel se mit à chanter un air de *Rigoletto*, celui de la deuxième scène de l'acte III :

« La donna è mobile
Qual piuma al vento
Muta d'accento
E di pensiero… »

Quand Charly et la commissaire rentrèrent au port, le soleil commençait juste à mourir derrière le mont de la Gardiole, dans une nuée de volutes roses.

16

Le silencieux a encore frappé

*« L'homme n'est que poussière,
c'est dire l'importance du plumeau. »*
Alexandre Vialatte

Alors que *Le Corsaire* ramenait Charly et la commissaire au port de Cassis, un homme marchait sur les bords du lac Léman, à Genève, les mains dans les poches et la tête rentrée dans les épaules.

De loin, il avait un visage totalement inexpressif, comme s'il avait été trépané, mais de près, il semblait que quelque chose rongeait ses yeux, enfoncés dans leurs orbites. Un mélange d'anxiété et de ressentiment.

C'était José Fontarosa. Un quatrième couteau de la pègre marseillaise et encore, on est généreux. Mais il avait toujours été noté par ses chefs bien au-dessus de ses capacités à cause de son aptitude à s'aplatir et à astiquer leurs chaussures. Toujours à faire des béous béous au Rascous et à ses lieutenants, cet homme était la preuve vivante que la flatterie, sœur aînée de la fourberie, mène à tout à condition de ne jamais en sortir.

José Fontarosa suivait sa femme qui poussait un fauteuil roulant où dodelinait cette mère qu'il avait en horreur. Une tourmente-chrétien, toujours à répéter ses histoires de l'autre temps. Pour rien au monde, il ne l'aurait touchée depuis qu'elle avait attrapé la maladie. Il ne savait pas le nom mais ça faisait baver et trembler. Les mains, surtout. C'est pourquoi il la surnommait désormais la Bavarelle, du nom de ce poisson à peau gluante qu'on pêche dans les rochers et qui, sur les étals, trouve rarement preneur.

Le dernier vendredi de chaque mois, Fontarosa fils et sa femme venaient passer la fin de semaine à Genève où vivait la mère de José. Fille, épouse et mère de truand, elle avait voulu se rapprocher du magot que son mari, une grosse huile du Milieu, avait accumulé en cinquante ans de coups bas ou tordus, dans les coffres de l'UBS (Union des banques suisses). Depuis quelque temps, elle le gaspillait dans une maison de retraite. Certes, l'établissement n'était pas luxueux, loin de là, mais ça faisait quand même des sous.

Inutile de la raisonner. Elle n'en faisait qu'à sa tête qui n'était guère plus remplie que celle de son fils. Avec ça, une cervelle de lièvre. Elle perdait la mémoire en courant et ne cessait de jeter l'argent par la fenêtre sans même penser à son petitou.

C'est ça qui le tuait, José Fontarosa, son fils unique, de la voir dilapider l'héritage laissé par son père après une vie de labeur. À ses yeux, sa mère n'avait pas plus de cœur que de jugeote.

Mais bon, il restait encore pas mal d'argent sur le compte de madame Fontarosa mère à l'UBS et elle n'en avait plus pour très longtemps. Son médecin traitant était au demeurant convaincu qu'elle ne passerait pas l'hiver. Il est vrai qu'il avait déjà dit ça l'année dernière...

En attendant, il fallait veiller au grain. C'est ce que faisaient son fils et sa belle-fille, lors de leur visite mensuelle. Ils épluchaient ses relevés et vérifiaient ses retraits au guichet automatique de l'UBS qui se trouvait en face de la maison de retraite. Ils avaient aussi entamé les démarches pour la faire mettre sous tutelle, mais la bureaucratie helvétique est si tatillonne qu'ils commençaient à désespérer.

Lors de leurs excursions suisses, c'est la belle-fille qui prenait tout en main. Les promenades, les repas et les conversations. José Fontarosa ne parlait pas à sa mère. Il valait mieux. S'il l'avait fait, ç'aurait tourné au vinaigre, tant était grand le contentieux entre eux. Il avait commencé dès la petite enfance quand sa mère, qui s'était toujours abstenue de l'embrasser et même de le toucher, le laissa à ses grands-parents paternels. Il avait deux ans et demi.

« Ce n'est pas ma faute, disait-il pour expliquer la voie qu'il avait prise. Après une enfance aussi malheureuse, voyez-vous, j'en voulais à tout le monde, je ne pouvais pas faire autrement. »

Pour détruire la boule qui lui rongeait tout, les tripes et puis aussi l'envie de vivre, il avait tout essayé, le jogging, le karaté et même la psychanalyse, mais sans succès. Il lui eût fallu un minimum d'intelligence. On ne psychanalyse pas les courges. Il avait songé aussi à aider sa mère à mourir. Par exemple, en l'emmenant se promener par grands froids. Rien à faire non plus.

Souvent, pendant leurs séjours en Suisse, il se surprenait à dire au-dedans de lui, comme à cet instant précis, en remuant à peine les lèvres :

« Qu'elle crève, Bonne Mère ! »

Deux ou trois mètres devant lui, sa mère et sa femme déparlaient, comme souvent. Des bêteries de bazarettes. Il préférait ne pas entendre ça et ralentit le pas, afin de mettre plus de distance entre elles et lui.

« Hier, dit madame Fontarosa mère, j'ai mangé un onglet à l'échalote mais je crois que ce sera la dernière fois. Je ne peux plus digérer ça. J'ai eu mal à l'estomac toute la nuit.

— Moi, c'est le lait que je ne peux plus digérer. Y a plein de germes dedans, vous savez.

— Vous me l'avez déjà dit, mais vous ne me convaincrez pas. Je mange beaucoup de yaourts, vous savez bien. Au moins cinq par jour. Eh bien, je ne suis jamais malade. Des yaourts au lait de brebis, surtout. C'est meilleur pour mon transit intestinal.

— Pour mon transit, je prends beaucoup de légumes et de salades. Ça fait mieux passer.

— Oui, mais dans quelles conditions ! Y a longtemps que j'ai arrêté tous ces trucs-là. Ça donne des gaz. Je ne supporte pas. Ça ne vous dégoûte pas quand vous pensez à tous ces gens qui pètent dans leur lit après s'être gavé de chou-fleur ou de haricot blanc ? »

Après ça, elles marchèrent un long moment sans rien dire. Tout nimbé de buées blanches, le lac Léman répandait autour de lui un air onctueux et velouté. On se sentait un peu grisé, rien qu'à le respirer, grisé et heureux. Un air fait pour rêver, dormir ou mourir.

Soudain, la femme de José se retourna, comme saisie d'un pressentiment, puis s'écria :

« José ! Mais où est passé José ? »

Elle laissa le fauteuil roulant en plan et courut sur une cinquantaine de mètres jusqu'à un corps qui gisait sur le chemin, le nez dans la bouillasse.

C'était son mari. Il venait de recevoir trois balles dans la tête. Et elle n'avait rien vu, rien entendu. Aucune détonation, juste le souffle du vent et les bêteries de sa belle-mère qui, saisie d'un pressentiment, se mit à hurler sur son fauteuil roulant.

Ses deux yeux exorbités au milieu d'un ramas de chair sanglante semblaient un acte d'accusation contre le monde entier : ça lui donnait l'air moins bête que d'habitude, à José.

17

Branle-bas à la BRB

*« Dieu ne donne jamais rien. Il ne
fait que prêter et, un jour, reprend tout. »*
Aristide Galupeau

« Et de quatre ! »

Marie Sastre avait lancé l'exclamation avec un sourire ostensiblement faux. Le directeur de la police
judiciaire le lui renvoya, avant de laisser tomber, l'air
troublé, comme s'il cherchait ses clés :

« Je ne comprends pas. Pouvez-vous être plus claire ?

— Eh bien, dans cette affaire de règlements de
comptes entre les parrains marseillais, nous avons
maintenant quatre morts sur les bras.

— Et alors ? demanda Jean-Daniel Pothey.

— Alors, ça commence à chiffrer, monsieur le
directeur. Bastien Paolini, Franck Rabou, Ange
Papalardo et maintenant José Fontarosa. Il a été exé-
cuté à Genève, hier après-midi. Au silencieux,
comme les trois autres.

— N'y en avait-il pas encore un autre sur la liste ?
J'ai le nom sur le bout de la langue…

— Oui, Frédéric Rochegude. C'était du moins ce que je croyais. Mais après vérification, il est toujours vivant. Il s'est retiré chez sa mère mais il n'y a rien à en sortir. J'ai essayé, c'est une épave. En tout cas, je vais mettre les feux sur cette affaire, car je crois, comme vous, qu'elle va prendre de l'ampleur. »

Encore une façon de le pousser devant le fait accompli. Jean-Daniel Pothey ne s'était jamais prononcé. Mais il n'allait pas s'en formaliser. Il commençait à avoir l'habitude, avec cette fille. Le directeur regarda sa montre. 9 heures 12. La commissaire sortait de l'ascenseur, dans le parking de l'Évêché, au moment précis où il voulait y entrer. Elle allait le mettre en retard.

« Eh bien, grogna-t-il en répandant dans l'air une odeur de banon pourri, continuez votre enquête, que voulez-vous que je vous dise. »

L'ascenseur repartit sans lui. Il pesta. Intérieurement, s'entend.

Jean-Daniel Pothey n'aimait pas que ses collaborateurs se passionnent pour une affaire. C'était un homme d'ordre qu'agaçaient plus que tout l'exaltation et la fébrilité. Or, il lui semblait que la commissaire Sastre était affectée de ces deux maux alors qu'elle tentait juste de le convaincre de l'intérêt de son enquête. Mais c'est peu de dire qu'elle ne lui inspirait pas confiance. Trop accrocheuse et trop entêtée, comme toutes les mères célibataires. Avec ça, très collante. Il appuya sur le bouton pour rappeler l'ascenseur.

« Je sais déjà une chose, dit Marie Sastre. Ce n'est pas Charly Garlaban qui a commis le meurtre d'hier.

— Ah ! pourquoi ?

119

— Parce qu'au moment où José Fontarosa était liquidé à Genève, j'étais avec Charly, à Cassis. Ça vous donne raison : rien ne dit qu'il est impliqué dans tout ça, en fait.

— Minute. C'était peut-être un contrat. On dit qu'il est un spécialiste de ça, Charly.

— Moi, je commence à me demander si quelqu'un n'est pas en train d'essayer de coller tous ces meurtres sur Charly. Il me semble qu'il faudrait ouvrir le champ de mes investigations au Rascous et au Pistachier. Qu'en pensez-vous ?

— Faites comme vous voulez», conclut Jean-Daniel Pothey, l'air exaspéré en lui faisant un petit signe de tête, pour lui signifier que le temps qui lui était imparti venait de se terminer.

C'était tout ce qu'elle voulait. Quand Marie Sastre était tombée sur lui, elle allait quitter l'Évêché pour acheter des vitamines et des remontants à la pharmacie. Elle décida de changer ses plans, rentra avec le directeur dans l'ascenseur et réunit aussitôt ses huit collaborateurs pour leur annoncer qu'il fallait mettre les bouchées doubles sur l'affaire des meurtres en série qui frappaient le gang du Rascous. Après quoi, elle appela le collègue de Genève qui l'avait alertée, le matin même, de l'assassinat de José Fontarosa.

Son collègue suisse lui avait adressé, via Internet, les pages d'un petit carnet que portait sur lui José Fontarosa au moment de sa mort. Il était plein de chiffres. Elle demanda à Djibril, l'un des éléments les plus dégourdis de son équipe, d'essayer de les lui décoder.

Il lui avait communiqué les premiers éléments médico-légaux, ainsi que les analyses de la police scientifique. José Fontarosa avait bien été abattu de trois balles de calibre 9 mm. Le résultat des stigmates de tir était sans ambiguïté : l'arme utilisée par le tueur était un pistolet automatique Glock.

José Fontarosa avait été tué au 9 comme les victimes précédentes, mais, dans le cas d'espèce, à bout portant, ce qui n'était pas dans la manière habituelle de l'assassin. Il restait maintenant à savoir si l'expertise balistique confirmerait ou non que les trois balles avaient été tirées par la même arme.

En attendant, Marie Sastre décida de surveiller de près le Rascous et les siens : parmi eux figurait, selon toute vraisemblance, la prochaine victime. La brigade de répression du banditisme (BRB) allait utiliser les grands moyens. Les écoutes, les indics, les filatures. À Marco, l'adjoint de la commissaire, échoirait la tâche de coordonner la logistique et de synthétiser les informations.

L'église Saint-Laurent, toute proche, sonnait 10 heures quand la commissaire Sastre partit retrouver le Rascous. Elle n'avait pas pris rendez-vous, mais savait que sa porte lui serait grande ouverte.

18

La colère du Rascous

« Tous nos ennemis sont mortels. »
Paul Valéry

C'était un bel homme, Gaby Caraccella. Un visage dessiné par la main de Dieu. Le regard fier, les traits réguliers, les dents blanches comme des sucres. Le genre à tomber les filles dès qu'il guinchait de l'œil.

Toujours habillé en Johnny Cash – complet, chemise et chaussures noires – il tournait en rond dans sa grande salle à manger, la tête baissée, les mains derrière le dos, avec l'expression de concentration du penseur à l'œuvre. La mer qui se ventrouillait à travers les baies vitrées, n'en pouvait plus des rayons du soleil qui lui piochaient le bassin. Elle les renvoyait partout, jusque sur le visage du Rascous où dansaient des feux follets dorés.

Ce matin-là, il avait convoqué le ban et l'arrière-ban des siens au « Bécou », sa grande propriété en pierre de Cassis, ceinte par de hauts murs, sur la Promenade de la Corniche, à Marseille. Assis sur un immense canapé de cuir noir avec vue sur la mer, sa femme, sa fille et ses deux fils – c'était mercredi, leur jour de congé – suivaient ses déambulations avec des têtes d'enterrement. En face ou autour d'eux avaient pris place Pascal Vasetto, le demi-frère du Rascous, Malek Telaa, le nouveau bras droit, Me Jean-René Blés, l'avocat, le sénateur Charles Barbaroux, Alexandre de Vandeuil, le conseiller financier, et le docteur Curtelin, son médecin personnel. Sans parler de trois gardes du corps, droits comme des i, un devant chaque porte, dont le chef de la sécurité du Rascous : le Boumian. Très bien sapé, cravate Hermès et chaussures Gucci, mais une tête d'avant Cromagnon.

« Je ne vais pas me laisser escagasser la réputation comme ça, finit par s'écrier le Rascous. Je l'espoutirai, ce counas. Il a assez fait caguer de monde, l'enculé !

— C'est sûr qu'il faut agir, opina Malek Telaa qui, auprès du grand patron, venait de prendre la succession de Bastien Paolini.

— Je dirai même mieux, renchérit le sénateur Barbaroux, il faut prendre le taureau par les cornes... »

Le Rascous s'arrêta soudain de marcher et se tourna vers le sénateur :

« C'est ça qui me rend malade. J'ai aidé tant de monde. La droite, la gauche, le centre. J'ai collé des affiches, fourni les gros bras, rempli les salles et même craché au bassinet. Et voilà comment on me remercie : en me laissant tomber comme une estrasse, après tout ce que j'ai fait. En me demandant de me débrouiller tout seul. Y a qu'un mot pour ça : c'est indigne.

— Je te répète que j'ai téléphoné plusieurs fois à qui tu sais, dit le sénateur Barbaroux, et qu'il m'a donné des assurances. Il suit le dossier de très très près.

— Et tu crois qu'il a passé des instructions à ce cataplasme de Pothey. Naïf, va ! Si jamais il en a donné, la police va de toute façon s'asseoir dessus : les élections approchent et elle n'en a plus rien à foutre de rien.

— C'est un problème, je le reconnais.

— Total, on me laisse à poil devant cette racadure de Charly Garlaban. Triste époque ! La gratitude, la reconnaissance, c'est pour les chiens. On ne croit plus en rien, on vit au jour le jour, c'est le règne du chacun pour soi. On a donc décidé de me donner à manger au charnigou et à sa meute. Moi, je vous le dis : y a plus d'autorité, dans ce pays. Y a plus d'État, plus de parole, plus de morale. Y a plus rien. »

Le Rascous avait l'air accablé par la situation générale. Son assistance aussi. Il poussa deux ou trois soupirs, si gros qu'on aurait dit qu'il se mouchait, puis reprit :

« Je sais que José avait des défauts mais je l'ai connu pitchoun. C'est son père qui m'a formé. Un grand homme, Maurice Fontarosa. Il avait un cœur gros comme ça. En tuant son fils, Charly s'en est pris à la chair de ma chair et il faudra qu'il paye pour ça. »

Sur quoi, Gaby Caraccella donna sur la table de marbre un coup de poing si violent qu'il aurait démis le bras de n'importe qui d'autre. Mais cet homme était d'une force peu commune. Quand il vous serrait la main, on ne pouvait s'empêcher de vérifier, après, s'il ne repartait pas avec la vôtre.

« On n'est pas des bras cassés, dit-il. On va lui apprendre la vie, à Charly. Il va voir ce qui arrive quand on me cherche. Il va finir dans le cagadou et c'est moi qui tirerai la chasse d'eau.

— Déjà qu'il a une tête de racadure, depuis son accident, ajouta Malek Telaa.

— Il faut en finir avec ce bidonas, con ! » opina Pascal Vasetto qui finissait souvent ses phrases par cette interjection.

Alors que des gouttes de transpiration apparaissaient sur son front, le Rascous recommença à faire les cent pas :

« Il ne m'impressionne pas, il ne m'a jamais impressionné. C'est rien qu'un fada, un fifre, un fils de putarassc.

— À Marseille, observa le sénateur Barbaroux, tout le monde dit qu'il est fini.

— Fini, mais pas mort. C'est ça le problème.

— Il faut reconnaître qu'il a souvent la sympathie des gens…

— La sympathie des gens ! Parce qu'ils ne savent pas l'ordure que c'est, en fait. Moi, je sais. Je connais tous ces secrets. »

Il s'approcha du sénateur Barbaroux :

« Charles, vous direz à notre ami commun que j'ai été obligé de suppléer aux carences de la police et de la justice pour venger mon petit José. Ce soi-disant Immortel, on va le mortaliser vite fait, adieu Botte ! »

Soudain, quelque chose tourna dans sa tête. Encore le vire-vire. Un vertige étrange qui lui tombait dessus plusieurs fois par jour. Un malaise vagal, selon le docteur Curtelin, pour ce qu'il en savait. Il s'assit sur le premier siège devant lui en veillant bien à ce que les autres ne remarquent rien. Il savait qu'il ne faut jamais montrer ses faiblesses ou ses maladies. C'est mortel, souvent.

Quelqu'un frappa à la porte. C'était un quatrième garde du corps. Une boule de poils avec un nez au milieu. Il annonça au Rascous qu'une commissaire de police, du nom de Sastre, s'était présentée avec un collègue à la grille d'entrée du « Bécou » et demandait à le voir.

19

La balise du Boumian

> « *La curiosité est la plus vilaine*
> *des inventions du Diable.* »
> Angelus Merindolus

Marie Sastre n'avait encore jamais rencontré le Rascous. Il est vrai que Gaby Caraccella ne se montrait guère en ville. Il préférait rester derrière les hauts murs du « Bécou » à gérer ses affaires et à donner ses instructions.

Il avait tant à faire. Devenu, après l'élimination de ses rivaux, le grand patron du Milieu marseillais, il était à la tête d'un empire en pleine expansion. Restaurants, boîtes de nuit, machines à sous, bars à putes, il avait sa main partout, de Marseille à Grenoble en passant par Avignon.

Il possédait une marque de café, « Jazan », et une société de distribution de boissons qu'il avait imposée à tous les bars de la région. Par hommes de paille interposés, il contrôlait aussi des restaurants, plusieurs sociétés de promotion immobilière, une chaîne de vidéoclubs, une radio locale, des garages et des boutiques de mode. Il venait enfin de se lancer, après Aurélio-le-Finisseur, dans le football où il touchait des commissions sur les transferts de joueurs. C'était là, disait-il, que l'argent était le plus facile.

Omnivore, il avalait tout et ne se retrouvait sans doute pas lui-même dans l'entrelacs de ses affaires. Surtout qu'il s'était associé, pour certaines d'entre elles à son demi-frère Pascal Vasetto, ou à Aurélio-le-Finisseur, l'étoile montante du Milieu.

Après que le Boumian eut introduit la commissaire Sastre et l'inspecteur Echinard dans son bureau lambrissé, Gaby Caraccella prétendit avoir beaucoup entendu parler d'elle par un ami commun dont il préférait taire le nom, par discrétion, puis lui proposa de s'asseoir avec des manières d'homme du monde.

« Je devine, dit le Rascous, que vous êtes venue me parler de tous ces assassinats qui frappent les miens.

— C'est exact.

— Soyez sûre que je vous aiderai autant que je le pourrai. Que voulez-vous savoir ?

— J'imagine que vous avez des soupçons, mais avant toute chose, avez-vous reçu des menaces ?

— Non. Le cabestron qui a fait tout ça n'a pas eu le courage de signer ses crimes. »

Cet homme glaçait le sang. Maintenant que son vire-vire était parti et qu'il avait retrouvé ses facultés, il inspirait de nouveau la peur, rien qu'en vous fixant avec ses yeux. Deux lames de couteau qui vous transperçaient chaque fois que votre regard les croisait. Avec ça, aucun humour. Un cul cousu.

« Je sais qui est le coupable, dit-il, vous aussi, et je vous demande solennellement de le mettre hors d'état de nuire. C'est un personnage dangereux et sans scrupule, un criminel comme on n'en avait encore jamais vu dans la région.

— Vous voulez parler de Charly Garlaban ?

— De qui d'autre pourrais-je parler comme ça ?

— Du Pistachier.

— Non, c'est un tchoutchou, celui-là. Pas un type sérieux. Il passe sa vie en prison. On dirait qu'il s'y plaît.

— Il vous en veut beaucoup, dit l'inspecteur Echinard.

— Oui, parce qu'il prétend que c'est moi qui l'ai fait tomber. Il a même promis qu'il remettrait un million d'euros à toute personne qui viendrait lui apporter un de mes membres. Un bras, un pied, ou même une troisième jambe, si vous voyez ce que je veux dire. Ça vous donne une idée du niveau de ce minus. »

Le Rascous baissa la voix et s'assit à son tour :

« Je peux vous donner des informations de la plus haute importance sur Charly Garlaban. De quoi le faire mettre à l'ombre jusqu'à la fin de ses jours. Ça peut vous intéresser ?

— Bien sûr.

— Bon, je vais mettre mes équipes en chasse. Mais il faut me laisser un peu de temps.

— Comment allez-vous procéder ?

— À ma façon. En toute légalité, rassurez-vous. Je suis un homme d'affaires, ne l'oubliez pas. Un ami personnel des plus grandes autorités de la région. Il y a longtemps que je me suis rangé. »

Il s'habillait trop cher pour un homme d'affaires. Sa montre valait largement le prix d'une villa sur la côte bleue. Avec piscine, par-dessus le marché. Il restait toujours le cacou qu'il avait été jadis quand il régnait sur le monde des cagoles et des proxénètes du quartier de l'Opéra de Marseille. Un mia infantile et ramenard.

Son tic à l'œil l'avait repris, tout d'un coup. Il essaya de ne pas y penser, mais non, ça n'arrêtait pas. La chose avait commencé il y a quelques jours, elle devenait infernale. Il se demandait si ce n'était pas le signe avant-coureur d'une tumeur au cerveau, car elle s'annonce toujours de la même manière, par des dérèglements nerveux, des pertes d'équilibre et des petites céphalées, trois maux dont il souffrait précisément depuis une semaine. Le docteur Curtelin avait prévu une série d'examens, le lendemain, à la clinique Saint-Joseph.

En tout cas, s'il avait attrapé un cancer ou une tumeur au cerveau, ce serait la faute de Charly qui, depuis des mois, lui avait gâché la vie. Il faudrait qu'il paye pour ça aussi.

« Je sais que vous avez vu Charly, hier, » dit le Rascous.

La commissaire Sastre accusa le coup. Il sourit, puis :

« Je sais tout, que voulez-vous. Mais si je peux vous donner un conseil, c'est quand même de vous en méfier, de ce mafalou. Il a l'air gentil comme ça, les panouilles se laissent prendre, mais sachez quand même qu'il a traité des gens au chalumeau quand il pratiquait le racket et l'extorsion de fonds au bar des Trois Canards, à Pigalle. Il est capable d'un sadisme dont vous n'avez pas idée. »

Il sentit comme une fourchette qui lui fouaillait la cervelle. C'était bien une tumeur, décidément. Peut-être même une grosse tumeur. Il saurait demain, après l'IRM. Il n'en pouvait déjà plus d'attendre le diagnostic médical.

« Les gens l'aiment bien, reprit-il, parce que c'est un flambeur qui offre des tournées générales dans les bars de Cassis ou qui, après une dispute, jette le diamant de sa femme dans la vase du port où les couillons l'ont cherché pendant des mois. Mais c'est aussi une terreur qui peut dépecer des gens vivants, je l'ai vu faire de mes yeux. »

Charly avait dit à Marie que le Rascous rougissait quand il disait la vérité et il rougissait à vue d'œil. Mais c'était peut-être à cause de l'angoisse qui montait en lui et remplissait sa tête de sang bouillant. La peur de la tumeur qu'il sentait grossir dans son cerveau.

Il se leva, s'épongea le front, regarda la fenêtre, puis se laissa tomber dans son fauteuil avant de reprendre, après quelques toussotements artificiels :

« Laissez-moi vous parler du scandale des scandales. La préfecture me refuse un permis de port d'arme alors que je suis devenu une cible vivante pour ce salopard. J'ai sonné à toutes les portes, je me suis heurté à un mur. N'est-ce pas révoltant ? »

La commissaire ne répondit pas, trop occupée à se gratter une nouvelle croûte sur la nuque.

« Pourquoi me refuse-t-on le droit de me défendre contre celui qui veut m'assassiner ? Je suis un honnête père de famille, je crée des emplois dans mes entreprises, les gens m'apprécient. »

Elle en avait assez entendu et prit précipitamment congé.

Quand la commissaire Sastre retourna dans sa voiture, elle ne remarqua rien d'anormal. Elle ne remarqua ni l'odeur du Boumian qui flottait encore à l'intérieur ni les micros invisibles à l'œil nu qu'il venait de poser sous le tableau de bord. Ni, bien sûr, la balise qu'il avait fixée sur le châssis de la voiture. La meilleure des balises : un portable.

20

La chevauchée fantastique

*« Il ne faut jamais s'acharner sur
un homme à terre. Sauf si on est
sûr que son compte est bon. »*
Archibald Davenport

Le mercredi, c'était le jour du pitchoun : Charly
Garlaban passait une partie de la journée avec son
fils Anatole. À 10 heures 30 du matin, après avoir
pris un café au bar de la Marine, sur le port de Cassis,
il enfourcha sa moto et partit pour Cavaillon. Il rou-
lait très vite, comme d'habitude.

Sur les hauteurs de Cassis, alors qu'il passait
devant la station essence, Charly entendit un bruit
inhabituel sous son casque et sentit quelque chose
heurter la moto dont il eut la sensation de perdre le
contrôle un instant. Une balle. Oui, c'était bien une
balle, il n'y avait pas à tortiller.

Il accéléra, si c'était encore possible, et zigzagua
pendant une vingtaine de mètres avant de filer vers
l'autoroute de Marseille. Pas le temps de regarder
dans le rétroviseur. Dans ces cas-là, il ne s'agit pas

de conjecturer ni de chercher à savoir. Il faut suivre son instinct et fuir, surtout fuir. Ce qu'il faisait, à toute allure.

Au péage, il se dit qu'il était en sécurité et descendit de sa moto pour l'inspecter. Pas de doute : on lui avait bien tiré dessus. Avec un gros calibre, qui plus est. Un point d'impact conséquent ornait sa plaque d'immatriculation. Un nouveau trophée.

Sur l'autoroute, il voulut s'assurer qu'il n'était pas suivi. Il n'avait rien remarqué de particulier dans son rétroviseur. Mais bon, la filature est un art et elle peut tromper les plus avertis.

Charly décida, par prudence, de ne pas se rendre directement à Cavaillon et de faire une étape à Aix-en-Provence où il prit place sur la terrasse des « 2G », le café « Les Deux Garçons », un de ses QG, sur le cours Mirabeau.

Ce n'était certes pas l'heure mais après toutes ces émotions, il pouvait bien s'offrir un petit plaisir. Il commanda une « piscine » de champagne rosé. Cette fois-ci, pour changer, il demanda du Laurent-Perrier au lieu de son Ruinart habituel et un plein bon Dieu de bonheur lui coula dans le gosier, gagnant, de proche en proche, le corps entier. Ça évacuait tout. Les mauvaises pensées et même la balle de Cassis.

Il avait bu la moitié de son deuxième verre quand il aperçut le Boumian sortir d'une Mercedes en contrebas, en même temps que deux personnages à tête de mafalous. Ils cherchaient tous quelqu'un ou quelque chose parce qu'ils jetaient des regards circulaires autour d'eux. L'affaire était entendue, il fallait filer de toute urgence.

Charly tourna la tête pour qu'ils ne le reconnaissent pas, laissa deux gros billets sur la table et s'esbigna ni vu, ni connu, sa grande spécialité. Quelques pas plus loin, il jeta un coup d'œil par-dessus son épaule et aperçut les trois nervis en train de tourner autour de sa moto.

Il prit la première rue à gauche, et appela le commissariat de police depuis une cabine téléphonique. Sur un ton confidentiel, il annonça à l'opératrice qu'un vol de voiture était en cours devant « Les Deux Garçons ».

Quelques minutes plus tard, après qu'une voiture de police se fut arrêtée à la hauteur du café, Charly apparut de nouveau sur le cours Mirabeau, passa devant le Boumian qu'il salua de la tête avec un grand sourire et monta sur sa moto qui partit en trombe.

Toujours prudent, il prit le parti de faire une étape à Mérindol, le village du Lubéron où, enfant, il passait ses vacances, dans la maison de ses grands-parents maternels. Après avoir acheté un saucisson de taureau à la boucherie en face de l'église, il s'assit à la terrasse d'un café en attendant l'ouverture du Patio du Vallon où il comptait s'enfourner une « italienne » du chef qui préparait, à ses yeux, les meilleures pizzas du monde.

Il se soleillait depuis dix minutes quand débula la Mercedes du Boumian et de ses acolytes. Il avait prévu le coup. Le temps que la voiture arrive à la hauteur du bar, Charly avait déjà sauté sur sa moto et démarré en trombe, en direction de Lauris.

La route était droite et la Mercedes le suivait de près. Dans son rétroviseur, alors qu'il approchait du panneau indiquant Puyvert, Charly aperçut soudain une main qui sortait de la voiture, avec le canon d'une arme au bout. Il mit les gaz, tourna à gauche et prit la petite route qui serpente sur les flancs du Lubéron.

Il ne sentait pas la peur tambouriner dans sa poitrine. Mais il venait en eau. Il avait les trois sueurs, comme on dit en Provence. Elles lui donnaient des ailes.

La Mercedes était à la peine. À Puget-sur-Durance, Charly eut l'impression de l'avoir semée. Par précaution, il décida néanmoins de continuer jusqu'à Cadenet où il s'arrêta, place du Tambour d'Arcole. Après être descendu de sa moto, il l'inspecta et découvrit une balise sous le cadre. Il l'arracha et la colla sous la Renault Kangoo de la police municipale avant de sauter sur son siège et de filer comme une flèche. Pour Cavaillon, cette fois.

Le soir, quand Charly retourna à son bateau, son chien et son chat étaient morts, écrabouillés à coups de barre de fer. L'arme du crime gisait, sanguinolente, à côté de leur cadavre.

Il jeta les deux dépouilles à l'eau, rassembla quelques affaires dans un bagage, monta sur sa moto et fonça sur Marseille où il retrouva le deux-pièces qu'une vieille amie, propriétaire d'une boîte de nuit, lui louait au-dessus de son établissement. Sous la fenêtre qui donnait sur la place Thiars, on pouvait lire cette inscription : « Dieu te cherche, mission chrétienne française ».

Avant de se coucher, il appela Martin Beaudinard depuis une cabine téléphonique du cours d'Estienne d'Orves et lui donna rendez-vous le lendemain, « comme d'habitude », formule de code des procédures de crise.

21

Des tripes pour les chiens

> « Ce qu'il y a de meilleur dans
> le chien, c'est l'homme. »
> Baron d'Oppède

Les hommes du Rascous avaient cueilli Mickey en début de soirée, dans sa planque de la rue Curiol, en haut de la Canebière, près de la Plaine. Là-bas, les trottoirs grouillaient, le soir, de travestis qui, à quelques exceptions près, avaient plus de monde au balcon que la moyenne des cagoles de Marseille. Du gros, du boudenfle, du célestiel. C'était le paradis des mamelons.

Les nervis avaient emmené le licutenant de l'Immortel dans la cave de la résidence secondaire de Pascal Vasetto, à Pertuis, pour le « cuisiner ». C'était le cas de le dire, parce qu'ils avaient travaillé Mickey au couteau mais aussi à la fourchette, pour qu'il leur dise où ils pouvaient trouver Charly et bien d'autres choses encore. N'étaient les cris d'épouvante qu'il poussa, parfois, quand les couverts lui fouillaient les chairs, ils n'en avaient rien sorti.

C'était Pascal Vasetto qui supervisait les opérations. Toujours en représentation, à tripoter ses lunettes noires, comme si ses faits et gestes étaient suivis par une forêt de caméras et d'appareils photo. Le genre imbu. Il se croyait sorti de la cuisse de Jupiter.

C'est sans doute à cause des travestis de la rue Curiol que vint au Morvelous, voyou au front bas et au regard vicieux, l'idée de châtrer Mickey. Pascal Vasetto et Malek Telaa l'approuvèrent tout de suite.

« Comme tu ne seras plus un homme, dit Malek Telaa à Mickey qui se tortillait à ses pieds, il te sera plus facile de parler. »

Même après que les olives de Mickey furent tombées sous le couteau et données à manger au chat qui repartit avec elles comme un voleur, Mickey ne desserra pas les dents. C'était un brave qui avait du poil et du coffre. Transformé en estropiadure sanglante et castrée, il continuait à secouer la tête, machinalement, pour signifier à ses bourreaux qu'il ne dirait rien.

En désespoir de cause, Pascal Vasetto décida donc de donner Mickey aux chiens. Il avait une meute dans le chenil, pour la chasse au sanglier qu'il pratiquait dans le Lubéron. C'était une grande passion, avec les voitures américaines qu'il collectionnait depuis peu.

Il demanda à ses hommes d'emmener le prisonnier devant le chenil puis de lui retirer la chemise et les chaussettes qu'il portait encore sur lui. Ensuite, il recouvrit sa bouche d'une bande de ruban adhésif avant de lui ouvrir le ventre du haut en bas, comme pour le vider, tandis que deux nervis l'immobilisaient. Ça lui arracha un grand cri silencieux, à Mickey.

Il tremblait. C'était peut-être à cause du froid qu'avait apporté la brume mouillée du soir. C'était surtout à cause de la mort qui allait et venait audedans de lui, provoquant des frissons puis des secousses. Il tomba très vite à genoux avant de se tordre par terre, comme un ver.

Les chiens étaient dans tous leurs états, derrière leur grille. Ils aboyaient, pleuraient et salivaient à grands flots devant le spectacle de ce sang vivant et de ces tripes chaudes qui dégoulinaient, bien que Mickey tentât de les retenir avec les mains.

Après quoi, Malek Telaa ouvrit la porte et jeta Mickey aux chiens. Ils allèrent directement aux tripes. Ils les tiraient et se battaient autour en grognant : chacun défendait hargneusement son bout de gras et il régnait, dans le chenil, un mélange de joie, de haine et de cupidité. Un bruit de salle de marchés.

Mickey semblait encore vivant quand, quelque temps plus tard, ils s'attaquèrent au vif de ses chairs.

Le Boumian se tenait à l'écart. Depuis le début de cette histoire, il s'était tenu à l'écart. Apparemment, il désapprouvait tout ça.

22

Rendez-vous à l'Évêché

> *« Il y a autant de générosité*
> *à recevoir qu'à donner. »*
> Julien Green

Martin était arrivé le premier. Cravaté, parfumé et coiffé net, c'était l'élégance en personne. Pas le genre à en rajouter pour faire le mia, non, mais il s'aimait bien et se soignait en conséquence. Jusqu'aux mains, régulièrement manucurées.

Il se tenait au coin de la rue de l'Évêché et de la rue Antoine Becker, à quelques pas de la porte d'entrée de l'hôtel de police. Il lisait les pages locales de *La Provence* qu'il plia en quatre quand Charly s'amena. Il avait sa tête des mauvais jours. Martin aussi.

L'hôtel de police était leur lieu habituel de rendez-vous quand les balles sifflaient, à Marseille. Un rendez-vous sans risque. Devant l'Évêché, rien ne pouvait arriver à Charly et il y allait, l'air tranquille, comme d'autres vont à la Vierge. Il avait toujours eu plus confiance en la police qu'en la justice.

« Mauvaise nouvelle, dit Martin, d'entrée de jeu. Mickey a été tué cette nuit.

— Merde. Et comment ?

— Donné aux chiens.

— Mangé ? Qu'est-ce que tu racontes, con de Manon ?

— C'est ce que j'ai appris, de source indirecte, à la « Chope d'Or » où j'ai pris un café ce matin.

— Oh ! mon Dieu ! C'est affreux. »

Après un silence, Charly regarda Martin bien droit dans les yeux et laissa tomber :

« Il avait une famille. Il faudra s'en occuper, dis.

— Promis, je m'en occuperai, Charly. »

Ils commencèrent à marcher sur le trottoir sous l'œil des policiers qui entraient et sortaient.

« Bon, et toi ? demanda Martin à voix basse. Raconte-moi ce qui t'arrive.

— Y a le feu. Hier, le Boumian a essayé de me charcler. Pour pouvoir me tirer dessus une deuxième fois s'il me ratait au premier coup, il avait posé une balise sous ma moto, comme le font les condés. J'ai eu un pot de cocu.

— Qu'est-ce que tu vas faire ?

— Il faut que je change de planque et que je prépare ma contre-attaque. »

Martin laissa passer quelques secondes, les sourcils froncés, puis murmura :

« Je crois que j'ai un truc pour toi. Le cabanon de ma sœur, dans les calanques. Elle ne s'en sert jamais et il est très bien placé. En hauteur. Tu vois tout le monde arriver d'assez loin.

— Il faudrait que tu me trouves un chien, pour faire la garde.

— Et le tien ?

— Ils l'ont tué. Comme le chat.»

Ils s'arrêtèrent de marcher un moment et Martin lui prit le bras :

« C'est quelque chose de très personnel, un chien. Il faut que tu le choisisses toi-même.

— Je n'ai pas le temps. Y a le feu, je t'ai dit.

— Tu vas venir avec moi au refuge, ça te prendra un quart d'heure. Sinon, tu m'en voudras parce que je t'ai pris un connard, un gueulard ou un trouillard. Y a pas un chien qui ressemble à un autre. »

Charly n'aimait pas que Martin lui prenne le bras comme ça. Il n'aimait pas cette compassion. Depuis le temps, l'autre frottadou aurait dû le savoir. Mais non, il insistait.

Soudain, Charly s'arrêta en se dégageant :

« Bon, eh bien, maintenant il nous faut une voiture...

— Ma voiture est garée tout près.

— Non, on ne va pas prendre ta voiture. Une autre. Le Boumian a peut-être posé une balise dessous. Demande à un de tes proches de t'en prêter une.

— Ma sœur ?

— Ta sœur, c'est très bien. Après, on ira au refuge ensemble et puis, ensuite, au cabanon. Avec Pat. Comme elle n'est pas en sécurité chez elle, je veux qu'elle vienne avec moi.

— Ta femme va péter un plomb.

— Ne mêle pas Christelle à tout ça. Rien ne t'oblige à la mettre au courant. J'ai besoin de Pat, tu comprends. Nous allons enquêter ensemble.

— Enquêter ?

— Oui, enquêter. Je veux savoir pourquoi et par qui José Fontarosa a été tué. C'était l'un des prochains objectifs sur ma liste et quelqu'un l'a calibré avant moi, ce qui a rendu le Rascous encore plus enragé que d'habitude. Reconnais que c'est étrange.

— C'est étrange, en effet.

— Puisque la police n'est pas fichue de faire son travail correctement, je vais le faire moi-même avec Pat. Je lui ai donné rendez-vous ici. »

Charly consulta sa montre :

« Elle devrait déjà être là. Je lui ai demandé de venir avec tout son matériel, les ordinateurs et tout le toutim. On va vite retrouver le coupable. Plus vite que la BRB, tu peux nous faire confiance. »

Vingt minutes plus tard, Martin vint récupérer Charly et Pat dans la voiture de sa sœur, une Renault Laguna. Au refuge de la Société protectrice des animaux, ils ne restèrent pas longtemps. C'était trop déchirant et trop oppressant, tous ces regards tragiques rivés sur eux. Impossible de les soutenir.

On aurait dit des veaux attendant le couteau, à l'abattoir. Charly luttait pour retenir ses larmes et contre l'envie d'adopter tous les chiens en même temps. Ça lui faisait toujours cet effet-là, les refuges. C'est pourquoi il avait voulu que Martin vienne à sa place.

Mais bon, Martin avait raison. C'était à lui de choisir. Encore que, dans les refuges, ce sont toujours les chiens qui choisissent leur maître. Pour être élu, il leur faut le regard adéquat. Souffrant et affligé mais pas totalement désespéré. Déjà admiratif, surtout. Car c'est d'abord ce que l'on recherche chez le chien : l'estime de soi et même davantage.

Aux yeux de son chien, chacun devient un géant de l'humanité. Un mélange d'Einstein, de Shakespeare et d'Alexandre le Grand. C'est pourquoi on l'aime. À moins, bien sûr, de ne plus s'aimer soi-même. Un chien, ça rassure. Parfois, ça grise aussi.

C'est un bâtard jaune à l'oreille coupée qui jeta son dévolu sur Charly. Un de ces chiens rasqueux qui courent les rues de Provence, le museau crotté. L'œil vif, et l'air plaintif, mais on ne se refait pas. Avec ça, quelque chose de malin dans la gueule, même s'il avait l'air d'être prêt à mourir pour le premier maître venu.

Charly lui trouva tout de suite un nom : « Molinari». «Il a l'air intelligent», expliqua-t-il.

À Marseille, quand on est devant un gros obstacle, on dit souvent : « Va chercher Molinari.» C'était un renfloueur de bateaux de La Ciotat qui a fait des miracles au XVIIIe et au XIXe siècle. Un génie dans sa catégorie, à ce qu'on disait.

Sur la route du cabanon, ils s'arrêtèrent dans un hypermarché où Charly acheta pour Molinari, Pat et lui, de quoi tenir un siège de plusieurs semaines.

23

Que ma joie demeure

> « *Tous les amours sont éternels,*
> *sauf à la fin.* »
> Aristide Galupeau

Charly semblait décidé à se faire oublier. Quand il n'avait plus la main ou qu'il était en position de faiblesse, il préférait disparaître. C'était ce qu'il appelait la stratégie du mort-vivant.

La plupart des politiciens oublient qu'on ne communique jamais en période de crise car, alors, nul ne vous entend. Les truands, eux, savent que, dans ces moments là, on ne doit pas sortir : sinon, votre compte est bon. Même s'il donnait le sentiment d'avoir abandonné toute ambition avec cette barbe de papet qui lui venait, Charly préparait un coup et même davantage encore : une machination.

Qu'il pêchât la daurade ou se promenât avec son chien dans les calanques, il gambergeait toujours. S'il avait été homme d'État, on eût dit qu'il préparait son plan de sortie de crise.

145

Il ne semblait même pas s'émouvoir que les recherches de Pat n'avancent pas. Elle était rentrée bredouille d'un séjour de trois jours à Genève. Pas l'ombre d'un indice sur l'assassin de José Fontarosa. De retour à Marseille, elle avait interrogé la femme du défunt, mais sans succès : la malheureuse ne savait rien, bien sûr.

« Laisse tomber, lui avait-il dit un soir. Si l'assassin frappe une nouvelle fois, il nous laissera peut-être un indice, une marque, quelque chose qui nous mettra sur sa piste. En attendant, occupe-toi du reste. »

Le reste, c'était le dossier qu'il lui avait demandé de monter sur l'empire du Rascous. Un état des lieux sur tous ses traficotages, factuel et chiffré comme un rapport de la Cour des comptes. Quand le dossier serait bouclé, Charly en déposerait une copie au Rascous et lui annoncerait qu'il en avait remis d'autres à plusieurs personnes qui devaient l'envoyer à la police et aux journaux, si jamais il lui arrivait malheur. Il avait prévu d'en transmettre aussi un exemplaire à Aurélio Ramolino. Il fallait que le Finisseur sache à quel point Gaby Caraccella le truandait. C'était le seul allié possible de l'Immortel, celui qui pouvait ouvrir un autre front contre son ennemi. Le pivot de sa vengeance.

Pat travaillait beaucoup sur ce dossier, passant notamment au crible les registres de commerce. Souvent, elle partait pour la journée à Marseille ou à Aix, revenait avec des disquettes et restait des heures dessus, jusqu'à potron-minet, si ça lui chantait.

Charly aimait bien la vie avec elle. Pas d'horaire. On prenait le petit-déjeuner à 5 heures ou à 9 heures 30 du matin, c'était selon. Avec ça, pas un mot. Pat ne parlait pas.

C'était tout à fait le type de fille qu'il lui fallait. Une taiseuse qui ne demandait rien, toujours heureuse derrière ses yeux en olive. Jamais un caprice ni un mot plus haut que l'autre. Pas le genre à bouder ou à faire un fromage pour une peccadille. Une femme, une vraie. Il aimait tout, chez elle. Sa peau, une peau de nouveau-né, et puis aussi les pieds dont elle prenait grand soin, les massant et les enduisant régulièrement de beurre de karité.

La première fois que Charly s'était glissé dans ses draps pour faire la chosette avec elle, ils n'avaient rien dit. Ni avant, ni après. L'amour aime le silence : les mots l'enferment et le rabaissent. Avec Pat, il avait trouvé son double, même s'il affichait un tiers de siècle de plus qu'elle.

Il se serait bien vu vivre ainsi jusqu'à la fin de ses jours. Sauf que le pitchoun lui manquait et qu'il lui restait encore à régler quatre « problèmes » sur les huit de la conjuration d'Avignon. Sans parler du neuvième, le Morvelous, qui avait été le guetteur.

Dans les calanques, le temps ne passait pas, il glissait : les jours se poussaient les uns les autres sans que rien ne change vraiment. Jusqu'au matin où un bateau s'approcha. Un hors-bord qui traçait sa route comme une flèche, dans un bouillon d'écume.

Pat était partie à Marseille. Il prit soudain conscience que sa présence le rassurait. Ce qui n'était pas le cas du chien. Il résista à la tentation de l'enfermer et partit chercher un Colt 45 et une kalashnikov dans la cachette que Martin lui avait indiquée, en lui montrant les lieux. Une petite grotte que bouchaient deux grosses pierres, derrière une baragne broussailleuse.

C'était là que la sœur de Martin entreposait les objets de valeur. C'était là aussi que Charly avait dissimulé son armurerie. Trois pistolets automatiques Colt 45, deux kalashnikov AK. 47 et un fusil à pompe. Une belle panoplie. Sans parler du petit revolver Body Guard à cinq coups, calibre 38, qu'il gardait toujours dans un étui-cheville, à tout hasard. Encore qu'il portait toujours, à tout hasard, un Magnum sous sa ceinture.

Il dévala discrètement les rochers, prêt à la bataille, quand il se rendit compte qu'il s'agissait d'une fausse alerte. C'est Martin qui descendit du hors-bord. Charly n'aimait pas qu'il ait enfreint la règle de ne jamais lui rendre visite mais bon, il ne pouvait cacher qu'il était heureux de le revoir, après neuf jours d'exil forcé. Heureux et curieux, surtout, car, pour avoir violé les consignes, son ami avait sans doute quelque chose d'important à lui apprendre.

« Je suis venu te dire, lui annonça-t-il tout de go, que les relations entre le Rascous et Aurélio-le-Finisseur sont en train de se détériorer très vite, au cas où tu ne le saurais pas encore.

— Ça ne m'étonne pas. Y a longtemps que ça couvait. J'ai toujours pensé que c'était un type bien, Aurélio. Trop bien pour continuer à être associé avec le Rascous. Un homme de parole.

— Il m'a demandé de te transmettre un message : qu'il était prêt, le jour venu, à faire équipe avec toi.

— Non, mais tu as vu combien on est ? De notre côté, il y a Pat et moi. Du côté d'Aurélio, ils sont une trentaine au moins. Ça ne serait pas très équilibré, comme équipe.

— Je te répète ce qu'il m'a dit.

— Réponds-lui que j'apprécie sa proposition et que j'aurai bientôt des informations à lui donner. Des informations qui vont le faire tomber des nues. Je me ferai un plaisir de le rencontrer dans quelques jours, quand le dossier sera prêt. »

Charly savait que Martin n'avait pas fait cette expédition et pris ce risque, contraire à leurs conventions, pour lui apporter cette information qui n'en était pas une. Il y avait autre chose.

Martin s'essuya le front où perlaient de grosses gouttes de sueur avant de souffler, les yeux baissés :

« Ça, c'était la bonne nouvelle. Y a aussi les mauvaises. »

Sa glotte trembla.

« Voilà, reprit-il. Mes bureaux ont été visités.

— C'est le Rascous.

— Si c'est le cas, je crois qu'il n'a rien trouvé d'intéressant.

— Tu en es sûr ?

— Presque. »

Sa glotte trembla de nouveau, mais plus fort encore.

« Je voulais te dire aussi que Clotilde a un cancer du foie.

— Du foie ? Mais elle n'a jamais bu que de l'eau !

— Le cancer est très avancé et les médecins m'ont prévenu qu'il fallait que je me prépare, si tu vois ce que je veux dire. »

Une bordée de larmes monta aux yeux de Charly qui tourna la tête, pour cacher son émotion. Clotilde avait été sa première épouse. Une ancienne élève du lycée Thiers qu'il avait fréquentée dès la classe de première. Il l'avait beaucoup aimée, beaucoup bafouée aussi. Après leur divorce, c'est Martin qui s'était dévoué pour la consoler avant de convoler.

Parce qu'il avait su la rendre heureuse après, Charly vouerait à Martin une reconnaissance éternelle. Pas une journée sans qu'il ne pensât au moins une fois à la chichinette, comme il l'appelait. À son propos, il disait souvent : « On aime toujours pour la vie les femmes qu'on n'a jamais cessé de trahir. »

Il y eut un long silence que troublèrent à peine quelques ébrouements de mistral. Les deux hommes semblaient sur le point de tomber dans les bras l'un de l'autre, mais non, ils restèrent face à face, en reniflant un peu, les yeux baissés.

24

Recherche Charly désespérément

*« Quel homme vécut jamais
une réussite achevée ? »*
Charles de Gaulle

Il était dans les 11 heures quand Marco, son adjoint, appela la commissaire Sastre dans sa voiture. Troublée par la disparition de Charly, elle venait juste de partir pour Cassis afin de retrouver sa trace.

À en juger par sa voix, Marco était très excité :

« Le bateau de Beaudinard a quitté le Vieux Port ce matin. Il se rend dans les calanques. Qu'est-ce qu'on fait ?

— Dis-moi d'abord où il est.

— Le GPS m'indique sa position. Il vient de passer En-Vau.

— Tu vois, Marco, on a bien fait de mettre une balise sur ce bateau. Il est peut-être en train de nous mener directement à Charly. Envoie déjà une voiture avec Gérard et Sandrine : ça les aérera un peu, les chéris. Moi, je fais demi-tour et je prends un bateau avec Echinard. On verra bien qui arrive le premier. »

Quelques secondes plus tard, l'un des nervis du Rascous rapportait cette conversation, captée à plusieurs voitures de là, au Boumian qui décida aussitôt d'envoyer sur place une équipe de six hommes, par bateau et moto, sous son commandement.

Quand le Boumian annonça la nouvelle au Rascous, l'autre s'époumona :

« Vous n'avez pas envoyé assez de monde. Ne soyez pas ratacan sur ce coup-là, Bonne Mère. Je veux les grands moyens.

— Dix hommes ?

— Non, vingt ou plus. Tous ceux que vous trouverez. Rameutez tout le monde, écumez les bars, il faut que vous me rameniez son cadavre ce soir dans un coffre de voiture. Je veux lui cracher dessus avant de me coucher, compris, mon vieux ? »

La police arriva la première sur les lieux. Marie Sastre mouilla son bateau contre celui de Martin Beaudinard et, suivie par son inspecteur, commença à monter le petit mamelon crochu qui avançait dans la mer. Quand elle arriva en haut, elle sortit les jumelles et scruta les calanques.

Rien ni personne.

Elle passa les jumelles à l'inspecteur qui finit par trouver un cabanon. Il gisait comme un ramas d'ossements au pied d'un contrefort et se confondait à s'y méprendre avec les calanques, derrière un bouquet de pins étiques et tordus. Le genre d'endroit d'où l'on voit tout mais que personne ne voit.

« Ce doit être là, dit l'inspecteur Echinard.

— Allons-y mais si c'est lui qui habite là il y a de grandes chances qu'il nous ait vus arriver. Il a eu tout le temps de filer. »

Quand ils arrivèrent au cabanon, il n'y avait en effet pas un chat dedans. Pas même un chien. Mais il apparaissait au premier coup d'œil qu'il était habité. La commissaire et l'inspecteur passèrent les deux pièces au crible avant d'arriver à la conclusion qu'un homme et une femme vivaient là depuis plusieurs jours.

« Ils ont pris de quoi manger pour un mois, dit l'inspecteur Echinard.

— Parce qu'ils sont en cavale.

— Ce sont peut-être des touristes.

— Allons, regarde ces T-shirts blancs et ce jean délavé. C'est Charly, j'en suis sûre. Il s'habille toujours comme ça, tu sais bien. Et puis tous ces sacs en plastique. Il en a toujours un à la main. »

Ils sortirent du cabanon et, avant de commencer la traque, Marie Sastre appela Marco pour lui demander de lui envoyer de toute urgence un hélicoptère avec deux hommes de sa brigade à bord.

Deux ou trois minutes plus tard, son adjoint la rappela :

« Il n'y a plus d'hélicoptère.

— Comment ça, il n'y a plus d'hélicoptère ?

— C'est ce qu'on vient de me dire.

— Mais qui ?

— Eh bien, le Bulldozer, ton directeur adoré. Il a même ajouté : "Et puis, pendant qu'elle y est, pourquoi ne pas mobiliser aussi tout le GIGN ?" Je crois que tu es dans le collimateur, Marie.

— Soit. »

Marie Sastre avait conclu la conversation d'une voix blanche et cassée, une voix de l'autre monde, avant de se gratter jusqu'au sang sous le genou où se développait, depuis quelques jours, une croûte qu'elle arrachait régulièrement. Ses yeux brillèrent un instant de plaisir.

« Parfois, dit-elle, je me demande si Pothey n'est pas de mèche avec le Rascous. Il doit y avoir quelque chose entre eux.

— Le Rascous a le bras très long. Le ministre de l'Intérieur, celui de l'Économie et des Finances, le président du conseil général, un sénateur, deux députés. Il a un monde fou dans la main, quand on y pense.

— Crois-tu qu'il balance à la police ?

— Bien sûr qu'il balance, mais aux grands chefs seulement. Sinon, ils ne le protégeraient pas comme ça. Tous les truands sont des indics.

— Pas Charly.

— Pas lui, c'est vrai, et puis, j'imagine que le Rascous rend des services aux politiciens. Quand il ne les arrose pas.

— Depuis que j'ai été nommée à Marseille, j'ai l'impression qu'on ne peut rien faire contre le Rascous.

— Comme on n'a rien pu faire, en leur temps, contre Antoine Guérini ou Gaëtan Zampa, ses prédécesseurs. Jusqu'au jour où…

— Mais ce jour-là, ce n'est pas la police qui l'a fixé. C'est le Milieu qui a mis fin à leur règne, à l'un et à l'autre. Est-ce que je me trompe ? »

En guise de réponse, l'inspecteur Echinard haussa les épaules avec une expression d'impuissance. C'est alors que monta de la mer un ronflement de moteur.

Le Boumian et ses nervis passaient en vedette anglaise devant les deux bateaux qui se soleillaient, dans la crique. Ils ne s'arrêtèrent pas et Marie Sastre qui ne pouvait les identifier, depuis son promontoire, ne leur prêta pas plus d'attention que ça.

Avec l'inspecteur Echinard, elle commença à battre les calanques à la recherche de Charly. Mais elle était partie à l'aveuglette, sans eau ni rien à grignoter, et savait bien que sa quête ne la mènerait nulle part.

Autant chercher un grain de sable dans un tas de picrres. Parce qu'elle croyait à son étoile, Marie Sastre persista dans l'erreur avant de rebrousser chemin, vers 5 heures de l'après-midi. Gérard et Sandrine qui étaient chargés de surveiller la route, à l'entrée des calanques, n'avaient rien à signaler non plus.

Rien, sauf des bruits de motos. Elles avaient beaucoup tourné, dans l'après-midi. Encore une triale puisque c'est ainsi que l'on nomme ces courses absurdes que pratiquent, dans les collines, les minots ou les voyous. S'ils avaient eu l'idée d'aller regarder de plus près, Gérard et Sandrine auraient vu, peu avant qu'ils ne lèvent le camp, deux motards arrêter un homme qui courait, vêtu d'un T-shirt et d'un jean troué.

Les deux nervis étaient descendus de leur moto et l'avaient ceinturé puis jeté à terre avant de le tabasser. Ils lui avaient tout bien escagassé. La tête, les côtes et les jambes. C'est à peine s'il pouvait encore tenir sur ses pieds quand ils le relevèrent.

Ils l'avaient ensuite attaché à l'arrière du siège d'une des motos, les pieds entravés aux pédales et les mains ligotées derrière le dos avec une ficelle fixée directement au véhicule.

Quand ils l'amenèrent devant lui, le Boumian s'écria :

« Mais c'est pas Garlaban, c'est Beaudinard. Excuse-nous, monsieur, c'est une erreur. »

Il demanda à ses hommes de lui retirer ses liens, s'éloigna un peu et appela le Rascous pour lui dire qu'il n'avait pas le bon paquet.

« Je ne comprends pas, dit le Rascous. T'as quel paquet, alors ?

— Le paquet avec qui il est toujours. Vous savez, le paquet de la rue Paradis.

— Le paquet ami, tu veux dire.

— C'est ça. Le grand ami.

— Tu laisses tomber. On n'en a rien à foutre de celui-là. Et retrouve-moi le bon ! Je le veux ce soir, je t'ai dit ! »

Après quoi, le Boumian s'excusa de nouveau auprès de Martin Beaudinard que ses sbires accompagnèrent jusqu'à son bateau.

Au même moment, à plusieurs kilomètres de là, un homme descendait d'un taxi à Marseille, devant la gare Saint-Charles. Il tenait d'une main un chien jaune en laisse, un sac en plastique de l'autre et portait une chemise Balenciaga, ainsi qu'un pantalon Dior.

Visiblement, quelque chose le gênait. Les habits de Martin Beaudinard étaient trop grands pour lui. Trop luxueux aussi. Il n'avait pas l'habitude.

Charly Garlaban passa un coup de fil dans une cabine et prit le premier train pour Manosque.

25

Gueule d'amour

> « *On n'innocente pas un homme
> qui n'a rien fait. Ou alors,
> c'est très difficile.* »
> Georges Courteline

Un sondage a été effectué pour le magazine *Elle* sur un échantillon de mille femmes marseillaises de dix-huit ans et plus, interrogées en face à face à leur domicile, selon la méthode des quotas. En somme, un sondage très sérieux. On leur a posé, entre autres questions : « Aimeriez-vous coucher avec le Pistachier ? » Réponse de 87 % des sondées : « Non, plus jamais ! »

C'était une des blagues qui couraient à Marseille. Si le Pistachier devenait un mythe, ces temps-ci, ce n'était pas tant à cause de ses embrouilles dont on ne comprenait jamais grand-chose. Sauf qu'elles concernaient, bien qu'il le niât, le proxénétisme et, surtout, le trafic des stupéfiants. Non, si trois livres étaient en préparation sur lui et un film en cours de tournage, c'était surtout à cause de sa gueule. Une gueule d'amour.

De tous ceux qui voulaient conquérir Marseille, c'était le plus beau, et de loin. Il avait pourtant affaire à forte partie, le joli cœur : les autres n'étaient pas mal faits non plus de leur personne. Mais il avait plus de charme. L'œil enjôleur, l'air toujours un peu ailleurs, il semblait trouver tout farce, même ses échecs, même ses déboires. C'était le roi des galéjeurs.

Marie Sastre, qui le connaissait depuis longtemps, n'avait jamais cru qu'il fût l'auteur des lettres et des coups de fil anonymes qu'elle continuait de recevoir. Elle avait décidé que c'était une manœuvre du Rascous pour la monter contre le Pistachier que tout, curieusement, désignait.

Fils d'un père algérien et d'une mère portugaise, Mehdi Boudjemar avait fait ses premiers pas dans le quartier de la Belle-de-Mai, près de la gare Saint-Charles. Caïd dès la maternelle, il avait déjà cinq filles qui tapinaient pour lui quand, à dix-neuf ans, il était condamné une première fois à quinze mois de prison pour proxénétisme. À peine sorti, il était fiché au grand banditisme. Depuis, c'était devenu un habitué de l'Évêché mais il fallait souvent le relâcher, faute de preuves.

La dernière fois, à la suite d'une dénonciation qu'il disait calomnieuse, la police et la justice avaient réussi, de conserve, à le maintenir pendant quatre ans en détention provisoire. La prison ne lui avait pourtant pas fait perdre sa bonne humeur. Quand la commissaire Sastre et l'inspecteur Echinard le virent arriver, encadré par deux surveillants, il était rayonnant. Après avoir esquissé un sourire faussement timide, il soupira :

« Merci d'être venus me sortir d'ici. Il était temps qu'on se rende compte, enfin, que je suis victime d'une erreur judiciaire.

— Ça commence bien », dit Marie Sastre.

Il s'assit sans rien demander et laissa tomber, avec le même sourire :

« Non, madame, ça va finir. Vous verrez, je ne vais plus rester longtemps ici. La plaisanterie a assez duré. Je porterai plainte et demanderai un gros dédommagement à cet État qui ne respecte pas les lois. Avec mes avocats, on va lui faire un procès qui restera dans les annales.

— En somme, vous êtes un pauvre innocent, ironisa Marie Sastre.

— En quelque sorte, oui, ne riez pas. Je ne suis pas coupable de ce dont on m'accuse, vous la première, et je peux vous le démontrer.

— Ce n'était pas l'objet de notre visite.

— J'imagine...

— Je voudrais vous parler de cette série noire qui frappe tous les proches du Rascous.

— Si vous voulez me demander ce que je faisais le soir des crimes, sachez que j'ai un alibi en béton. Un alibi Baumettes, comme on dit ici. Toute la prison pourra témoigner en ma faveur.

— L'inspecteur Echinard et moi, on aimerait juste vous entendre. Vous savez sûrement des choses. »

Elle sortit son stylo et son carnet de la poche de son blouson.

« Je crois qu'il y a erreur, dit le Pistachier. Je ne suis pas une balance. Ne confondez pas avec le Rascous. »

Elle remit le tout dans la poche de son blouson, puis :

« Je ne prendrai pas de notes. On veut juste comprendre ce qui se passe.

— Le Rascous est un fada et un indic. Après lui avoir léché les bottes, tout le monde est en train de se rendre compte que ça n'est rien du tout, ce type. Une caguette qui se fait dessus. Un zéro. Voilà tout ce que j'ai à dire.

— Pourquoi le Rascous a-t-il tenté d'assassiner Charly ? »

Le Pistachier haussa les épaules avec son sourire habituel que la commissaire commençait à trouver charmant, pour ne pas dire craquant :

« Je suis heureux que la police ait enfin identifié, tant de temps après les faits, celui qui a monté la fusillade du parking d'Avignon. Il est d'un naturel très jaloux, le jobastre, et Charly venait de faire de très grosses opérations apportées par les propres amis du Rascous. On peut penser qu'il a voulu ainsi se débarrasser d'un rival qui prenait trop d'importance.

— De quelles opérations parlez-vous ?

— Je n'en ai aucune idée, répondit le Pistachier en roulant des yeux de carpe frite. En prison, vous savez, on est coupé de tout.

— Allez, trêve de plaisanterie...

— L'hypothèse la plus probable est que, constatant la montée en puissance de Charly, le Rascous ait décidé de défendre son honneur et son territoire dans le parking d'Avignon. À sa façon, expéditive et lâche, tellement lâche...

— Et puis une fois ressuscité, Charly s'est vengé.

— C'est possible.

— Pourtant, sur le dernier crime, dit Marie Sastre, Charly a un alibi sérieux puisqu'il se trouvait avec moi au moment des faits.

— Je crois avoir lu ça dans la presse.

— Pour moi, c'est un contrat et il y a deux solutions. Ou bien c'est Charly qui a commandité le crime. Ou bien c'est vous... »

Le Pistachier écarquilla les yeux et s'étrangla avec une telle outrance qu'on ne savait pas s'il plaisantait ou non :

« Moi ? Mais vous n'allez pas tout me mettre sur le dos ! Le trafic de coke, le casse de la Caisse d'Épargne, les machines à sous et puis maintenant cette palanquée de règlements de comptes.

— Je ne vous accuse de rien, je vous demande juste d'éclairer ma lanterne.

— Comment aurais-je pu organiser tous ces meurtres à l'extérieur de la prison, je vous demande ? J'ai été pendant des mois en quartier d'isolement, peuchère. Je sais l'influence que le Rascous a sur l'Évêché, madame, mais tout de même...

— Je ne peux pas vous laisser dire ça !

— ... Vous n'êtes pas obligée de faire le travail du Rascous et de reprendre ses calomnies. Vous valez mieux que ça, je vous le dis. »

Il se laissa glisser un peu dans sa chaise, ferma les yeux un moment, comme s'il partait dans une rêverie, puis laissa tomber en rouvrant les paupières :

« Excusez-moi si j'ai déparlé mais c'est tout ça qui me révolte, voyez-vous. Ces mensonges que l'on colporte sans arrêt sur moi. Tous ces moyens mis en place pour m'espoutir. Cette injustice, enfin, qui fait la loi dans ce pays. J'en ai plein le bédelet qu'on m'accuse d'être un trafiquant de drogue.

— Rassurez-vous, on a bien compris que vous êtes blanc comme neige, osa Echinard.

— Ce n'est pas drôle, inspecteur. »

Le Pistachier haussa les épaules avec une expression de mépris, puis :

« Quand je me suis procuré mon premier calibre à l'âge de seize ans, je n'avais pas le choix. Sinon, je serais resté un rien comme tous mes copains de la Belle-de-Mai. Tout est fermé en France. L'avenir, les places, tout. Pour tailler sa route quand on sort d'un quartier pourri, il faut un flingue, comprenez-vous. Y a aucun mal à ça : le Coran dit qu'aucun voile ne s'interpose entre Dieu et l'imprécation de l'opprimé. J'étais un opprimé. Comme Charly et le Rascous. C'est pourquoi on s'entendait tous les trois si bien, à nos débuts, à Paris, jusqu'à ce que le Rascous prenne la grosse tête. »

La commissaire arrêta là l'entretien. Elle n'en pouvait plus de ce discours victimaire qui était devenu, depuis quelques années, le discours officiel, celui des caves, des ministres, et des truands.

Elle avait compris aussi qu'elle n'avait rien à tirer du Pistachier. Il n'était pas du genre à parler, fût-ce sous l'emprise de la haine. Elle sortit donc de fort méchante humeur de la prison et soupira à l'intention de l'inspecteur, alors qu'ils retournaient à leur voiture :

« On est toujours en plein pastis.

— Pourvu qu'on ne se noie pas dedans ! »

Elle était censée sourire mais n'en eut pas le cœur. Elle avait le roumagan, un mélange de migraine et de tristesse. Il lui fallait se changer les idées. De retour à l'Évêché, elle prétexta son mal de tête pour aller faire un long tour qui l'emmena dans le quartier du Panier où elle s'arrêta dans un cybercafé, puis, de l'autre côté du Vieux Port, rue Sainte. Là, elle entra dans un petit bar où, apparemment, elle avait ses habitudes. Elle salua le patron de la tête, monta deux étages d'un escalier en colimaçon et emprunta un couloir qui l'amena dans une pièce ou sonnait et crépitait une armée de machines à sous clandestines, sous la surveillance d'un jeune homme à tête de poulpe. Elle lui acheta un sac de jetons pour jouer.

Elle resta longtemps à observer. Première règle : ne jamais se précipiter sur la première machine venue. Deuxième règle : prendre la suite d'un joueur qui n'a pas touché le jackpot. Après quoi, il faut apprivoiser la machine, lui parler, la comprendre et, le moment venu, quand on est enfin à l'unisson avec elle, la vider. C'est ce que fit la commissaire Sastre. Elle repartit avec un grand sourire et sept cents euros.

En retournant à l'Évêché, Marie Sastre emprunta la rue Glandevès. Elle passa devant « Chez Rose », un restaurant italien où il lui arrivait de déjeuner, regarda la carte, puis reprit son chemin.

À l'intérieur, Martin Beaudinard était en grande conversation avec Gaby Caraccella. Un déjeuner d'affaires. Officiellement pour évoquer le transfert de Zaza, un joueur de foot de l'AS Monaco, et se mettre d'accord sur le montant de la commission.

Martin Beaudinard n'avait pratiquement rien mangé. Avant de venir, il s'était gavé de chocolats fourrés. De temps en temps, il avait des renvois qu'il déglutissait avec un mouvement du cou qui rappelait celui des ruminants à l'œuvre.

Au dessert, Gaby Caraccella en vint enfin au sujet que redoutait Martin et pour lequel il l'avait invité :

« Et que devient notre ami Charly ?

— Je ne sais pas. Je ne l'ai pas vu depuis un certain temps.

— Je voudrais que tu fasses un effort sur toi-même et qu'au nom de notre amitié, tu me dises où on peut le trouver.

— Je suis la dernière personne à qui il faut demander ça, Gaby. C'est mon meilleur ami, tu sais bien. »

C'était dit comme on ferme une porte. Mais le Rascous insista :

« Je respecte ça. Mais je veux que tu m'aides, Martin. Que tu me donnes toutes les informations que tu as sur lui. Les papiers, les dossiers, tout. C'est pour son bien. Il est dans une paranoïa contre moi. Il faut le protéger contre lui-même. Je suis prêt à confier de grosses affaires à ton cabinet ou même, si tu préfères, te donner beaucoup d'argent pour ça, y compris à te céder ma commission sur Zaza... »

Les yeux rivés sur son assiette, Martin ne desserra pas les dents.

« Je t'ai demandé quelque chose, reprit le Rascous. Pourquoi tu ne réponds pas ?

— Jamais je ne ferai ça. Jamais. »

C'est alors que le Rascous lui planta dans la joue sa fourchette à dessert, avec une telle violence qu'elle laissa trois trous sanglants. Martin le regarda avec un air éberlué et, soucieux de ne pas souiller son costume, prit sa serviette pour éponger le sang qui pissait.

« Décidément, dit-il, tu ne sais toujours pas te tenir. »

En guise de réponse, Martin reçut un coup de poing qui envoya sa tête cogner contre le mur. Malek Telaa, le bras droit de Rascous, qui était assis à une table à côté, se leva, prit le bras de son patron et, après avoir laissé des gros billets sur la nappe, sortit tranquillement avec lui du restaurant en saluant plusieurs clients au passage.

26

Oraison funèbre

« Qui sait si la vie n'est pas la mort
et si ce n'est pas la mort
que les hommes appellent la vie ? »
Euripide

Ce devait être l'une des plus belles fêtes de l'année, à Marseille. Pas la plus belle, non, le Rascous avait demandé à Malek Telaa de ne pas dépasser certaines limites. Il fallait raison garder et ne pas provoquer les autorités.

Encore que le Rascous se serait sans doute permis de les chatouiller, lui. Mais c'était le Rascous. Malek Telaa avait donc convié trois cents personnes seulement dont pas mal du Tout-Marseille à venir célébrer son troisième mariage sur un yacht qu'il louait pour l'occasion et qui mouillait dans le port de la Joliette.

Il faisait un temps mollasse, ce jour-là. Les nuages étaient tombés par terre et on avait l'impression de marcher au milieu des nuées. Parfois même, de se prendre les pieds dedans. Pour un peu, on se serait cru dans un de ces films d'horreur où le brouillard est plein de fantômes ou de morts-vivants prêts à bondir sur leurs proies.

Il régnait une certaine tension devant le yacht. Avant de monter sur la passerelle, il fallait avancer entre deux haies de gros bras à tête de mafalous. Les gardes du corps du Rascous auxquels s'ajoutaient les videurs de ses boîtes de nuit. Tous semblaient du genre à sortir des flingues à la première estoumagade venue. Sauf qu'ils n'étaient pas armés.

Malek Telaa et sa nouvelle femme, Yasmina, attendaient les invités à l'entrée du yacht. Le Rascous se tenait tout près d'eux, avec des airs de père de la mariée. Du moins au début de la réception. Car il s'esbigna sur le pont quand il eut constaté que la plupart des élites de Marseille avaient fait faux bond, les ingrats. Parce qu'il sentait le soufre, maintenant ? Parce qu'il était sur le déclin peut-être ?

Il n'y a pas si longtemps, elles se seraient écharpées pour être sur la liste des invités du mariage de son bras droit. Aujourd'hui, sous prétexte qu'il n'avait pas eu la peau de Charly, elles faisaient leur chichette.

Dieu merci, Charles Barbaroux avait sauvé l'honneur. Des sénateurs, on sait qu'ils ne démissionnent jamais et meurent rarement. À soixante-dix-neuf ans, celui-là était du marbre dont on fait les tombeaux. Il semblait indestructible. Il avait amené avec lui plusieurs de ses affidés dont le moindre n'était pas le député Eugène Carreda, vice-président du conseil régional et propriétaire de toutes les décharges et déchetteries de la région. Comme son frère et lui possédaient les pâtes Pastafiore, on disait de lui qu'il tenait les deux bouts de la chaîne. C'était un sexagénaire avenant et compétent, toujours le mot ou le geste qu'il faut. Il était écrit sur sa figure qu'il serait député jusqu'à sa mort. Après, il serait sénateur.

Le sénateur Barbaroux se tailla un joli succès en racontant l'histoire du regretté Louis Philibert, feu le président socialiste du conseil général des Bouches-du-Rhône, un ancien cantonnier qui avait séché, dans un débat, un adversaire qui s'encroyait. Une créature à particule, pourrie jusqu'à la moelle, doyen des facultés.

« À quoi reconnaît-on une ânesse en chaleur ? avait demandé Louis Philibert

— Je vous en prie, monsieur, vous rabaissez le débat.

— Vous n'avez pas répondu. À quoi la reconnaît-on ?

— Cette question est bien la preuve que vous n'êtes pas à la hauteur des grands enjeux de notre temps.

— Ne me dites pas que vous ne savez pas, peuchère.

— Non, je ne sais pas.

— Eh bien, c'est la preuve que vous êtes plus con qu'un âne parce que l'âne, lui, il sait. »

Ce fut l'un des rares bons moments de la soirée avec le tour de chant de Charles Balthazar, un des grands amis du Rascous qu'il avait convoqué pour l'occasion. Une tête de camomille et une voix de chèvre. On lui aurait vidé le cerveau, il n'en serait sorti que des nichons. Après le spectacle, Gaby monta sur scène et l'embrassa avec une tendresse qu'on ne lui connaissait pas : ça jeta comme un froid dans l'assistance. On aurait dit des baisers d'enterrement.

Il est vrai que le Rascous était d'une humeur de ronflon, ces derniers temps. Il ne supportait pas l'idée que l'Immortel fût toujours vivant, au mépris des instructions qu'il avait données. Rien que d'y penser, il partait en biberine, c'était mauvais pour son cœur.

Le yacht lui-même n'était pas à la fête. Depuis qu'il avait quitté la Joliette, il tombait des cordes sur le pont. Sur les grandes baies vitrées dévalaient des trombes d'eau, au point qu'il semblait que le bateau coulait. Convaincu que ça n'était pas de bon augure, le Rascous se mangeait les sangs, avec une figure d'accident.

Il y avait dans l'air un mélange de désarroi et de nostalgie quand, sur le coup de minuit, il prit le micro pour faire son discours. Ce n'était pas un grand orateur. Il s'écoutait tellement parler qu'il perdait souvent le fil et son émotion était si grande, cette nuit-là, que ses mots restaient parfois bloqués dans sa gorge.

Après avoir encensé Malek Telaa et béni son mariage avec Yasmina, le Rascous entama ce qui semblait sa propre oraison funèbre, le cœur sur les lèvres, des larmes dans la voix :

« Je ne crois qu'en deux choses : la famille et l'amitié. Tout ce que j'ai fait ce fut pour toi, Suzy, ma chichourle d'amour, pour nos minots, pour mes parents, mes frères, ma sœur, mes cousins et tous mes amis ici présents à qui, je le sais, je ne pourrai jamais rendre tout ce qu'ils m'ont donné : leur amour, leur affection m'ont charpenté le bourrichon. Merci à tous. J'ai fait tout ce que j'ai pu pour vous. Bien sûr, j'ai commis des erreurs. Souvent, j'ai voulu aller trop vite. Je suis aussi, je le sais, un affreux perfectionniste. Un maniaque, diront certains. Qui pète les plombs quand quelqu'un a une heure de retard à un rendez-vous. Je ne supporte pas le travail mal fait, le noir aux ongles ou qu'on me manque de respect. Contrairement à une légende qui a la vie dure, je n'ai jamais tué personne pour ça, jamais, je vous donne ma parole. Mais j'ai le sang chaud, c'est vrai, et je peux m'énerver pour pas grand-chose. Je suis comme ça, c'est ma nature, et croyez bien que j'en souffre. Souvent, par exemple, je dis des choses que je ne pense pas et que je regrette longtemps après... »

Il s'arrêta un moment, passa sa manche de chemise sur son front pour l'éponger, puis se gratta la gorge avec un air tout chose qui fendait le cœur. Il est vrai que ça n'allait pas fort, ces temps-ci. Certes, les résultats de l'IRM avaient été excellents : pas l'ombre d'une tumeur au cerveau. Du coup, les céphalées avaient disparu. Mais depuis deux ou trois jours, il lui semblait qu'il saignait de l'intérieur. Ça lui donnait de grands coups de fatigue. Le docteur Curtelin lui avait prescrit une scintigraphie cardiaque, à tout hasard. Rendez-vous était pris pour le lendemain à la clinique.

« Je n'aime pas blesser ceux que j'aime, reprit-il. Quand je le fais, c'est pas exprès, ça part comme ça. Si j'ai essayé de faire quelque chose tout au long de ma vie, ç'aura été de rendre les miens heureux. De faire en sorte qu'ils ne manquent de rien, dans ce monde de brutes. »

Un sanglot étouffé lui coupa la voix, tout d'un coup, et il fit la lippe. Quand il vit se mouiller de larmes le visage de Suzy, ce fut plus fort que lui, il lâcha le robinet et se mit à baver comme un escargot. C'est alors que le sénateur Barbaroux donna le signal des applaudissements.

Ils se prolongèrent jusqu'à ce que Gaby Caraccella retrouve ses esprits, la vue et la voix :

« Si jamais il m'arrive quelque chose, sachez que je vous aime tous autant que vous êtes. Que je n'aurais pu faire tout ce que j'ai fait sans votre soutien, votre compréhension et votre cœur à tous. »

À cet instant, Pascal Vasetto entra dans la salle. Il avait sa tête des grands jours et un air jubilatoire. Il y a longtemps qu'un sourire ne lui avait pas fendu le visage. Il se passait quelque chose. Le Rascous décida donc d'arrêter là son discours qui tournait en rond et, après avoir embrassé les mariés, se dirigea vers son demi-frère sous les applaudissements nourris des invités.

« Tu as du neuf ? lui demanda-t-il ?

— J'ai eu un tuyau de l'Évêché, murmura Pascal Vasetto à son oreille. On a logé Charly, con.

— Où est-il, ce fumier ?

— À Banon. On ne sait pas très bien où, mais il a été vu dans le village.

— On part tout de suite, on va le fumer. »

Pascal Vasetto s'étonna :

« Mais on ne sait pas exactement où il crèche, con.

— T'inquiète, on le trouvera, dit le Rascous.

— Et Malek, qu'est-ce qu'il fait, lui ?

— Il reste ici. On ne va quand même pas lui gâcher sa nuit de noces. Même si c'est la troisième. »

Trois quarts d'heure plus tard, quand le yacht revint au port de la Joliette, toujours recouvert d'un amoncellement de nuages, trois voitures attendaient sur le quai le Rascous et ses nervis. Quand ils furent montés, elles filèrent à pleins gaz en direction des Alpes-de-Haute-Provence.

Une camionnette les suivait, bourrée d'armes. Des kalashnikov et des fusils à pompe notamment. Le Rascous se déplaçait toujours les mains nues, en cas de contrôle de police. Mais il était bien décidé à tuer lui-même Charly si l'occasion s'en présentait. Il savait déjà ce qu'il ferait. Il lui viderait son chargeur dans la figure jusqu'à en faire de la bidoche tendre comme de la bave. Un tas de boufigues saignantes. Du vomi de viande crue. À cette perspective, tout, au-dedans de lui, battait la chamade.

27

Le crime de la rue Paradis

*« La mort est un moissonneur
qui ne fait pas la sieste. »*
Cervantès

Malek Telaa avait toujours été un grand sentimental. Du moins avec les femmes. C'était donc un habitué des fiascos. La première fois, surtout. Il suffisait d'un rien pour qu'il perde ses moyens. Une parole malheureuse, la sonnerie d'un téléphone, une porte qui claque.

Pour la troisième nuit de noces de sa vie, Malek Telaa avait donc pris ses précautions, à tout hasard. Un comprimé de Cialis 20 mg et un demi de Viagra 100 mg. Il les avait avalés une heure avant de prendre la voiture. Ils feraient leur effet dans une trentaine de minutes.

On était dans les temps. Inutile de se presser. Encore qu'il sentait déjà le rouge lui monter aux joues, signe que son mélange commençait à agir. Le sang lui venait aussi entre les jambes où il mettait un plein bon Dieu de bonheur. Il savait déjà qu'il ne décevrait pas Yasmina. Il avait quand même prévu deux grammes de colombienne, planqués dans les talons de ses mocassins Prada. En cas de panne.

C'était une nature trop inquiète, Yasmina. Elle remettait sans cesse tout en question, pour un sourire de travers ou un geste déplacé. S'il n'avait pas la gaule, par exemple, c'est qu'il ne l'aimait pas : aussi simple que ça. Ils faisaient bien la paire, tous les deux. La première fois, parce qu'il n'arrivait à rien, elle avait éclaté en sanglots avant de se rouler par terre. Une vraie crise de nerfs.

Avant de faire démarrer son Alfa Romeo, Malek approcha sa tête de Yasmina et l'embrassa profond, comme elle aimait. Ça lui plaisait tant qu'elle poussait des petits soupirs comme s'ils bouillavaient déjà. Quand il décida de mettre fin à la séance de baisers et tourna la clé de contact, elle laissa tomber en s'essuyant délicatement la bouche :

« Je suis cassée, mon amour.

— Ne me dis pas que tu as la migraine. C'est pas le jour.

— Rassure-toi, dit-elle. Là, tu m'as bien branchée et je ne serai sûrement pas broque pour ce que tu sais.

— Alors, tout va bien.

— Non, pas tout à fait. Cette soirée m'a complètement escagassée. Tu l'as aimée, toi ?

— Pas trop, mais un peu quand même. »

C'était tout à fait une réponse à la Malek Telaa, un balalin-balalan qui n'arrivait jamais à décider ni choisir. Sauf quand il avait une arme entre les mains.

« Ce qui m'a gêné, dit-elle, c'est que c'était la fête du Rascous. Pas la nôtre.

— Ne l'appelle pas comme ça. Il déteste.

— Je sais, mais comme il n'est pas là, j'ai pensé que je pouvais.

— Tu peux mais il ne vaut mieux pas.

— Pourquoi ?

— Parce que tu risques de prendre l'habitude et, je te répète, il n'aime pas. »

Après ça, elle ne desserra plus les dents. Rien ne permettait de dire qu'elle boudait. Non, elle semblait plutôt somnoler et le sommeil finit au demeurant par l'emporter. Elle ne rouvrit les yeux qu'à l'instant où l'Alfa Romeo s'arrêta devant la porte du garage de leur nouvelle maison, rue Paradis.

Malgré le panneau lumineux d'interdiction de stationner, une voiture était garée devant la porte alors qu'il y avait de la place devant ou derrière. Une Peugeot 205 GTI. Il y avait quelqu'un dedans, à la place du conducteur. L'homme semblait assoupi.

Malek Telaa fit un appel de phares avant de donner un coup de klaxon qui, en raison de l'heure, fut timide. Pas de réaction. Il sortit de la voiture et dit à l'homme qui avait laissé sa vitre ouverte :

« Oh ! tu es devant chez moi. Tu ne peux pas te garer ailleurs ? Allez, casse-toi de là ! »

C'est alors qu'il se passa quelque chose d'étrange. On aurait dit que Malek Telaa avait reçu un coup de poing à la poitrine et cherchait à s'enfuir. Mais il ne marchait pas droit. Yasmina s'apprêtait à ouvrir sa portière pour aller voir, avant de se raviser quand l'homme sortit de la voiture.

Il avait à la main un pistolet prolongé d'un silencieux. Il tira dans le dos de Malek et, quand il fut à terre, le retourna avec son pied et lui tira trois balles en plein front. Trois coups de grâce. Yasmina se mit à hurler à la mort. Des hulées de fin du monde.

Il se dirigeait maintenant vers l'Alfa Romeo. Yasmina eut le réflexe d'appuyer sur le klaxon en se roulant en boule sous le tableau de bord. Deux balles explosèrent le pare-brise. Ensuite, la 205 démarra en trombe et puis plus rien. Le silence d'après la mort.

Yasmina attendit une trentaine de secondes encore, en position fœtale, avant d'oser lever la tête pour vérifier que la Peugeot 205 était bien partie. Après quoi, elle appela la police de secours en sortant de l'Alfa Romeo. À la vue de ce qu'était devenue la tête de Malek, elle poussa un grand cri d'épouvante avant de s'asseoir à côté du cadavre. Elle pleura alors à grosses larmes, en reniflant beaucoup, comme une petite fille.

Le chagrin lui allait bien. C'était le genre de femmes faites pour la tragédie qu'elles traversent le front haut, avec dignité, avant de passer le reste de leur vie dans la nostalgie. De la graine de veuve.

En attendant le SAMU, elle caressa le cadavre de son mari et lui fit plein de déclarations d'amour. Elle était convaincue que les morts entendent. C'est pourquoi elle lui parlerait tous les jours, elle le savait déjà, jusqu'à ce qu'elle meure à son tour.

Quand elle serra la main des infirmiers du SAMU, ils la retirèrent avec précipitation et une moue de dégoût ou de surprise. La sienne était pleine de sang.

28

Fromage à Banon

*« Quand la cruche est cassée,
il faut la boire. »*
Angelus Merindolus

Pat n'était pas douée pour la dissimulation : même quand elle ne voulait rien laisser paraître de ses sentiments, tout se lisait sur son visage. La peur, les doutes et tout le reste. Lorsqu'elle ouvrit la porte de la cuisine, Charly s'apprêtait à prendre son petit-déjeuner. La machine à café glougloutait et répandait son odeur douceâtre. En un regard, il sut qu'il fallait déguerpir.

« Qu'est-ce qui se passe ? » demanda-t-il en se levant d'un trait.

Elle posa le pain et les croissants sur la table, puis laissa tomber :

« Le Rascous et ses nervis ont envahi Banon.

— Comment ça ?

— J'en ai vu deux à la terrasse d'un café, un dans une voiture et trois autres qui guettaient sur la place, prêts à faire un fromage. Y en a sûrement encore ailleurs. À mon avis, Banon est infesté.

« — Es-tu sûre ?

— J'ai reconnu le Rascous, le Boumian et le Morvelous, ça te suffit ?

— Il faut s'arracher.

— Il y a autre chose. Tu n'as pas écouté les nouvelles ?

— Non. Je viens de me lever.

— Malek Telaa a été assassiné, hier soir.

— Merde. »

Charly ressemblait à quelqu'un qui vient de recevoir un coup de boule, l'air idiot, la bouche ouverte.

« Merde, répéta-t-il. C'était le prochain sur ma liste. »

Il se frotta les yeux, à la manière d'un bébé contrarié, et murmura, comme pour lui-même :

« Tout ça est très bizarre. Je n'y comprends rien. On va encore me le coller sur le dos...

— Il a été tué devant sa femme, le soir de leur mariage.

— Tuer quelqu'un devant sa femme, c'est pas bien. Jamais je n'aurais fait ça. »

Il posa sa main sur la tête de son fils Anatole, qui attendait sagement d'être servi, puis :

« Tu vois le monde dans lequel on vit, mon pitchoun : on n'est même plus capable d'assassiner les gens proprement. »

Après quoi, Charly donna un croissant à son fils qui commença à le manger en arrachant de petites miettes une à une, du bout des doigts, avec une distinction qui n'était pas de son âge.

« Tu as vu, dit Charly à Pat. Il mange comme une chèvre : lentement, en s'amusant. »

Alors, Pat se planta devant lui et demanda avec une autorité inversement proportionnelle à sa taille :

« Bon, qu'est-ce qu'on fait ?

— Tu reconduis Christelle et le pitchoun à Cavaillon. Moi, je vais aller enquêter sur le meurtre de Telaa.

— Tu ne peux pas faire ça, tu vas te faire repérer.

— T'occupe ! On ne me reconnaîtra pas, avec ma barbe de papet. Et puis je saurai me débrouiller, ma choune. Il faut que je sache qui a fait ça. C'est vital pour moi. On se retrouvera là-bas, au rendez-vous habituel, à 20 heures, ce soir, si tu veux bien. C'est dommage. Je commençais à bien me plaire à Banon. »

Depuis plusieurs jours, Charly Garlaban profitait de l'hospitalité d'un cousin, chevrier à Banon. Un vieux garçon avec un nez comme une éponge humide. Il buvait beaucoup, le cousin. De chicoulons en rinçolettes, chaque soir il finissait pompette et dormait généralement tout habillé, sans avoir même pris la peine de retirer ses chaussures. Mais les bêtes ne pouvaient pas s'en plaindre. C'était un bon maître, pas pressé et aux petits soins, qui les menait chincherin à l'herbe, dans la montagne. Elles étaient si heureuses que ça vous mettait plein de joie dans la poitrine, rien que de les regarder.

La chèvre est un animal moqueur. Elle rit de tout. De l'homme, surtout. À côté d'elle, il paraît lourd et prétentieux. Cette bête est une insulte perpétuelle à la vanité du genre humain. Depuis qu'il était arrivé à Banon, Charly avait accompagné tous les jours le cousin et son troupeau, en haut du bout du monde, là où on entend les pensées voler. La veille, il était parti là-bas avec Christelle et Anatole, venus passer la fin de semaine avec lui. Son fils avait sympathisé avec plusieurs bêtes. Il prétendait qu'elles lui parlaient.

Ça rappelait des souvenirs d'enfance à l'Immortel. Notamment des conversations à n'en plus finir, quand il avait dans les six ans, avec un bouc de ses amis.

Charly monta à l'étage pour retrouver Christelle. Elle dormait encore. D'un sommeil du juste ou de mort, les bras en croix, avec une expression de contentement absolu. Il s'assit sur le bord du lit et lui caressa doucement le front.

« Ma chérie, dit-il, il faut partir. »

Elle ouvrit un œil, puis le second.

« Il faut partir tout de suite, reprit-il. Le Rascous est là.

— Dans la maison ?

— Non, en ville. Pat va t'emmener tout de suite à Cavaillon. Moi, je file à Marseille. »

Elle ne posa pas de questions. Elle ne posait jamais de questions. Charly n'aurait pas supporté. Il s'approcha d'elle et l'embrassa sur les lèvres. Chaque fois qu'il la quittait, il se disait qu'elle était la femme de sa vie.

Il avait eu beaucoup de femmes de sa vie mais c'était la première avec laquelle il se sentait tout le temps bien. La nuit, surtout. Il suffisait qu'elle dorme à ses côtés pour qu'il ne souffre plus d'insomnie. C'est pourquoi il avait indiqué dans son testament qu'il souhaitait être enterré avec elle, dans le caveau familial, à Cavaillon. Avec elle, il passerait sa mort à dormir.

Il fourra ses affaires dans un sac et posa un baiser sur le front de Christelle avant de filer comme un voleur.

Le lendemain, un voisin découvrit le cadavre du cousin chevrier de Charly par terre dans son salon. Il gisait au milieu d'une mare de sang noir et sec comme une croûte. Il portait des traces d'ecchymoses sur plusieurs parties du corps et on lui avait coupé la main gauche à la scie à métaux pour le faire parler, sans savoir qu'il n'avait rien à dire.

Avant de partir, Pascal Vasetto décida d'enlever, pour le cuisiner, le fils du chevrier qui tenait un café sur la grande place. Apparemment, l'homme n'en savait pas plus que son père. Il finit donc comme cochonnet, à Pertuis, dans une partie de pétanque où le but du jeu était de toucher à coups de boules en acier la tête de la victime qui gardait les pieds et les mains liés.

C'était un jeu que le Rascous avait inventé mais il ne le pratiquait plus. La mort était toujours trop longue à venir, il n'avait pas la patience.

29

Les empreintes miraculeuses

« Trouver d'abord. Chercher après. »
Jean Cocteau

Le vent avait lavé le ciel qui devait être aussi pur qu'au commencement du monde. De l'infini à perte de vue. Ça donnait envie de respirer fort, pour s'en imprégner, et c'est ce que faisait la commissaire Sastre, assise sur le sable, le visage face au soleil, sur la plage du Prophète.

Elle était tendue, la commissaire. D'abord, parce qu'elle venait de découvrir que ses poussées d'eczéma avaient provoqué des phénomènes de lichénisation sur plusieurs endroits de son corps, sous les bras et les genoux. Sans parler de ses mains qui, sous l'effet des grattages, commençaient à suinter dangereusement. Si ça continuait, il faudrait mettre des gants.

Ensuite, la commissaire Sastre avait du mal à supporter la pression qui pesait sur elle, depuis l'assassinat de Malek Telaa, rue Paradis. Les médias adorent les feuilletons et ils venaient d'en trouver un, bien saignant, avec des cadavres en pagaille. Depuis la veille, toutes les chaînes passaient en boucle un entretien avec le Rascous qui interpellait les pouvoirs publics sur le thème : « Que fait la police ? »

Oubliant ses consignes de laisser courir, Jean-Daniel Pothey avait convoqué la commissaire pour lui sonner les cloches. Désormais, le directeur de la police judiciaire lui reprochait sa lenteur et sa mollesse.

« Vous êtes en train de me ridiculiser, avait-il éructé.

— Je fais ce que je peux.

— Eh bien, c'est peu. »

Il lui tendit une chemise pleine d'e-mails en marmonnant :

« Regardez ce que je reçois tous les jours, maintenant. Des menaces, des insultes, des calomnies. On m'accuse d'être à la solde du Rascous et de la pègre marseillaise. Moi qui veux rétablir un peu de morale dans votre ville ! C'est un comble ! »

Marie Sastre commença à lire les e-mails. Ce n'était pas triste.

« Je vais porter plainte, reprit-il. Si vous n'étiez pas vous-même victime de harcèlement avec les cercueils et les coups de fil bizarres, je vous le dis comme je le pense, mademoiselle, c'est vous que je soupçonnerais. »

Il ne se contrôlait plus, le Bulldozer. Dans les heures qui avaient suivi la sortie de Jean-Daniel Pothey, la commissaire Sastre s'était beaucoup grattée, causant ici ou là un déchaînement de papules et de vésicules avec des rougeurs et, parfois, des œdèmes.

Le lendemain, c'était mercredi et la commissaire avait pris une demi-journée de congé pour passer la matinée avec son fils Alexis. Il avait six ans et un visage d'angelot avec les longs cils et les cheveux bouclés afférents. Il adorait la mer et la plage. Il souriait tout le temps. Sa mère aussi, mais seulement quand elle le regardait.

Elle l'appelait son petit mari. Il est vrai que ses rivaux ne tenaient jamais longtemps. Il ne leur épargnait rien. Ni les fausses maladies pour gâcher les nuits d'amour. Ni les bouderies pendant les repas. Ni les vomissements inopinés, de préférence dans la voiture de l'amant du moment. Surtout, il ne tirait jamais la chasse d'eau après la grosse commission, pour bien marquer son territoire, et n'oubliait pas, quand il y avait quelqu'un dans le lit maternel, de bien cochonner la cuisine, l'évier et la table à manger.

Marie Sastre s'était résignée. Elle vivrait avec Alexis. Un jour, bien sûr, il partirait, comme tous les enfants. Mais les hommes partent aussi.

Quand le portable sonna, le nom de Marco s'afficha et Marie Sastre sut tout de suite pourquoi il appelait :

« Tu as les résultats ?

— À la seconde. Tu es assise ?

— Oui.

— Il vaut mieux. Sinon, tu tomberais sur le cul. »

Du Marco tout craché. Quand il avait une nouvelle importante, son adjoint faisait toujours durer le plaisir avant de la lui donner. Marie Sastre laissa passer un blanc.

« Le flingue qu'on a trouvé appartient à l'Immortel, reprit-il. On a retrouvé une empreinte dessus.

— Je ne te crois pas.

« — Le chef de l'idendité judiciaire est formel : c'est une empreinte de Charly Garlaban. L'annulaire droit.

— Mais comment aurait-il pu être assez bête pour signer son crime ?

— Je ne sais pas mais là, on le tient. Tu rappliques ?

— Tout de suite. »

Après avoir déposé Alexis chez sa nounou, Marie Sastre fila à l'Évêché. En route, sa secrétaire l'appela cinq fois. La commissaire ne répondit pas, car elle savait pourquoi et, en effet, quand elle arriva au bureau, l'autre lui dit, la voix essoufflée et le regard réprobateur :

« Monsieur le directeur veut vous voir de toute urgence. Il a l'air très énervé. »

Marie Sastre aurait pu se rendre directement au bureau du Bulldozer mais elle avait préféré passer à son étage pour demander à Marco le rapport d'expertise dont Jean-Daniel Pothey devait déjà avoir reçu un double.

« Où étiez-vous passée ? » demanda le directeur de la police judiciaire quand elle entra dans son bureau.

Au lieu de répondre à sa question, elle resta plantée devant lui, assis, et secoua la tête deux ou trois fois, puis :

« Je ne crois pas à cette histoire.

— Je me fiche de ce que vous croyez. Je veux que vous retrouviez l'Immortel.

— Je vais le retrouver. Mais cette histoire ne tient pas debout.

— Ce sont pourtant les faits, commissaire. Les faits, les faits, y a que ça de vrai ! »

Il avait haussé la voix, sans impressionner la commissaire. Elle secoua encore la tête :

« Quand on tue quelqu'un, on ne laisse pas l'arme à côté du cadavre avec ses empreintes. Ça n'existe pas.

— Il a peut-être été dérangé, objecta le directeur.

— Nous avons le témoignage de Yasmina Telaa. Il n'y avait personne dans la rue, au moment du crime.

— Qu'en savez-vous ?

— Elle dit dans sa déposition qu'elle a crié au secours, mais sans succès, et qu'elle n'a pas vu âme qui vive avant l'arrivée du SAMU. »

Jean-Daniel Pothey souffla et un relent d'époisses bien pourri s'insinua jusqu'à la narine de la commissaire, qui trembla.

« On ne doit pas exclure, dit-il, qu'une voiture ait pu perturber le tueur et précipiter sa fuite.

— Peut-être. Mais elle n'en parle pas dans sa déposition.

— Et alors, commissaire ? N'était-elle pas complètement recroquevillée dans sa voiture ? Elle ne pouvait rien voir, de toute façon.

— Vous avez raison, monsieur le directeur. »

Son repli stratégique calma sur-le-champ Jean-Daniel Pothey :

« Merci de le reconnaître. Je crois que c'est une affaire qui sera bientôt bouclée. Il ne reste plus qu'à mettre la main sur l'Immortel.

— Nous avons perdu sa trace. »

Le directeur s'étrangla :

« Comment ça ?

— Il a quitté précipitamment Banon hier matin.

— Et vous ne m'avez rien dit ! Savez-vous au moins où il est maintenant ?

— À Marseille.

— Où, à Marseille ?

— Je ne sais pas. Il nous a semés à la gare Saint-Charles.

— Que le bon Dieu vous patafiole, bande d'incapables ! »

Sur quoi, Jean-Daniel Pothey se saisit du combiné du téléphone, pour lui signifier que l'entretien était terminé avant de reprendre, tout d'un coup, en hurlant :

« Je veux un mandat d'arrêt contre l'Immortel, international qui plus est, et je vais mettre tous les moyens de la police pour qu'on me le ramène ici le plus vite possible avec des bracelets aux mains. De quoi ai-je l'air ? Vous rendez-vous compte de quoi j'ai l'air à cause de vous ? »

De retour dans son bureau, Marie Sastre fit le point avec Marco et une partie de son équipe. Tous semblaient convaincus, comme Jean-Daniel Pothey, de la culpabilité de Charly Garlaban. Ils écoutèrent la commissaire avec une politesse amusée quand elle exposa sa thèse :

« Quand, après un crime, l'assassin se débarrasse de son arme avec ses empreintes dessus, il s'arrange pour qu'on ne la retrouve pas. Dans le cas d'espèce, il l'a laissée sur le trottoir à deux mètres du cadavre de Malek Telaa. Impossible de ne pas la voir. C'est quand même étrange, vous en conviendrez. Ce qui l'est encore plus, c'est qu'il y avait une bouche de caniveau tout près. Il aurait été facile au meurtrier de jeter l'arme dedans. S'il ne l'a pas fait, c'est qu'il voulait qu'on la retrouve avec les empreintes digitales de l'Immortel dessus.

— Est-ce que l'assassin portait des gants ? demanda l'inspecteur Echinard. Si oui, ça irait dans ton sens. Il aurait emprunté un des flingues de l'Immortel pour nous mettre sur une fausse piste. »

Marco feuilleta machinalement un dossier qui était posé sur son bureau :

« Yasmina Telaa n'a rien indiqué de tel dans sa déposition.

— On devrait quand même lui poser la question, dit Marie Sastre. Ou plutôt la lui reposer.

— On va le faire, opina Marco. Mais au cas où tu aurais raison, ce que je n'exclus pas, il est quand même important d'arrêter rapidement l'Immortel pour mettre les choses au clair. »

La commissaire hocha la tête, puis haussa les épaules.

« Allez, zou, branle-bas de combat ! »

30

Justice divine

« Ah Dieu ! que la guerre est jolie
Avec ses chants, ses longs loisirs. »
Apollinaire

Charly Garlaban habitait désormais un petit pavillon dans les quartiers Nord de Marseille, héritage d'une cousine éloignée de Pat, qui n'arrivait pas à le vendre. Flanquée d'un palmier à l'agonie, cette construction trônait fièrement au sommet d'un monticule mais sa gloire était passée depuis longtemps. Tous les carreaux des fenêtres avaient été cassés, le crépi de la façade ne tenait plus et les agglos étaient à nu sur des pans entiers. On aurait dit une maison après un bombardement au mortier.

Il est vrai que tout semblait avoir été bombardé autour. Chargés d'antennes, de paraboles et de linge à sécher, les immeubles n'étaient plus que l'ombre d'eux-mêmes. N'était la vie qui grouillait dedans, on aurait pu croire, à les regarder, que la fin du monde commençait là. Sauf qu'on était à Marseille où elle viendrait en dernier, parce que tout le monde, ici, partage la même philosophie, les gens de peu comme les autres : « On vit et puis, après, on voit. »

L'Immortel vivait là avec Pat. Il adorait dormir contre son petit corps. Il raffolait de ses silences, de ses sourires entendus et de ses pieds menus. Il n'arrivait pas à chasser de sa tête l'idée qu'elle était aussi, comme Christelle, la femme de sa vie mais de sa vraie vie, elle, car ils partageaient tout. Notamment les réveils en sursaut, la nuit, quand grinçaient les gonds d'une porte battue par le vent.

Tous les jours, ils descendaient en ville où ils menaient leur enquête sur le crime de la rue Paradis. Ils faisaient le tour des receleurs pour retrouver la Peugeot 205 GTI de l'assassin. Ils avaient appris par la presse qu'elle était de couleur noire et immatriculée dans le 06, le département des Alpes-Maritimes, ce qui, de toute façon, ne voulait rien dire : le meurtrier avait sans doute posé une fausse plaque sur la voiture avant de commettre son forfait.

Leur enquête tournait en rond. Mais bon, la Peugeot était leur unique indice et Charly avait décidé de ne rien négliger pour la retrouver. L'assassin de José Fontarosa et de Malek Telaa était à coup sûr une seule et même personne. Ce n'était pas le Rascous, sans doute pas, mais il n'avait aucune idée de qui pouvait être derrière tout ça. Une histoire de fou. Plus il y pensait, moins il comprenait. Or, il était convaincu qu'il figurait lui-même sur la liste des morts à venir. C'est pourquoi il tenait tant à identifier le tueur.

Il s'était rasé la barbe. Il portait un bouc, maintenant. Avec des pattes de lapin. Pour ne pas éveiller les soupçons de receleurs, Charly se faisait passer auprès d'eux pour le propriétaire de la Peugeot. Il prétendait que c'était un cadeau de sa fiancée et que, pour cette raison, il y tenait comme à la prunelle de ses yeux. Tout le monde semblait gober ça et personne, jusqu'à nouvel ordre, ne l'avait reconnu.

Quand la presse annonça que Charly était le suspect numéro un pour le crime de la rue Paradis, il préféra laisser Pat mener l'enquête toute seule. Être pourchassé par les sbires du Rascous en même temps que par les condés de la P.J., non merci, c'était trop pour lui. Mais elle n'arrivait à rien et, au bout de quelques jours, il fallut se rendre à l'évidence : c'était une affaire toisée, il valait mieux la classer.

La semaine suivante, Pat finit de boucler le dossier sur le Rascous. Un travail impressionnant. Soixante pages avec les annexes. Elles mettaient à nu tout son système. Ce serait l'assurance-vie de Charly. Il en envoya un double à son avocat, à son notaire, à sa fille aînée et à Martin Beaudinard en demandant aux quatre de le diffuser immédiatement s'il était assassiné dans les prochains mois. Il en posta un cinquième à Gaby Caraccella avec ce petit mot menaçant :

« J'espère qu'il ne m'arrivera rien. Sinon, ce petit opus se retrouvera aussitôt à la police, aux douanes, aux impôts et dans la presse, pour être bien sûr que personne ne puisse mettre un mouchoir dessus. Je te recommande donc de me laisser tranquille. »

Il signa d'une tête de chat. Le Rascous comprendrait : c'était sa griffe, dans le Milieu.

Après quoi, Charly commit une belle erreur en allant boire un coup dans un bar du Vieux Port, près de la place aux Huiles, où il avait ses habitudes. Il commanda un cocktail de son invention, qu'il appelait le garlabis. Une bonne rasade de pastis, du jus d'orange et de citron, avec un chicoulon de garlaban, un des alcools régionaux. Le tout, arrosé d'un peu d'eau.

Assis, par précaution, le dos au mur, avec vue sur la porte d'entrée, Charly sirotait son deuxième verre avec une grosse paille quand trois hommes s'amenèrent, les yeux braqués sur lui. Des « bébés Rascous ».

Charly se leva d'un trait, tandis qu'ils dégainaient, et monta l'escalier, sous une pluie de balles. Dans la précipitation, il avait gardé la paille dans la bouche, avant de la prendre à la main. Ça lui donna une idée, tout d'un coup. Du premier étage, il sauta dans la rue et courut sur le quai, poursuivi par deux autres nervis. Il emprunta une passerelle et sauta dans l'eau du port.

Elle était glacée. Il nagea un moment sous l'eau, avant de s'arrêter pour respirer avec la paille, qui sortit à la surface, comme un périscope. Quand il eut repris son souffle, il retira ses chaussures, son pantalon et sa veste, pour être plus confortable, mais garda dans les mains son portefeuille et son trousseau de clés.

Pas question de sortir la tête de l'eau. Les quais du Vieux Port étaient peut-être déjà infestés de « bébés Rascous » à l'affût. Pour s'orienter, Charly suivit le mouvement des bateaux qui, à cette heure, rentraient, passa les Pierres Plates et prit la direction de la Joliette.

Le soir tombait quand Charly, pieds nus, T-shirt et caleçon mouillés, héla un taxi, quai de La Tourette. Par précaution, il se fit déposer à trois cents mètres de sa planque.

Au lieu de vivre en reclus et de faire le mort après cet épisode, Charly décida de ne rien changer à son programme. Il n'avait pas peur : la peur ne résiste jamais au désir de vengeance. Il avait prévu de rendre visite à sa mère. Le lendemain, il la retrouva donc, selon la procédure habituelle en temps de crise, chez un curé de ses amis, l'abbé Chabran. Un petit chauve affable, retors et dur de la feuille, avec des ongles jaunes de fumeur et un teint de rat de bibliothèque. Il habitait une maison ancienne avec un jardin qu'ombrageaient deux tilleuls centenaires.

Ils déjeunèrent tous les trois dehors, la mamet, le curé et Charly. Pendant la plus grande partie du repas, ils parlèrent du temps, très chaud pour la saison, des pluies qu'ils languissaient de voir tomber et puis aussi des relations que la canicule des derniers jours avait fait disparaître. Sa mère savait tout de la mauvaise passe de Charly, mais comme d'ordinaire, préféra ne pas aborder la question. C'est donc l'abbé Chabran qui se dévoua :

« Alors, Charly, il paraît que tu as des ennuis ?

— Moi ? N'exagérons rien, y a eu pire. »

Il ajouta qu'il n'avait pas été récompensé d'avoir toujours respecté les Dix Commandements. Pas ceux de la Bible, non, ceux du Milieu, bien sûr, qu'il énuméra en les comptant sur les doigts :

« Tu ne conduiras pas en état d'ivresse.

Tu seras poli avec les policiers.

Tu éviteras les femmes qui parlent.

Tu ne frauderas pas le fisc.

Tu vérifieras toujours si tu n'es pas suivi.

Tu feras du sport.

Tu ne tricheras pas aux cartes.

Tu fuiras les petits voyous.

Tu paieras tes factures.

Tu n'auras confiance qu'en toi-même. »

La mamet observa que son fils avait manqué de prudence au moins une fois dans sa vie : le jour de son « accident », dans le parking d'Avignon.

« C'est pourquoi Dieu m'a puni », dit Charly.

L'abbé Chabran n'était pas du genre moralisateur, loin de là, mais Charly, qui redoutait son jugement, avait toujours besoin de se justifier devant lui. C'est ce qu'il fit ce jour-là pendant que la mamet préparait le café.

« Souvent, tu le crois ou pas, j'ai le sentiment d'être le bras de la justice divine. L'exécuteur de quelque chose qui me dépasse.

— C'est mystique ?

— Non, c'est automatique. Par exemple, quand je me venge. Ou bien quand je pratique, ce que je n'ai pas fait depuis longtemps, l'extorsion de fonds. Là, tu t'attaques à la lie de l'humanité, tu comprends. Des escrocs ou des proxénètes de la pire espèce, qui n'iront pas réclamer leur magot à la police. Un magot qu'ils ont obtenu dans des conditions affreuses. Ce n'est pas de l'argent sale que tu récupères en leur tapant sur les omoplates à coups de marteau. Non, c'est de l'argent dégueulasse qui, après, te fait mal aux mains. Mais bon, t'es quand même heureux quand tu l'as pris. Tu as la joie du devoir accompli et puis quelque chose en plus. Le sentiment d'avoir vengé quelqu'un quelque part... »

L'abbé Chabran opina mais n'en dit pas plus : la mamet revenait avec les cafés et ils n'avaient jamais ce genre de conversations devant elle. Mme Garlaban mère n'aurait pas supporté l'idée que son fils ne fût pas un malheureux innocent à qui le monde cherchait noise sans raison.

Le repas terminé, pendant que l'abbé débarrassait la table et que sa mère lavait les casseroles, puis la vaisselle, Charly creusa un trou sous un des deux tilleuls et récupéra une boîte en fer pleine de billets en coupures de cent euros. Après quoi, les deux hommes jouèrent à la pétanque, ce qui reste l'une des meilleures façons de ne plus penser à rien.

C'est cette nuit-là qu'un incendie criminel dévasta le bateau de Charly Garlaban, dans le port de Cassis. Un autre, une partie de l'immeuble de la place Thiars, à Marseille, où se trouvait sa planque il n'y a pas si longtemps. Un troisième, le haras de Cavaillon où il avait encore deux chevaux en pension.

La colère mène à tout, à condition d'en sortir. Le Rascous était prisonnier de la sienne. Il était parti en biberine, comme l'enfant qu'il n'avait jamais cessé d'être. C'était sa force. C'était aussi sa faiblesse.

Les trois crimes étaient signés, ses alliés, obligés ou protecteurs furent consternés. Tous, à commencer par le sénateur Barbaroux. Mais aucun n'eut le courage de le lui dire.

31

Habillé pour l'hiver

« La vérité fait rougir le Diable. »
Shakespeare

Le lendemain, au port de l'Estaque. Aurélio Ramolino, dit le Finisseur, déambulait sur le chemin des Peintres quand Charly s'amena. Seul, une sacoche à la main, le chien jaune à ses basques. Le Finisseur était venu, lui, avec une petite armée de mafalous qui avait pris le contrôle des lieux et faisait le guet de partout.

C'était un homme d'une quarantaine d'années, bien fait de sa personne, qui ne cessait de se manger les sangs et qui semblait toujours prêt à sortir son flingue. Avec ça, une voix suave et des yeux de gazelle qui contredisaient le reste. Résultat : avec lui, on ne savait jamais à qui on avait à faire.

Aurélio-le-Finisseur reconnut tout de suite Charly, malgré son bouc, et l'embrassa trois fois en le serrant très fort contre lui. C'était un grand sentimental, en dépit de son palmarès. Le genre à pleurer au cinéma ou en écoutant « Until the end of time » de feu Tupac Shakur, son rappeur préféré.

« Depuis le temps, dit-il. Ho ! Zé ! J'ai tellement... »

Au lieu de finir sa phrase, Aurélio embrassa Charly
une quatrième fois avant de murmurer quelques
mots qui se perdirent dans le mistral. Puis il haussa
la voix :

« Dis-moi de quoi tu as besoin, vieux frère.

— Je n'ai besoin de rien pour l'instant. Je me
débrouille.

— Je peux te cacher le temps qu'il faut.

— Je préfère me cacher moi-même.

— Je n'insiste pas mais sache que mon offre sera
toujours valable.

— Je le sais, Aurélio, et je me souviendrai jusqu'à
mon dernier souffle de ce que tu as fait pour moi,
après mon accident.

— C'était normal.

— Non, c'était grand, parce qu'il n'y avait pas de
raison. Tu n'attendais rien en retour. J'ai admiré la
beauté du geste. »

Aurélio sourit et Charly lui tendit la sacoche qui
contenait le dossier de Pat sur le Rascous :

« T'auras quand même quelque chose en échange.
Pour te remercier, je te donne ça qui va t'intéresser. »

Le Finisseur sembla hésiter.

« Prends, insista Charly. Dedans, y a tout ce que
tu as toujours voulu savoir sur le Rascous. Ses exactions. Ses tripatouillages financiers. Je sais que tu
as passé des accords avec lui sur les boîtes de nuit
et les machines à sous... Tu pourras constater que
rien n'a été respecté et qu'il t'arnaque depuis des
années.

— Comment as-tu eu tout ça ?

— Tu verras, il y a beaucoup de documents officiels. C'est une ancienne élève de l'ESSEC qui a préparé ce dossier. Une as de l'audit.

— Je la connais, tu me l'as déjà envoyée, non ?

— Oui, c'est Pat. Elle a passé au crible les registres des chambres de commerce et démonté tout le système du Rascous.

— C'est une fortiche, alors, dit Aurélio en prenant la direction d'une terrasse de café.

— C'est aussi une sacrée gâchette. Je lui ai dit que s'il m'arrivait quelque chose, elle devait tout de suite aller frapper à ta porte.

— Je m'en occuperai. »

À la terrasse du café, ils commandèrent chacun un pastis. Après avoir compté le nombre de gros bras du Finisseur en faction dans les parages, l'Immortel laissa tomber :

« Il y a douze ans, quand je t'ai rencontré pour la première fois, tu te déplaçais tout seul. Maintenant, tu as cinq gardes du corps...

— Non, plus.

— Tu as bien réussi, Aurélio. Y a qu'une chose qui te manque. Il faudrait que tu te modernises.

— Mais je suis moderne. Y a pas plus moderne que moi.

— Non, Aurélio. Tu es plus jeune que moi mais tu n'es pas moderne.

— Je me suis désengagé de la prostitution. C'était pas mon truc. Y avait trop de coulage. J'ai une grosse activité immobilière, je me suis lancé dans le transfert de joueurs avant tout le monde et puis je suis en train d'investir dans la téléphonie mobile avec un nouveau concept. Que veux-tu de mieux ?

— Je voulais juste parler de tes méthodes, Aurélio. Tu devrais t'intéresser davantage à la comptabilité, à la gestion, à tout ce que tu appelles l'intendance. Sinon, tu te feras toujours avoir. Fais-toi expliquer le dossier de Pat par un expert : Martin Beaudinard ou quelqu'un de ce genre. Tu verras comme le Rascous te fait marron. Les temps ont changé, Aurélio. Crois-moi, un flingue et une tête bien faite, ça ne suffit plus. Il faut savoir lire un bilan, et tout le reste. »

Aurélio dodelina la tête et posa sa main sur celle de Charly :

« Je suis moins bête que tu crois.

— Ce n'est pas ce que j'ai voulu dire.

— Je ne regarde pas les chiffres mais je sens bien les choses. On ne me la fait pas et figure-toi que, moi aussi, je l'embrouille, le Rascous. »

Sur quoi, il proposa à Charly de poursuivre la conversation chez lui. Il habitait non loin de là, dans une villa modeste, en haut de la traverse de Port-de-Bouc qui dévale à pic jusqu'au quai de l'Estaque.

« La maison de mes parents, dit-il en poussant la grille du jardin.

— Je sais. »

Ils avaient croisé un nervi à l'angle de la rue Étroite et il y en avait encore un autre, dans le jardin, qui fumait une cigarette avec un air philosophique.

« Je ne comprends pas, dit Charly. Combien as-tu de gardes du corps en tout ?

— Onze, mais en ce moment trois sont en congé. Je les fais tourner. Il faut aussi qu'ils se reposent, tu comprends. »

Ils s'assirent à la table de la cuisine et Claudia, l'épouse d'Aurélio, leur prépara du café. C'était une femme qui faisait tout à la douce mais elle aurait remis le Christ en croix, s'il l'avait fallu, pour les beaux yeux de son mari. On ne se lassait pas de la regarder. Charly résista à cette envie, de peur de froisser son hôte.

Aurélio sortit les documents de la sacoche et Charly les disposa devant lui. Quelques années auparavant, après une guerre des gangs qui avait ensanglanté la région, le Rascous et le Finisseur avaient passé un accord. Au premier, Marseille et une partie de la périphérie : Fos, Istres, Martigues. Au second, Vitrolles, Marignane et Salon-de-Provence.

C'était un pacte comme il y en a toujours eu dans la pègre de Marseille et de sa région : les parrains se répartissent les zones à la rue près et se tiennent scrupuleusement à l'intérieur de leurs frontières, à moins de déclencher une nouvelle guerre des gangs.

Depuis longtemps, Marseille est sur le sable. À cause du déclin de son port et de ses industries, elle n'engrange pas les recettes fiscales dignes de son rang. L'argent, en revanche, coule à flots, comme le pétrole des raffineries, autour de l'étang de Berre. C'est pourquoi le Rascous et le Finisseur avaient prévu de partager moitié-moitié les bénéfices des boîtes de nuit et des machines à sous dans plusieurs villes de la périphérie.

Sauf que le Rascous avait mis en place une double comptabilité dans les établissements dont il contrôlait, pour la plupart, la gestion. Mais ce n'était pas le plus grave. Aurélio se doutait bien qu'il trichottait. Le pire était qu'au mépris de leur accord, le partenaire du Finisseur ne cessait d'implanter des entreprises dans sa zone, pour siphonner l'argent de l'étang de Berre. Pat l'avait clairement établi avec des exemples édifiants. Charly les énuméra :

« As-tu entendu parler de Medimmo, une nouvelle entreprise de promotion immobilière qui a un gros projet sur Vitrolles ?

— Oui. Ce sont des Italiens. Des Génois très précisément.

— Non. C'est le Rascous. Regarde ça... »

Charly lui tendit la chemise Medimmo, puis une deuxième :

« Connais-tu la nouvelle enseigne de boutiques de fringues, "Chicos" ?

— Elle appartient à un Suisse que j'ai rencontré dans une discothèque.

— Tu n'y es pas : c'est encore un prête-nom du Rascous. Voici la preuve... »

Il tendit une troisième chemise à Aurélio dont le visage se décomposait :

« Es-tu déjà entré dans une des épiceries de luxe qui prolifèrent dans la région, "Croquants et compagnie", elles s'appellent...

— Oui. J'y ai déjà acheté du café et des confitures.

— Eh bien, c'est le Rascous qui est derrière. Tu es encerclé, Aurélio. Encerclé avant d'être étranglé».

Aurélio Ramolino toussa. Ça lui donna le temps de réfléchir, puis :

« Avec toutes tes chemises, tu l'as habillé pour l'hiver et j'en ai assez entendu pour aujourd'hui. Je décortiquerai la suite plus tard.

— Excuse-moi, mais il fallait que tu saches, il me semble.

— Merci, vieux frère. »

Aurélio raccompagna Charly jusqu'à la grille du jardin. Quand il le serra dans ses bras pour l'embrasser, un avion passait au-dessus d'eux, très bas, en direction de Marignane, le train d'atterrissage dressé en avant comme des pattes d'oiseau. Le Finisseur se dégagea, soudain :

« Tu es sûr que tu n'as pas besoin d'argent ?

— Sûr.

— Tu me jures ?

— Je ne jure jamais. »

En se dégageant de l'étreinte d'Aurélio, Charly sentit la crosse d'un calibre dans son dos, à la hauteur de la ceinture, sous la chemise qu'il portait flottante.

« Fais attention, murmura l'Immortel. Port d'arme prohibé, ça coûte cher, j'en sais quelque chose…

— Je ne peux pas m'en passer. Surtout que, dans notre métier, c'est toujours le premier à tirer qui gagne. »

Aurélio embrassa Charly à nouveau, avec gravité, comme s'ils n'allaient plus jamais se revoir.

Avant de partir, Charly s'approcha de lui, jusqu'à sentir son souffle :

« Une question, Aurélio. Sais-tu qui a fumé Fontarosa et Telaa ?

— Je croyais que c'était toi, moi.

— Ce sont deux crimes que je n'ai pas commis mais qu'on veut me mettre sur le dos.

— J'ai lu les journaux, Charly. »

Le Finisseur posa sa main sur l'épaule de l'Immortel, puis reprit :

« Les yeux dans les yeux, si j'apprends quelque chose, je te le dirai tout de suite parce que j'ai du respect pour toi et même bien plus que ça. »

Il avait les yeux mouillés.

32

L'enlèvement d'Anatole

« L'homme est un peu inférieur
au tigre pour la cruauté. »
Arthur Schopenhauer

Le Boumian consultait sans arrêt sa montre, une Rolex en or. Il n'aimait pas que la femme et le fils de l'Immortel fussent à la bourre. Il l'interprétait comme un mauvais présage.

Il avait garé la Renault Espace sur leur chemin du retour, tout en haut du cours Bournissac, à Cavaillon. Il connaissait leur rituel. Après avoir cherché Anatole à l'école, Christelle faisait une halte à la boulangerie pour acheter un sablé ou un flan, c'était selon, à son fils.

S'ils avaient suivi le programme habituel, ils auraient dû passer à la hauteur de sa voiture autour de 16 h 50. Or, il était 17 h 23 et toujours rien. Le Boumian avait assez envie d'appeler le Rascous, pour lui demander ses instructions, mais il lui aurait encore gueulé dessus. Un retard ne pouvait suffire à annuler une opération, surtout celle-là qui tenait tant à cœur au patron.

En plus, pas question de sortir de la voiture pour se dégourdir les jambes. C'est à ce moment-là, bien entendu, qu'ils se seraient pointés. Cette attente le rendait de mauvaise humeur, le Boumian. Déjà qu'il détestait ce temps. Le ciel était fuligineux et des nuages menaçants cernaient l'horizon de tous côtés. Un orage couvait. Un sale orage, exterminateur de cigales, de chaussures, de pousses d'herbe et de bien d'autres choses.

Il rendait les mouches très agressives. Le Boumian aussi. Il en avait après un de ses hommes de main, le Morvelous, qui voulait toujours en découdre avec tout le monde, même quand il était en mission. Alors qu'il garait la voiture, il avait insulté un automobiliste, coupable d'avoir klaxonné. Insulté et même menacé, alors que la discrétion s'imposait, avant une opération. Un jour, il faudrait lui régler son compte, à ce paste-merde. À moins de le muter. Mais alors, très loin. Par exemple, à Montélimar où le Rascous avait deux discothèques. Ou bien tout là-haut, aux marches de son empire, à Grenoble.

Enfin, l'enfant parut. Il marchait devant sa mère. Un garçon de dix ans, avec des cheveux assez longs, un blouson ouvert et des baskets dont les lacets dénoués battaient la chaussée. Pas négligé, mais presque. Il avait le front de l'Immortel, son menton fessu et puis aussi cette espèce d'ironie générale qui structurait tout le corps, les traits comme les gestes.

« C'est lui, dit le Boumian. Vous savez ce qui vous reste à faire. »

Quand l'enfant et la mère furent arrivés à la hauteur de la voiture, les portières avant et arrière s'ouvrirent en même temps. Deux hommes en sortirent, le Boumian et Gaston Bounous dit Jorgi-l'enflé, toujours tiré à quatre épingles.

« Police. Veuillez bien nous suivre, s'il vous plaît », dit Jorgi-l'enflé en présentant une carte tricolore à Christelle.

Il lui demanda d'entrer dans la voiture. Elle s'installa à l'arrière avec son fils, entre Gaston Bounous d'un côté et le Morvelous de l'autre.

« Vous êtes vraiment de la police ? » demanda-t-elle.

Après que la Renault Espace se fut engagée dans le cours Bournissac et alors que Gaston Bounous lui passait les menottes, le Boumian consentit à répondre :

« Non, madame. Ceci est un enlèvement. »

Elle s'étrangla :

« Pourquoi m'enlevez-vous, Bonne Mère ?

— Ce n'est pas vous que nous enlevons, madame. C'est votre fils. »

Gaston Bounous posa sa main sur la tête d'Anatole qui était assis à côté de lui.

« C'est un beau garçon que vous avez là, poursuivit le Boumian. Nous n'avons pas l'intention de lui faire de mal. Nous le relâcherons dès que vous aurez convaincu votre mari de se livrer à la police. »

C'était étrange. Le Boumian ne parlait pas comme son visage l'aurait laissé penser, un visage apparemment tout juste bon à proférer des bêteries ou des grossièretés.

« Quel est le programme ? demanda-t-elle d'une voix blanche.

— Nous allons à Marseille et nous vous laisserons là-bas, où vous voudrez. Nous vous demandons juste de prévenir la police avant de rentrer chez vous.

— Mais ça va faire la une des journaux !

— C'est justement ce que nous voulons. Je ne sais pas si la nouvelle fera la une des quotidiens nationaux ct des journaux télévisés : sans vous vexer, Anatole n'est quand même pas le fils du pape. Mais je pense que la presse régionale lui accordera une grande place et comme Charly la lit tous les jours, il comprendra qu'il n'a plus d'autre solution que de se rendre…

— Pourquoi ne mc demandez-vous pas de le prévenir moi-même ?

— Parce que je suis sûr que vous n'avez aucun moyen de le joindre rapidement et que c'est toujours lui qui prend contact…

— C'est vrai et ça me rend folle.

— Madame, ce sont nos façons de faire, dans notre métier. Du moins quand nous sommes en cavale. »

Un silence passa :

« Vous n'avez qu'à me déposer à l'Évêché, finit-elle par dire. Si je fais ma déclaration là-bas, ça aura plus d'impact. Que dois-je dire à la police ?

— La vérité, madame. Que nous voulons qu'il capitule. Pour être plus sûr que le message passe auprès de lui, il faudra quand même que vous alertiez les journalistes de *La Provence*, *La Marseillaise* et de *Marseille-L'Hebdo*. N'oubliez pas non plus les gratuits, les télévisions régionales et les radios locales. Votre intérêt, c'est que ça sorte partout. »

Christelle se mordit les lèvres, puis :

« Que devrai-je dire quand la police me demandera vos signalements ?

— Vous ne les donnerez pas, ça va de soi. Vous les embrouillerez, je suis sûr que vous saurez faire. Sinon, ce serait dommage pour Anatole. »

La Renault avait pris l'autoroute A7. Après avoir hésité, le Boumian finit par s'arrêter sur l'aire de Lançon. Une affreuse envie de pisser. Il n'en pouvait plus. Comme il pleuvait des cordes et qu'il n'avait pas d'imperméable, il gara la voiture juste devant les toilettes.

À peine était-il sorti qu'Anatole, transformé en bête furieuse, mordit l'oreille de Gaston Bounous. Avec une telle violence qu'il l'arracha à moitié. Assis de l'autre côté de la banquette, le Morvelous allait pointer son calibre dans sa direction quand le garçon lui planta ses deux doigts dans les yeux.

Le Morvelous hurla et tira, mais sans viser. La balle ricocha sur le plafond et entra dans l'épaule de Gaston Bounous qui poussa un cri de terreur, comme une hulée d'abattoir.

Anatole avait ouvert la portière et courait avec sa mère sous la pluie battante. Le Morvelous allait leur tirer dessus, mais le Boumian, sorti précipitamment des toilettes, lui ordonna de n'en rien faire.

Ils finirent par les rattraper. Anatole se débattait tant qu'avant de le ramener à la voiture, il fallut l'assommer. C'est le Morvelous qui se chargea de le faire, sans ménagement, vengeant ainsi ses yeux encore cramoisis de douleur.

En jetant son corps sur la banquette où croupissait le sang pissé par Gaston Bounous, il laissa tomber :

« Quelle mauvaistié ! C'est vraiment le fils de son père ! »

Une heure et quelques plus tard, la Renault Espace s'arrêta tout près de l'Évêché et Christelle en descendit après que le Boumian lui eut retiré les menottes. Elle gardait encore dans la bouche le goût des cheveux d'Anatole qu'elle avait couvert de baisers en le serrant très fort dans ses bras, si fort que le Boumian lui avait pratiquement démis l'épaule en l'arrachant à son enfant.

Quand elle se retrouva toute seule sur le trottoir, elle tremblait comme une feuille et ses fesses battaient le tambour. Elle avait tout en même temps : le vire-vire et le bati-bati. Quelque chose cognait, en plus, dans son ventre, comme un bébé. Il lui fallut au moins trente secondes pour retrouver ses esprits.

Une fois entrée dans l'hôtel de police, elle resta un moment, l'air interdit, à lutter contre le malaise qui la travaillait. Quand elle l'eut vaincu, elle se précipita vers l'agent de service, en hurlant :

« On a enlevé mon fils ! C'est affreux, on vient d'enlever mon fils ! »

Quelque temps plus tard, Christelle se retrouvait dans un bureau avec trois policiers pour écouter son histoire. Ils avaient tous l'air très fatigués. Des cataplasmes. Ils prenaient leur temps. Elle finit par leur faire la leçon :

« Mais pourquoi me posez-vous toutes ces questions ? s'écria-t-elle. Vous devriez être déjà tous en train de rechercher mon fils ! »

Christelle était en train de relire sa déposition quand une jeune femme entra dans le bureau. Elle se présenta avec un grand sourire :

« Commissaire Sastre. Je travaille sur Charly. »

Le visage de Christelle se ferma. La commissaire n'aurait pas dû sourire comme ça. Les circonstances ne s'y prêtaient pas.

« Je connais très bien votre mari, ajouta Marie Sastre. Il m'a beaucoup parlé de vous. Racontez-moi ce qui vous arrive. »

Elle s'exécuta, mais de mauvaise grâce. Elle n'aimait pas cette manie des policiers de vous faire toujours répéter la même histoire. Leur passion du détail. Leurs questions vicieuses. Elle était au bord de la crise de nerfs.

Le récit de Christelle terminé, la commissaire Sastre dit sur un ton plus paternel que maternel :

« On a lancé l'enquête mais c'est demain qu'on en saura plus, quand on aura relevé les filets. Voulez-vous que je vous raccompagne chez vous ?

— Oui, mais c'est à Cavaillon.

— Je sais. Pas de problème. Je demanderai à la nounou de rester dormir chez moi pour garder mon fils.

— Avant qu'on parte, je dois alerter la presse, comme les ravisseurs me l'ont demandé.

— On va faire ça d'ici, si vous le voulez bien. Ça ira plus vite. »

Quand la commissaire Sastre reconduisit Christelle à Cavaillon, la conversation tourna sur l'enlèvement avant qu'elles échangent quelques réflexions sur les hommes en général et sur Charly en particulier.

« Je crois qu'il aurait réussi dans tous les métiers, dit Marie Sastre.

— Il aurait aimé faire de la politique, vous savez. Il a le sens du contact.

— Il a aussi du charisme.

— Je l'aurais bien vu maire de Marseille. Ou bien directeur de l'Opéra. Ou encore patron du Port autonome. Mais il a choisi une autre voie… »

Quand Marie Sastre arrêta la voiture devant son immeuble en haut du cours Bournissac, Christelle proposa donc à la commissaire de monter boire une infusion avec elle. Elle semblait trop paniquée, il était impossible de lui refuser.

Entre deux coups de téléphone de l'Évêché, les deux femmes parlèrent tard dans la nuit. De leurs fils, surtout. À la fin, leurs mâchoires ne répondaient plus vraiment. C'était à cause de l'armagnac qui avait suivi la verveine.

Mais ça n'avait pas d'importance. À partir d'une certaine heure, la nuit, les paroles n'ont plus d'importance. Ce sont juste des choses vagues qui meublent le silence. Des cadavres de mots. Des estrasses verbales.

33

Le syndrome de Waterloo

« Se retirer n'est pas fuir. »
Cervantes

Charly Garlaban était allé avec son chien acheter son journal dès potron-minet, comme tous les jours. Quand il lut le grand titre qui barrait la une de *La Provence*, il s'arrêta net et, dans un état de sidération totale, parcourut l'article en secouant la tête, comme quelqu'un qui refuse la réalité après qu'elle lui a éclaté à la figure.

Il retourna au pavillon pour y laisser le chien, annonça la nouvelle à Pat, ainsi que sa décision de se livrer sur le champ à la police, puis commanda un taxi pour l'Évêché. L'air était humide et le ciel bas. C'était un jour à garde à vue. N'était l'enlèvement d'Anatole qu'il venait d'apprendre, l'Immortel se serait senti soulagé de se rendre à la police : la prison ne lui faisait pas peur et il en avait assez de courir sans comprendre ce qui se passait.

Son enquête avec Pat n'avait rien donné : Charly ne disposait d'aucun élément lui permettant de soup-

çonner quelqu'un pour les meurtres de José Fontarosa et de Malek Telaa. En principe, compte tenu de
l'identité des morts, ce devait être un ennemi du Rascous. Autrement dit, le Finisseur ou le Pistachier.
Mais si ces crimes avaient été commandités par l'un
des deux, il n'aurait pas cherché à le mouiller aussi
manifestement, en utilisant un silencieux ou en laissant, près du dernier cadavre, une arme avec ses
empreintes, comme le bruit en courait, selon Martin,
dans les cafés du Vieux Port.

Dans le taxi qui l'emmenait à l'Évêché, l'Immortel
luttait contre cette conclusion, tant elle lui semblait
aberrante, mais elle finit par s'imposer : le Rascous
était derrière tout ça. Dans le passé, Gaby Caraccella
avait déjà procédé à des saignées dans son organisation. Pour rajeunir les cadres et liquider les micro-
bes, comme il disait. Chaque fois, il avait imputé ces
purges à ses ennemis, et, alors, c'était le prétexte à
lancer de nouvelles représailles.

Dans le genre, le Rascous avait toujours été un vir-
tuose des coups tordus et des stratégies à double-
fond. Accusé, à juste titre, d'être le plus grand indic
de Marseille, il utilisait volontiers la police comme
sous-traitante : elle réglait ses propres comptes. C'est
ainsi qu'il avait balancé le Pistachier quand ce dernier réclama avec un peu trop d'insistance la grosse
somme qui lui était due pour une livraison de
cocaïne. Incapable de calibrer lui-même l'Immortel,
ne comptait-il pas désormais sur la BRB pour le mettre hors d'état de nuire ?

Plus Charly y pensait, plus le raisonnement tenait.
Quand il sortit du taxi, il poussa le juron favori de
Martin :

« Saloperie de capon de pas Dieu ! »

Après quoi, il redressa ses cheveux, entra dans l'hôtel de police et se dirigea vers le planton à qui il dit, sur le ton de la confidence :

« Je m'appelle Charly Garlaban et il paraît que vous me cherchez. »

L'autre sursauta comme s'il avait été tiré de son sommeil par une explosion. Charly fut tout de suite conduit devant un inspecteur qui l'interrogea pendant une vingtaine de minutes. Très impressionné par son interlocuteur, il faisait tout le temps des risades, pour se donner une contenance, mais l'Immortel ne se déridait pas, d'autant que le policier était incapable de lui donner la moindre information sur l'enlèvement d'Anatole.

Charly se détendit d'un coup quand Marie Sastre entra dans le bureau. Elle avait le visage marqué et l'air épuisé, mais la fatigue lui réussissait bien. Elle était plus belle encore que d'ordinaire.

« Désolé, monsieur, dit-elle en lui serrant la main. J'ai vu votre femme hier soir. Sachez que nous ferons tout notre possible pour retrouver votre enfant.

— Vous n'avez pas de piste ?

— Non. Nous sommes dans le brouillard le plus complet. Surtout que votre femme n'a pas pu ou voulu nous donner des renseignements très précis sur les ravisseurs.

— Je peux lui parler ?

— Pas tout de suite. Vous êtes en garde à vue, maintenant. J'ai beaucoup de questions à vous poser sur le meurtre de Malek Telaa. »

La commissaire Sastre emmena l'Immortel dans son bureau. Elle lui servit un café et demanda à Sandrine d'aller lui chercher des croissants. À l'Évêché, les personnages de ce genre sont toujours traités avec les égards dus à leurs rangs : en l'espèce, leur garde à vue relève plus de la conversation de salon que de l'interrogatoire de police. Ce n'est pas le cas pour la piétaille qui, elle, est jetée au sous-sol, dans les geôles sans toilettes où il faut pisser et chier par terre quand les gardiens sont trop occupés ou mal lunés pour vous conduire au petit coin.

À propos de ce qui se passait dans les bas-fonds de l'Évêché, Jean-Daniel Pothey citait souvent une formule de Montaigne qu'il attribuait à Shakespeare : « Chier dans un panier et se le mettre sur la tête.» C'était un peu ce qu'on demandait, en effet, aux délinquants de base qui venaient d'être interpellés. Mais bon, l'Immortel était au-dessus du lot. Après une heure de garde à vue, il eut même droit de téléphoner à sa femme, puis à Martin Beaudinard et encore à son avocate avant de se faire apporter un cigare.

— J'ai trop peur pour mon pitchoun, dit-il, c'est pourquoi il faut que je fume.»

Sa main tremblait quand il reprit :

« Quelqu'un ne pourrait pas mettre un cierge à la Vierge, pour mon fils, dans la crypte de Notre-Dame de la Garde ?

— J'irai tout à l'heure», répondit la commissaire.

La main de Charly tremblait toujours mais quelque chose s'était apaisé sur son visage.

34

Le sacre du Boumian

> *« La mort ne regarde pas
> les dents ni les yeux. »*
> Proverbe provençal

Souvent, quand il entrait dans le bureau du Rascous, le Boumian avait l'estransi, comme on dit à Marseille. Ce n'était pas une de ces peurs bleues qui, d'un coup, vous coupe les jambes en vous retirant la salive de la bouche. Non, plutôt un malaise qui lui donnait la sensation de mourir à petit feu.

À ce moment-là, par exemple, quand le Boumian s'amena, le Rascous était comme prostré devant plusieurs boîtes de médicaments. Des anti-dépresseurs. Il ne savait pas lesquels prendre. C'était un dilemme habituel chez lui. Il disait souvent : « Pour le psychisme, je me régule moi-même. » Quand il ne faisait pas le bon mélange, il fallait s'attendre à tout de sa part. Surtout au pire.

Le Boumian s'assit et attendit que le Rascous se décide, puis avale ses comprimés, pour demander enfin :

« Bon, qu'est-ce que je fais, maintenant ?

— Tu le tues.

— C'était pas prévu comme ça.

— Maintenant, ça l'est, trancha le Rascous.

— Mais c'est un pitchoun. Je ne peux pas.

— On ne va pas passer le réveillon là-dessus. Tu le tues. Allez basta !

— Mais je ne tue pas les pitchouns, moi.

— C'est un ordre.

— Je saurais pas faire, monsieur.

— Alors, tu fais faire. Tu sous-traites, tu externalises et tu discutes pas mes instructions, dis. Oh ! Qu'est-ce qui t'arrive ?

— Excusez-moi, monsieur. Je suis très stressé en ce moment. »

Le Boumian baissa les yeux, avec une expression de soumission. Il savait qu'il ne fallait pas contrarier le Rascous. Il avait tôt fait de sortir son arme et de vider son chargeur sur vous, pour l'exemple. Un sanguin.

« Je ne veux pas qu'on retrouve les abattis du garçon, reprit le Rascous. C'est très important, psycho logiquement.

— Si vous le souhaitez...

— Je pense que ça lui fera pas de mal, à Charly, s'il ne voit pas le cadavre de son enfant. Il faut l'empêcher de faire son travail de deuil. Je veux lui pourrir la vie jusqu'à son dernier souffle, tu comprends ?

— Je comprends.

— Il faut qu'il ne pense plus qu'à ça, matin, midi et soir. Que ça lui saigne tout le temps dans le bédelet. Je compte sur toi.

— Vous pouvez, monsieur.

— Envoie-lui une oreille, un doigt, un pouce, pour le rendre fou.

— Tout ça ?

— Tout ça. »

Soudain le Rascous se leva, ouvrit la porte qui donnait sur le jardin et fit signe au Boumian de le suivre. Un vent d'oiseaux passait, à cet instant, au-dessus d'eux. L'air était plein de mouches, d'insectes, de vie. L'odeur mielleuse des pins que cuisait le soleil, grisait les poitrines des deux hommes.

Le Boumian était sur ses gardes. Il n'aimait pas l'idée de se promener seul avec le Rascous. Certains n'étaient jamais revenus des balades où il les avait emmenés. Il regretta, soudain, d'avoir laissé son arme dans la boîte à gants de sa voiture.

Mais non. La conversation prit tout de suite un tour amical.

« Tu es, dit le Rascous, la seule personne sur qui je peux vraiment me reposer et je dois te faire une confidence : je suis très inquiet de la situation. La ville n'est plus tenue. Il y a de plus en plus de braqueurs. Des pauvres types qui tuent comme ils respirent. Des pébrons.

— J'ai vu ce qui est arrivé, hier, au bijoutier de l'avenue de la Rose. C'est affreux.

— Tué de sang-froid, devant sa mère qui plus est, parce qu'il refusait d'ouvrir le coffre-fort de son magasin.

— On n'a pas idée ! C'est monstrueux. »

Ils restèrent un moment sans rien dire, puis le Rascous posa sa main sur l'épaule du Boumian :

« Je voudrais que tu deviennes mon bras droit pour remettre de l'ordre dans cette ville. Mon alter ego. Mon général en chef dans la grande guerre que nous allons mener ensemble pour nettoyer Marseille de toutes ces racadures.

— Je suis très honoré, monsieur. »

Le Boumian attendait cet instant depuis si long-temps. Très exactement depuis le meurtre de Bastien Paolini devant la tombe de son fils, au cimetière de Mérindol. Pour lui succéder, Malek Telaa l'avait coiffé sur le poteau. Après son assassinat, rue Paradis, la voie était devenue libre, mais le Rascous avait eu du mal à lui annoncer sa promotion, comme s'il peinait à s'y résoudre. Son patron le trouvait trop rogue. Trop taciturne aussi.

« Merci », dit le Boumian.

Arrivés sur un promontoire avec vue sur la mer, ils s'assirent côte à côte sur un banc de pierre. Il régnait un tel bon Dieu de lumière qu'on aurait pu voir le monde à cru. Sauf qu'il fallait plisser les yeux, sous peine d'éblouissement.

« Merci de votre confiance », insista le Boumian avec le ton de la confidence mielleuse qu'utilisait Malek Telaa quand il s'adressait au Rascous.

Sa haine de Malek Telaa était telle que le Rascous n'avait pu s'empêcher de penser un instant que le Boumian trempait, d'une manière ou d'une autre, dans cet assassinat qui l'arrangeait si bien. Mais bon, il valait mieux tourner la page.

« Je pense, dit le Rascous, que toute notre organisation est en danger si nous ne reprenons pas les choses en main. Il faut en finir avec tous ces minus à la gâchette facile. Les exterminer, les escagasser, les espoutir. Ces roudoudous tuent le métier, tu comprends. Pour leur donner un signal, on va commencer par s'attaquer à la tête.

— C'est qui, la tête ?

— Eh bien, le Finisseur. C'est leur grand protecteur à tous. Leur papa spirituel. On va lui montrer, à Aurélio, qu'on n'est pas tchoutchous et qu'on ne se laissera pas manger vivants. »

Le Boumian se gratta le crâne, sans doute pour indiquer qu'il réfléchissait, puis laissa tomber :

« Là, on s'attaque à un gros poisson, patron. Un gros de chez gros.

— On n'a pas le choix. Si c'est pas nous qui le calibrons, c'est lui qui nous dessoudera. Il faut faire vite. Je sais qu'il prépare quelque chose. Les affaires qu'on a ensemble marchent très bien mais il prétend que je le vole. Après tout ce que j'ai fait pour lui... Te rends-tu compte ? »

Le Boumian opina avec l'air accablé de circonstance. Le Rascous semblait, lui, au comble de la consternation :

« L'ingrat ! Quand je pense à tout l'argent qui lui est tombé dessus sans qu'il ait eu à se bouger le tafanari, même pas une fesse, j'ai tout fait, tout. Des injustices pareilles, ça m'estramasse. Est-ce que ça ne mérite pas la peine capitale ? »

Il serra les dents, souffla comme un cheval, puis :

« Je voudrais que tu mettes au point l'exécution d'Aurélio. Tout le monde y participera. Mon frère, moi, tout le monde. Il faut faire un exemple, tu comprends. Allez, va t'occuper de l'enfant et reviens vite. On a beaucoup de travail après. »

Quand le Boumian retourna à sa voiture, le soleil lui avait laissé plein de lumière dans les yeux. Le monde lui parut longtemps, ce jour-là, d'une blancheur éblouissante.

35

La main morte

« C'est très joli d'être innocent :
il ne faut pas en abuser. »
Marcel Pagnol

En observant la commissaire Sastre, Charly Garlaban pensait à une formule que Martin Beaudinard avait dénichée dans un roman américain : « La femme est un cercle dont le centre est ailleurs. » En ce qui la concernait, c'était bien vu.

L'Immortel était incapable de se rappeler le nom de l'auteur, un nom avec un i, Uki, quelque chose comme ça[1] que Martin lui avait donné. Mais Charly n'était pas un grand lecteur, contrairement à son meilleur ami. Il ne lisait que des livres parlant d'opéra, de bateaux ou de chevaux, ses trois passions. Et encore, avec parcimonie, deux ou trois fois par an, jamais plus.

À l'évidence, Marie Sastre était une femme qui pensait toujours à autre chose. Quand elle l'interro-

---

1. Renseignement pris, il s'agit de John Updike (note de l'éditeur).

geait, par exemple, il n'arrivait jamais à capter son regard qui semblait viser un détail derrière lui. Au point qu'il s'était retourné à deux ou trois reprises, pour vérifier. Mais non, il n'y avait rien, juste un calendrier des pompiers et une carte postale punaisés sur le mur.

La commissaire Sastre posait pourtant les questions qu'il fallait, revenant sans cesse sur les mêmes, afin de l'embrouiller et de le mettre en contradiction. Une grande professionnelle, toujours à deux visages, plaidant le faux pour savoir le vrai. Pour lui répondre, Charly n'avait aucun effort à faire. Il ne disait que la vérité. C'était plus simple.

Quand elle lui demanda ce qu'il faisait la nuit du meurtre de Malek Telaa, il dit sans hésiter :

« Je dormais chez mon cousin, à Banon. Il n'y avait rien à regarder à la télévision. Alors, on a tous décidé de se coucher tôt pour une fois, vers 9 heures du soir.

— Qui, on ?

— Eh bien, ma femme, mon cousin et moi. Mon fils, il dormait déjà. Sa mère l'expédie toujours très tôt au lit. Elle n'aime pas qu'il traîne.

— Y a-t-il quelqu'un d'autre qu'un membre de votre famille qui pourrait témoigner que vous étiez bien à Banon, cette nuit-là, à l'heure du crime ?

— Non. Si... peut-être les chèvres.

— Ce n'est pas drôle. N'y avait-il pas avec vous, ce soir-là, une jeune femme, une certaine Pat ?

— En effet, répondit l'Immortel, mais je ne sais pas où elle est.

— Ça m'aurait étonnée... »

La commissaire revint régulièrement sur son emploi du temps, la nuit en question, en jouant sur tous les registres possibles, mais elle obtint toujours la même réponse. Très vite, malgré son insistance, l'Immortel acquit la conviction que Marie Sastre ne croyait pas à sa culpabilité. Il n'en douta plus quand, après une heure d'interrogatoire, elle le fit parler de sa main droite.

« Que pouvez-vous encore faire avec ?

— Pas grand-chose.

— Pouvez-vous serrer la main de quelqu'un ?

— Je pourrais. Mais ce serait comme la serrer avec une main morte. Elle ne répond pas bien. Donc, j'évite.

— Mais vous arrivez quand même à conduire votre moto avec cette main.

— Oui, parce que je peux tenir la poignée mais ça n'est pas très confortable, vous savez.

— Pouvez-vous freiner ?

— Grâce à l'autre main, oui. La main droite, franchement, je ne compte plus trop sur elle.

— Puis-je la voir ? »

Sans attendre la réponse, la commissaire se leva, s'agenouilla devant Charly dans une position de femme soumise et prit sa main qu'elle tripota un moment avant de laisser tomber son diagnostic :

« C'est vrai qu'elle a l'air atrophié.

— Ce n'est plus qu'une pince, une pince de crabe.

— Pourriez-vous tirer au revolver avec cette main ?

— Non, je ne pourrais pas. Vous voyez bien que le coude est bloqué. Mon bras ne marche plus. »

Elle le savait mais feignit de vérifier, pour le principe.

« Vous avez raison, dit-elle en se levant. Mais je vais quand même demander une expertise médicale.

— Pourquoi ça ?

— Pour savoir si votre main droite est vraiment HS, comme vous dites. L'homme qui a tué Malek Telaa était droitier, sa femme est formelle là-dessus.

— Donc, je suis disculpé.

— Pas encore.

— Je suis sûr qu'elle ne m'a pas reconnu.

— En effet. Le signalement qu'elle nous a donné, après le crime, ne colle pas. En plus de ça, quand on lui a montré des photos de vous, elle nous a déclaré, sur procès-verbal, que l'assassin avait un visage plus viril. »

Elle rit, puis :

« Qu'il était plus beau que vous, a-t-elle ajouté. Je suis désolée. »

Elle rit de nouveau et reprit :

« Mais je ne devrais pas vous dire tout ça.

— Vous me le dites parce que vous savez que je suis innocent.

— Je n'en suis pas sûre. Il y a un élément qui vous accable : cette arme qu'on a trouvée près du cadavre. On peut tourner la chose dans tous les sens, c'est bien votre arme avec vos empreintes digitales.

— Mon arme, c'est vite dit. Il faudrait d'abord que je la voie.

— On va vous la montrer.

— Si c'est mon arme, l'assassin portait des gants, pour conserver mes empreintes, y a pas d'autre solution.

— Yasmina Telaa ne confirme pas qu'il portait des gants.

— Pourtant, il en avait, ça ne peut pas être autrement.

— Rien ne le prouve, monsieur. »

L'Immortel sentait qu'elle était d'accord avec lui. Elle n'arrivait jamais à affronter son regard très longtemps. Après quelques efforts, elle finissait toujours par baisser la tête avec un petit air triste qui la rendait plus belle et désirable encore.

Charly Garlaban mit à profit le silence qui s'installait, pour demander :

« Avez-vous des nouvelles de mon fils ? »

Marie Sastre se tourna vers l'inspecteur Echinard qui revenait, après s'être absenté une dizaine de minutes.

« Toujours rien, répondit l'inspecteur. Sinon, je vous les aurais données.

— Madame le commissaire, reprit Charly, vous avez un fils. Un peu plus jeune que le mien. Vous savez ce que c'est, d'avoir un enfant de cet âge-là. Les insomnies quand il se casse une dent : c'est comme si ça vous était arrivé à vous. Le bonheur de le regarder dormir la nuit : de ma vie, je n'en ai pas connu de plus grand. Et là, je suis en train de répondre à des questions à la con, pardonnez-moi, alors que des fumiers l'ont enlevé. Je me suis livré à vous puisqu'ils me l'ont demandé mais si c'est celui que je crois qui est derrière tout ça, je ne suis même pas sûr qu'on retrouve Anatole.

— Qui soupçonnez-vous ?

— La même personne que vous, madame la commissaire.

— Le Rascous ?

— Oui, le Rascous. Je n'ai même aucun doute. Je le connais bien, j'ai très peur pour mon fils, madame le commissaire, et le cœur me crève. Ma place n'est pas ici. »

Sur quoi, Charly se leva.

« Asseyez-vous, je vous prie, ordonna Marie Sastre d'une voix plus aiguë que d'ordinaire. Sinon, je...

— Sinon quoi ? Depuis qu'ils ont embarqué mon fils, j'ai compris qu'il ne pouvait rien arriver de pire. »

Il se rassit et laissa tomber :

« Sachez qu'à partir de maintenant, je ne répondrai plus à aucune question, tant que vous n'aurez pas retrouvé Anatole. »

36

L'haleine du Diable

« La mort des autres nous aide à vivre. »
Jules Renard

Malmousque est un quartier de Marseille retranché du monde. Un ramas de villas, de maisons et de cabanons, les unes sur les autres, qui dégouline jusqu'à la mer du sommet d'un petit mamelon. Anatole était retenu prisonnier dans un pavillon abandonné, en contrebas du pont de la Fausse Monnaie. Enchaîné à un radiateur dans une chambre aux volets clos, il n'avait rien à faire, à part écouter la coulée des voitures sur la Corniche toute proche ou les ronflements du Morvelous, chargé de le surveiller, qui, dans la pièce d'à côté, passait son temps à boire, à sniffer, à dormir ou à jouer à la Playstation.

Quand le Boumian revint du « Bécou », le Morvelous dormait encore. À peine réveillé, il demanda à voix basse :

« Bon, alors, qu'est-ce qu'on fait du pitchoun ? »

Le Boumian baissa la tête, puis murmura :

« On le bute. Mais le patron veut qu'on garde quelques morceaux pour les envoyer à son père, en souvenir.

— Les yeux ?

— Non, il a parlé de doigts, d'oreilles, de trucs comme ça. Mais les yeux, on peut.

— On fait ça quand ? »

Le Boumian regarda sa montre :

« Bientôt. Mais pas avant la fin de la journée.

— Pourquoi pas maintenant ?

— Ce sont les instructions, dit le Boumian. En attendant, tu peux dormir encore. Je reste là.

— J'ai tellement de sommeil à rattraper.

— Je t'envie de pouvoir dormir comme ça. C'est le privilège de la jeunesse. »

Le Boumian s'assit et commença à rêvasser dans la position du *Penseur* de Rodin. Il resta longtemps comme ça et le Morvelous dormait depuis une bonne dizaine de minutes quand il décida de rendre visite à Anatole.

Le fils de Charly frissonna quand il entra dans la chambre. Il frissonnait chaque fois. Le Boumian ne savait pas si c'était à cause de la lumière qui, alors, inondait la pièce ou bien de sa tête qui ne lui revenait pas. Il avait tranché pour la première hypothèse. Mais bon, il n'était sûr de rien.

Il s'agenouilla près d'Anatole :

« N'aurais-tu pas envie de faire un pissou, des fois ?

— Un peu mais pas beaucoup.

— Si c'est juste un pissadou, t'as aucune raison de te priver, tu sais. Il faut savoir se faire du bien, dans la vie. Un grand écrivain a dit : "Si j'étais riche, je pisserais tout le temps." »

Il avait un double de la clé du cadenas qui fixait la chaîne autour du cou d'Anatole. Il la sortit de la poche de son pantalon, libéra l'enfant et l'emmena aux toilettes. Elles empestaient le rat mort et des choses bien pires encore. L'eau avait été coupée, dans le pavillon, et le Morvelous n'était qu'un dormiasse doublé d'un porcasse, au groin rongé par la cocaïne. Il n'avait même pas songé à jeter un seau ou une bouteille dans le pati, pour faire passer. Ça l'aurait fatigué.

D'habitude, quand Anatole faisait ses besoins, le Morvelous gardait ouverte la porte des toilettes, pour le tenir à l'œil. Le Boumian la ferma et resta planté devant, les bras croisés.

À l'intérieur du pati, Anatole resta un moment à regarder la fenêtre, après avoir lâché sa pissarote. Le ciel était bleu cru derrière. Ce n'est pas ça qui le poussa à se faire la belle mais plutôt l'air qui entrait par le carreau cassé, un air qui sentait Marseille, la mer chaude et le sel cuit.

Il monta sur la lunette, ouvrit la fenêtre en faisant le moins de bruit possible et se hissa lentement, le cœur battant, dans l'embrasure avant de retomber, de l'autre côté, dans un baragne de bambous, qui amortit son atterrissage. Après quoi, il passa par-dessus le grillage du jardin et courut à perdre haleine dans les ruelles de Malmousque jusqu'au premier commerce, une boulangerie, d'où il appela sa mère après avoir déclaré qu'il était perdu.

Le Boumian attendit bien cinq minutes avant de demander :

« Anatole ? Qu'est-ce que tu fais ? »

Pas de réponse.

« Tout va bien ? »

Il ouvrit la porte des toilettes et, constatant qu'elles étaient vides, la referma aussitôt. Il retourna ensuite dans la pièce où dormait le Morvelous, sur un vieux sommier taché, la commande de la Playstation sur le ventre.

Il le regarda en se frottant les mains ou plutôt les gants, car il portait tout le temps des gants de daim. L'été, en pleine canicule, et même quand il faisait l'amour. Sauf pour serrer la main du Rascous, bien sûr.

Le Boumian posa un genou près du sommier, sortit un couteau à cran d'arrêt de la poche de sa veste, pointa la lame, maintint d'une main la tête du Morvelous et, de l'autre, lui trancha la gorge en moins de temps qu'il faut pour l'écrire.

« Merde », grogna le Boumian.

Ses gants étaient tachetés de gouttes de sang. Des gants tout neufs.

Le Boumian recula avec une expression de dégoût jusqu'à l'embrasure de la porte. Sa victime pissait le sang à grands jets mais ne semblait pas se rendre compte que c'était fini. Elle tentait de se lever, mais n'en avait déjà plus la force. Elle était à la fois ridicule, pathétique et répugnante. Encore heureux que ses cordes vocales étaient coupées. Sinon, on aurait eu droit à un concert.

Ce type avait toujours été une roulade, jouant des épaules et faisant l'important. Il le restait jusque dans l'agonie. Il se tortillait avec emphase, donnait des coups de pied dans le vide, hoquetait la bouche grande ouverte et, parfois, semblait rire, d'un rire forcé et sanglant. Il mourait sans pudeur ni décence.

Le sang avait éclaboussé partout. Sur le sommier, bien entendu, mais aussi sur le sol et les murs. Même sur les chaussures du Boumian.

Le Morvelous était en train de rendre son dernier souffle quand le Boumian sortit son portable de sa poche et téléphona à son patron :

« Y a un petit problème. Le paquet a disparu.

— Répète-moi ça, s'étrangla l'autre.

— Le paquet a disparu. J'arrive. »

Avant de retourner à sa voiture, le Boumian acheta des cigarettes. Il s'était arrêté de fumer quelques mois auparavant mais là, il ne tenait plus. Il en grilla deux en regardant la mer, par-dessus les toits. C'était une de ces journées d'été où elle transpirait, sous des volutes de buée, comme de l'eau qui bout.

Le Boumian transpirait mêmement. Il lui semblait qu'il n'avait jamais fait aussi chaud à Marseille. Tout craquait sous le cagnard. Les herbes, les branches, les poutres des maisons et peut-être les pierres aussi. Un interminable frémissement parcourait ainsi Malmousque, de haut en bas.

Quand il retrouva le Rascous, un quart d'heure et quelques plus tard, il pleuvait des cordes sous sa chemise. Il se sentait comme un vieux chiffon mouillé et piétiné. Son patron lui proposa encore de se promener avec lui dans le parc du « Bécou ». Il n'aimait pas ça.

Ils marchèrent quelques mètres sans rien dire jusqu'à ce que le Rascous s'arrête, soudain, et le renifle :

« Tu as recommencé à fumer ?

— Oui.

— Qu'est-ce que je t'ai dit ?

— Que c'est très mauvais pour la santé.

— Pourquoi tu fumes alors ?

— La chaleur. Je suis tout espouti de chaleur. »

Il n'allait jamais droit au fait, le Rascous. Il lui fallait des préambules. Après un long soupir, il prit l'avant-bras du Boumian et le regarda droit dans les yeux, à quelques centimètres :

« Bon, raconte-moi ce qui se passe.

— Quand je suis arrivé, le petit s'était enfui. Mais ça n'est pas le pire, monsieur : le Morvelous a été assassiné.

— Peuchère de moi !

— Oui, saigné comme un cochon.

— Rochegude, Papalardo, Fontarosa... »

D'une main, le Rascous serrait très fort l'avant-bras du Boumian et, de l'autre, comptait avec les doigts :

« Te rends-tu compte ? On m'a tué sept hommes en quelques semaines. Et la police laisse faire. Elle ne me propose même pas de protection. Sainte Bonne Mère, où va-t-on ? Ce pays n'est plus tenu. Il part en couilles parce qu'on est dirigé par des baba-chous... »

Il se rapprocha encore du Boumian qui fit un grand effort sur lui-même pour ne pas décamper quand il sentit son souffle dans les narines. Une odeur de chien pourri. Il resta en apnée.

Un jour, le Boumian avait entendu feu Ange Papalardo, qui avait des lettres, murmurer qu'Hitler aussi dégageait une mauvaise haleine, « l'haleine du Diable », et que ses collaborateurs, parfois, tournaient de l'œil quand ils la respiraient trop longtemps.

Le Boumian se dégagea, recula d'un pas et respira à grandes goulées, pour rattraper son retard d'air. Son front était couvert de grosses gouttes comme des larmes.

« Si tu veux mon avis, reprit le Rascous, je trouve cette histoire très bizarre. Ce n'est pas Charly qui l'a tué, le petit. Il est en main à l'Évêché. C'est peut-être sa nervi, tu sais…

— Pat ?

— Oui, la mistoulinette. Elle commence à me nifler sérieusement, celle-là. Il faudra que tu te décides à t'en occuper.

— C'est un serpent. Elle glisse à travers les doigts.

— Ça fait longtemps que je te le dis, excuse-moi de répépier, mais quand elle ne sera plus de ce monde, on sera déjà plus tranquilles.»

Le Rascous soupira comme un cheval énervé, puis reprit :

« Je ne comprends rien à tout ça, finalement. Rien de rien. Et je déteste ne pas comprendre.»

Le Boumian ferma les yeux. Il n'aimait pas le visage du Rascous, à cet instant : tous ses traits étaient tordus par la frousse, la haine et la chaleur.

37

Alarme de nuit

*« Nous avons connu
des jours meilleurs. »*
Shakespeare

Le Boumian habitait les Goudes. Une petite maison de pêcheur avec vue sur la mer. De la fenêtre de sa chambre, il pouvait voir la barque rouge sang sur laquelle il partait de temps en temps, du côté des calanques, pour se changer les idées. Pas un « pointu », non, mais une « barque marseillaise ». Telle était la dénomination correcte, il y tenait.

C'était la maison de ses parents et il y avait emménagé après la mort de sa mère, onze ans auparavant. Elle sentait la mer, l'algue et le poisson mort. Il aimait ses odeurs au milieu desquelles il avait vécu les plus belles années de sa vie, avec sa femme, Maria, et ses deux enfants. Il avait la larme à l'œil, rien que d'y penser.

Une nuit, il était rentré, la bouche en cœur, comme d'habitude, et Maria avait disparu. Avec les enfants, leurs affaires à eux trois, les draps, les couvertures, la machine à laver, le fer à repasser et même plusieurs meubles. Un vrai déménagement. Pour qui était-elle partie ? Pour personne. Depuis, elle refusait de lui parler et lui laissait voir ses petitous un samedi tous les quinze jours, pas plus.

Au lieu de l'avertir de ce qui se tramait, de le mettre en garde et de lui donner sa chance, elle s'en était allée du jour au lendemain sans un mot d'explication. Sans doute n'était-il pas un Apollon avec ses poils partout jusque sur le bout du nez qu'il se rasait tous les jours. Mais bon, elle non plus n'était pas une beauté si l'on exceptait son visage de vierge pure. Elle était courte sur pattes, des pattes lourdes et fatiguées. Sans parler de son cul de courge, de ses doigts boudinés et de son système pileux, lui aussi très abondant.

Une défection pareille, sans préalable ni excuse ni raison, ça méritait la mort. L'idée de la tuer n'avait cependant jamais effleuré le Boumian. « C'est la mère de mes enfants », avait-il dit à tous ceux qui, après leur rupture, lui proposèrent de laver pour lui l'affront dans le sang. Deux ans plus tard, il continuait de lui envoyer des fleurs à son anniversaire et ressentait toujours le même pincement au cœur chaque fois qu'il rentrait chez lui, dans sa maison si vide.

Il n'avait pas refait sa vie. Il ne la referait pas. Maria était partie avec elle et ne la lui rendrait jamais, sa vie. Il fallait se faire une raison.

Ce soir-là, quand le Boumian tourna la clé de sa porte, il éprouva le même malaise que d'ordinaire. Un chagrin qui lui bouléguait la poitrine, et puis aussi une angoisse indéfinissable. Du coup, il prêta à peine attention à une autre sensation : quelqu'un était venu, qui avait laissé son odeur dans l'air de la maison. Une odeur de lait d'amande douce qui se mélangeait à l'haleine de la mer.

Il composa un numéro à quatre chiffres pour désactiver l'alarme de jour, puis un autre pour activer l'alarme de nuit.

Après s'être déshabillé, le Boumian but la moitié d'une bouteille de gentiane de Lure en regardant la télévision dans son lit. C'était un film américain avec des poursuites de voitures comme il aimait mais il s'endormit avant la fin, dans la position assise, la bouche ouverte et l'air absorbé. Au bout d'un moment, sa tête tomba contre l'oreiller.

Un quart d'heure plus tard, une voix de l'autre monde le tira de son sommeil :

« Tu te réveilles, digue ? »

Il ouvrit les yeux. Une jeune fille le menaçait d'un revolver d'une main et, de l'autre, lui tendait un verre.

« Bois ça », dit-elle.

Il serra les mâchoires en battant les paupières, comme s'il luttait contre le sommeil qui le rappelait.

« Allez, bois ou je t'explose la gueule ! »

C'était Pat et elle voulait lui faire boire du GHB, pour le mettre hors d'état de nuire. Elle lui esquichait le canon du revolver contre la tempe et il comprit à son ton de voix qu'il ne fallait pas plaisanter avec elle. Il essaya quand même de gagner du temps.

« C'est quoi, ce truc ? demanda-t-il en regardant le verre.

— Rien de méchant, tu verras.

— Je veux savoir.

— Bois si tu ne veux pas que je te brûle la cervelle, hurla-t-elle de nouveau. Je ne te le répéterai plus ! »

Il but quelques chicoulons. Elle le menaça encore et il finit le verre. Après quoi, elle s'éloigna de quelques pas en le tenant en respect.

« Je voudrais qu'on se parle, dit-elle.

— J'ai la nausée.

— Oui, et alors ?

— Je peux ouvrir la fenêtre ?

— Ne te dérange pas, je vais le faire moi-même.»

Elle ouvrit les deux battants de la fenêtre ; le vent de la mer entra et fit le tour de la chambre.

« De quel droit me tutoyez-vous ? demanda-t-il. On ne se connaît même pas.

— En effet.

— Vous êtes flic ?

— Non, répondit Pat avec un sourire.

— Que me voulez-vous ?

— Je veux savoir où est Anatole.

— Anatole ?

— Oui, Anatole, le fils de Charly. C'est toi qui l'as enlevé, je le sais.»

Le GHB n'exerçait pas encore sur lui son effet anxiolytique et hypnotique. Le Boumian était bien décidé à ne rien lâcher. Pat attendit donc quelques minutes, plantée devant le lit, l'arme à la main, sans rien dire, après avoir éteint la télévision. Quand elle sentit qu'il entrait enfin en état de soumission chimique, elle demanda à nouveau :

« Où est Anatole ? »

Il hésita, soupira, puis :

« Je l'ai laissé partir.

— Quand ?

— Tout à l'heure. Enfin, pour être plus précis, en fin d'après-midi.

— Où est-il ?

— Je ne sais pas mais il est libre. Je suis sûr que c'est passé aux nouvelles. Vous n'écoutez jamais les informations ? »

Pat changea le revolver de main, sortit son portable de la poche de son blouson et appela Christelle, qui lui confirma la nouvelle. Quand elle eut terminé la conversation, il lui demanda :

« Bon, ça va, vous êtes rassurée ? Vous allez me laisser tranquille, maintenant ?

— Non, pas encore. On a beaucoup de choses à se dire.

— Que voulez-vous savoir ? »

Il avait pris une expression aussi docile qu'innocente. C'était bon signe : le GHB fonctionnait, désormais. Pat pouvait commencer son interrogatoire :

« D'abord, je veux connaître les noms de tous ceux qui ont participé au guet-apens d'Avignon.

— Je crois que vous les connaissez tous.

— Non, il m'en manque un.

— C'est possible.

— Vous voyez sûrement de qui je veux parler.

— Oui et je vais vous le dire. Mais avant, il faut que vous vous asseyiez parce que vous allez être très étonnée. Moi-même, je n'en revenais pas quand je l'ai vu arriver et, franchement, je n'ai toujours pas compris pourquoi il était là… »

C'est à cet instant que Pat entendit quelqu'un lui crier derrière le dos :

« Les mains en l'air ! »

Elle se retourna et reçut en pleine tête un coup de crosse qui l'envoya dinguer contre le coin d'une table basse.

L'homme qui venait de l'assommer laissa tomber avec un air surpris :

236

« A Dieu va ! »

C'était un borgne qui avait gardé son œil mort, une chose blanche et molle qui semblait prête à tomber. Pour le reste, c'était la distinction incarnée. La moustache fine. Les cheveux soignés. Le complet cravate et tout le toutim.

« Qu'est-ce que je fais ? demanda-t-il au Boumian en regardant Pat gigoter par terre.

— Je ne sais pas. Je ne suis pas dans mon assiette, elle m'a fait boire un calmant.

— Bon, eh bien, je fais comme on a fait pour le président du Port autonome, d'accord ? À la mer, les deux pieds attachés à un parpaing.

— Fais gaffe, ânonna le Boumian. La tête peut se détacher.

— Je lui attacherai aussi un parpaing autour du cou.

— C'est ce qu'on avait fait pour l'autre jobastre.

— Je me souviens, opina le Borgne.

— Surtout, tu jettes le corps près des rochers, là où les chaluts des bateaux ne passent pas, dans un coin à crabes. C'est très important.

— Je n'ai pas oublié. »

Le Borgne s'approcha du Boumian, l'air brusquement soucieux :

« Es-tu sûr que tout va bien ?

— Oui, il faut juste que je dorme, maintenant. »

Sur quoi, le Boumian ferma les yeux et s'enfonça sous les draps, tandis que le Borgne tirait le corps de Pat qui se tortillait vaguement. Elle avait le visage couvert de sang.

Arrivé à l'embrasure de la porte, le Borgne fit une halte et laissa tomber à l'adresse du Boumian :

« Tu as vu que c'est une bonne idée, l'alarme de nuit quand tu dors ici ? Si je n'avais pas été prévenu d'une intrusion, je crois bien que tu aurais passé un mauvais quart d'heure, mon petit père. »

Le Boumian ouvrit les yeux :

« Merci.

— Non, merci à la STM. »

Le Borgne était le gérant de Sécurité, Tranquillité, Marseille, une petite entreprise que le Boumian avait créée, quelques années auparavant, avec un prêt du Rascous. Elle lui donnait son statut social : conseiller à la direction. Si les choses tournaient mal, un jour, ce serait sa base de repli. Elle comptait déjà six employés et assurait la surveillance de nombreuses maisons et villas au Roucas Blanc ou sur la Corniche.

38

Des bougnettes sur la cravate

« Jamais la colère n'a bien conseillé. »
Ménandre

Jean-Daniel Pothey avait sa tête des mauvais jours. Le visage gris, les yeux éteints, l'air de n'avoir pas dormi depuis des années alors qu'il avait juste passé une mauvaise nuit. Il portait des chaussettes rouge cerise et une cravate de soie violette.

Il était 9 heures quand le directeur de la police judiciaire vint s'asseoir devant Charly Garlaban qui prenait son petit-déjeuner dans le bureau de Marie Sastre. L'Immortel s'était lavé et rasé tout le visage, y compris le bouc, avant d'enfiler un survêtement blanc qu'il avait fait acheter, la veille, par un des policiers de la BRB.

« Commissaire, dit Jean-Daniel Pothey à Marie Sastre, pouvez-vous nous laisser un moment ? »

Marie Sastre s'éclipsa, contenant à peine sa fureur, le regard noir doublé d'un haussement d'épaules. Il ne manquait que le soupir. Elle le poussa après avoir refermé la porte.

« Ça fait maintenant vingt-quatre heures que vous êtes en garde à vue, dit Jean-Daniel Pothey, et vous n'avez encore donné aucune information intéressante.

— Parce que je n'en ai pas, monsieur le directeur.

— Vous avez été la victime d'un guet-apens. À la suite de quoi, tous les suspects ont commencé à mourir les uns après les autres.

— Si le Seigneur les a rappelés à lui, je n'y suis pour rien.

— Je ne suis pas croyant, dit Pothey. Je hais le pape, l'Église et les chrétiens. Alors, trouvez-moi autre chose.

— Eh bien, disons que c'est une machination.

— De qui ? »

Charly enfourna une grosse bouchée de croissant, la mâcha vaguement, la déglutit avec une expression de plaisir, puis répondit :

« De mes ennemis.

— Mais vous dites sans arrêt que vous ne vous en connaissez pas.

— Non, c'est vrai. Je ne suis qu'un petit retraité qui ne veut pas d'ennuis. Franchement, je ne comprends pas ce qui m'arrive. »

Devant cette injure, le directeur de la police judiciaire décida de se lever. Charly étant assis sur le fauteuil de la commissaire et lui en face, comme un vulgaire prévenu, il se sentait en position de faiblesse.

« Vous vous foutez de ma gueule, dit Jean-Daniel Pothey. Eh bien, je vais me foutre de la vôtre en vous relâchant. Ça vous en bouche un coin, non ?

— Excusez-moi, monsieur le directeur, mais ça me paraît la moindre des choses. Je suis une victime innocente. Vous ne disposez d'aucune charge contre moi. »

Le directeur détestait son air patelin et moqueur à la fois. Il toussa, bouléga les jambes, puis les bras comme s'il avait des fourmis, avant de souffler sur un ton confidentiel :

« Je pourrais vous envoyer en cabane quelque temps. Ça vous protégerait et, au fond, c'est ce que vous souhaitez, j'en suis sûr. Mais je me suis arrangé avec le juge devant qui vous serez déféré tout à l'heure. Vous allez être libéré, mon pauvre vieux. Sous contrôle judiciaire, par-dessus le marché, afin que vos ennemis puissent mettre plus facilement la main sur vous.

— Il y a des mois qu'ils cherchent. On verra s'ils me trouvent.

— Avec le contrôle judiciaire, dit Pothey, on va leur mâcher le travail, ils sauront vite où vous trouver, croyez-moi. Je peux déjà vous informer que ce sera à Cavaillon. J'ai opté pour le rapprochement familial, vous comprenez. Comme ça, vous vous occuperez de votre fils. Il a besoin de vous.

— Je peux l'appeler tout de suite ?

— Ne vous gênez surtout pas. »

Sur quoi, Charly saisit le téléphone posé devant lui et composa le numéro du portable de Christelle. Une façon d'interrompre la conversation. Il n'avait pas envie de parler davantage avec ce personnage qui incarnait tout ce qu'il vomissait. L'insinuation, la fausse vertu et la bonne conscience.

Quand il eut pris les dernières nouvelles d'Anatole, l'Immortel laissa tomber en raccrochant le combiné :

« Le Rascous, c'est fini, vous savez. Il ne fait plus peur. Il est monté trop haut. Il a refusé de partager.

241

Il a tout pris pour lui. Quand les gens vont au bout de leur pouvoir, c'est là qu'ils sont perdus. Regardez ce qui est arrivé à Antoine Guérini ou Gaëtan Zampa. Ils s'y croyaient, ils s'encroyaient, les olibrius. Ils s'imaginaient les rois du pétrole ou de Marseille. Leur triomphe fut leur caisse de mort.»

Jean-Daniel Pothey s'assit sur le bureau, secoua la tête, puis souffla, répandant partout les relents de son haleine fromagère :

« Je ne suis pas d'accord avec vous. Gaby est beaucoup plus intelligent que ses prédécesseurs. On doit au moins lui reconnaître ça.

— Je ne crois pas. Sinon, il aurait noué des alliances et divisé pour régner, comme tous les bons politiques. Ce n'est pas ce qu'il a fait, au contraire. Et quand on veut tout contrôler, on ne contrôle plus rien. Son système est en train de s'effondrer. Il ne manque plus que la pichenette.»

Soudain, l'Immortel pointa le doigt en direction de la cravate de Pothey :

« C'est de la soie ? »

L'autre, étonné, hocha la tête.

« Faites attention. Il y a des bougnettes dessus. Mon grand-père en faisait tout le temps en mangeant. Vous devriez régler le problème : ça ne fait pas net.»

Le directeur le fusilla du regard, puis revint à leur conversation :

« Que ça vous plaise ou non, Gaby est encore là pour longtemps. Je crains que vous ne preniez vos désirs pour des réalités.

— Et vous de même, monsieur le directeur.»

Le directeur de la police judiciaire serra les mâchoires. Il semblait lutter contre la colère qui

242

montait en lui. Il souffla un peu et ferma les paupières. Mais il se lâcha quand même.

« Je vous ferai payer très cher ces sous-entendus,
dit-il en élevant la voix. Très très cher. »

Après quoi, il sortit en claquant la porte, laissant
derrière lui une odeur de pont-l'évêque, douce et
purulente. Charly Garlaban songea au calvaire de
madame Pothey qui, chaque nuit, dormait avec un
pont-l'évêque dans son lit.

39

Les sanglots de Charly

« *Quand le gibier devient chasseur,
la forêt tremble de toutes ses feuilles.* »
Angelus Merindolus

C'est Martin Beaudinard qui était venu chercher l'Immortel à la sortie de la garde à vue. Il était en nage et, bien que tiré à quatre épingles, sentait le lapin. Il avait l'air très inquiet :

« Y a plein de fouille-merde de la presse parisienne qui sont descendus en ville, dit-il en s'épongeant le front avec le mouchoir de sa pochette. Ils préparent des papiers sur toi.

— Dieu ne plaise !

— Je crains le pire. Ces torche-culs salissent tout. Ils trouveraient même des poux dans les cheveux de la Vierge Marie. »

On était samedi. Il y avait beaucoup de monde dans les rues de Marseille. À croire que la terre entière battait la semelle avec dans les yeux et les jambes un plein bon Dieu d'énergie et de joie de vivre. Charly avait envie de s'asseoir à la terrasse d'un café et de regarder, de sa table, défiler l'humanité.

Vivre à Marseille, c'est déjà voir du pays. Tout change d'un quartier à l'autre, les couleurs des rues, les odeurs de cuisine ou les robes des filles.

Depuis la nuit des temps, Marseille avale tout. Dans l'Antiquité, ce furent les Grecs et les Romains ou, au XXe siècle, les Arméniens, les Italiens et les Maghrébins. Elle avale tout mais ne digère rien. Ils restent toujours tels qu'en eux-mêmes l'éternité les a figés. Ici, pour voyager, pas la peine de bouger même une fesse. Il suffit d'ouvrir les yeux.

Charly les avait grands ouverts. C'est ainsi qu'il repéra un motard qui semblait faire le guet sur le trottoir, assis sur son engin, les mains sur le guidon, prêt à démarrer.

« L'ange de la mort, dit Charly.

— C'est peut-être un amoureux qui attend sa copine.

— On verra bien. Tu sais ce qu'il nous reste à faire s'il vient vers nous. »

L'Immortel avait le sourire aux lèvres. Martin le lui rendit avec un clin d'œil :

« Je ne cours plus aussi vite qu'autrefois. »

Ils descendirent vers le Vieux Port en jetant de temps en temps un œil par-dessus leur épaule avant de sauter dans un taxi qui les amena dans le pavillon des quartiers Nord où Charly récupéra son chien. Affamé et assoiffé, l'animal n'était plus que l'ombre de lui-même. Une carcasse sans âme. L'Immortel lui donna tout ce qui lui manquait. De l'eau, des boulettes et des caresses.

« Il ne faut pas que tu restes là, dit Martin. C'est un vrai cagadou.

— Je crois que je suis en sécurité ici. C'est tout ce que je demande.

— Je vais te trouver autre chose, Charly. Une planque au Panier, tout près de la Vieille Charité, ça te dit ?

— Non, merci. En tout cas, pas tout de suite. J'attends le retour de Pat. J'aviserai après. »

Martin posa la main sur l'épaule de Charly, puis : « Sois prudent. »

Charly se dégagea et flatta de la main le dos du chien jaune qui se tortilla de plaisir.

« N'importe comment, dit-il, le Rascous n'est plus le chasseur. C'est devenu le gibier.

— Pour un gibier, dis, il tue encore beaucoup.

— Il ne va plus tuer longtemps. Il a même intérêt à numéroter ses abattis. Aurélio va bientôt lui régler son compte. C'est imminent. »

En parlant, Charly avait quelque chose qui dansait dans les yeux.

« Imminent ? demanda Martin.

— Une question d'heures. »

Un petit silence s'ensuivit, au bout duquel Charly réussit, en faisant un grand effort sur lui-même, à demander des nouvelles de Clotilde, son ancienne femme, devenue l'épouse de Martin. Ça le démangeait depuis longtemps, mais, par un mélange de pudeur et de superstition, il n'avait pas encore osé. Il avait aussi trop peur de la réponse de son ami.

Il avait raison. Ce fut la réponse qu'il redoutait. Les spécialistes que Clotilde avait consultés ne lui donnaient aucune chance. Elle ne le savait pas, bien sûr. Elle commençait même à suivre une radiothérapie, pour la forme. Mais ses jambes lui faillaient et elle devait de plus en plus souvent garder le lit. Elle était en train de mourir à petit feu. Martin conclut, en baissant les yeux, qu'il avait souvent le sentiment de vivre avec un cadavre. « Un cadavre souriant, précisa-t-il. Car tu la connais : elle est toujours d'humeur égale. »

L'Immortel lui dit alors qu'il voulait la voir rapidement puis tourna la tête, pour pleurer à son aise.

QUATRIÈME PARTIE

La chute de la « Marraine »

40

Feu sur Aurélio

« On meurt de n'avoir pas vécu.
Sinon, on meurt quand même. »
Jehan Dieu de la Viguerie

Le Rascous réfléchissait. Quand il réfléchissait, il écoutait une chanson. Cette fois, c'était « Three times a lady » des Commodores, un titre de la fin des années soixante-dix, quand Lionel Richie était encore le chanteur du groupe fétiche de Detroit.

Assis sur un des canapés de son bureau, il se demandait s'il ne lui fallait pas changer ses plans pour liquider Aurélio-le-Finisseur. Dans le Milieu marseillais, il y a deux façons de tuer un parrain. Ou bien on lui « envoie la moto » : c'est propre, rapide et généralement sans bavure. Ou bien on l'exécute en délégation, de préférence dans un bar : évidemment il y a du sang sur les murs mais au moins, ça impressionne la place.

Pour buter Aurélio-le-Finisseur, le Rascous avait d'abord choisi la deuxième méthode. Il voulait mettre de la pompe dans cet assassinat. Frapper un grand coup, pour marquer les esprits. Faire une démonstration de force en même temps qu'un rappel à l'ordre pour tous les petits truands qui, ces temps-ci, se poussaient du col. Des tueurs de poulets, de vigiles et de bijoutiers.

Mais le Rascous voulait faire vite et il lui faudrait plusieurs jours pour monter son peloton d'exécution. De plus, même s'il pouvait compter sur le Boumian, il sentait bien que ses grands féodaux d'Aubagne, de Manosque ou de La Ciotat risquaient de se défiler. Or il ne pouvait pas se permettre d'essuyer un refus. Ce serait le début de la fin.

Le Rascous écoutait « Three times a lady » pour la quatrième fois quand il décida de se replier sur la tactique de la moto. Il convoqua le Boumian à 8 h 30 du matin et lui demanda de procéder sur le champ à l'assassinat d'Aurélio-le-Finisseur.

« Maintenant ? protesta le Boumian. Mais il faut que je repère les lieux.

— Y a rien à repérer. Tous les matins il va boire son café tu sais où, sur le Vieux Port. Tu le chopes et tu le butes. C'est la mission la plus importante que je t'aurai jamais confiée. Après ça, pour tous les services déjà rendus et ceux qui sont à venir, je t'offrirai un hôtel que je viens d'acheter près de la gare Saint-Charles. Un deux- étoiles très bien placé. »

Les promesses du Rascous n'engageaient que ceux qui les recevaient. Mais enfin, ça n'empêchait pas de rêver. Un deux-étoiles et une société de surveillance, ce serait le pied. Il ne manquait plus que la femme. Le Boumian objecta néanmoins :

« Et comment je le déquille ?

— À la moto.

— Et qui conduit la moto ?

— C'est toi qui vois.

— Mais tout le monde est mort, y a plus personne de compétent. Je ne vais quand même pas y aller avec Jorgi-l'enflé. Il ne s'est pas encore remis de sa blessure.

— Si. Y a mon frère.

— C'est ce que je disais. Y a plus personne. »

Quelques jours plus tôt, le Rascous l'aurait corrigé à la main et jusqu'au sang, pour une insolence de ce genre, mais il se retint et ça lui fit lever le cœur. Il sentit un malaise rôder au-dedans de lui. C'est qu'il ne supportait pas les contrariétés. C'était très mauvais pour sa santé, tous les médecins l'avaient mis en garde.

À Marseille, on dit de ceux qui sont dans cet état, pleins de colère sourde, qu'ils ont un pet qui court. Un Lexomil ou deux et tout irait bien. Mais ça pouvait attendre encore un peu. Le Rascous respira très fort comme s'il était resté longtemps en apnée, puis :

« O couillon, les gens font la queue au portillon pour venir travailler avec moi.

— C'est vrai qu'on peut lever une armée si on veut, concéda le Boumian. Mais nos gars ne sont ni sûrs ni formés, c'est à peine s'ils savent tirer.

— Allons, tu as bien des gens de confiance ?

— Pour un travail comme ça, je ferais appel au Borgne. Il a de bons réflexes.

— Un type qui n'a qu'un œil ? Tu es fou !

— Il voit pour deux. En plus de ça, c'est une sacrée gâchette. D'ailleurs, vous le connaissez, monsieur.

— Je ne crois pas. Mais je ne peux pas connaître tout mon personnel. Je ne sais même plus combien j'ai de salariés. Pas loin de mille, avec tous les sous-traitants.

— C'est ça, la réussite : ne pas savoir. »

Le Rascous crut entendre une ironie dans la voix. Tout ça se payerait le jour venu. Avec les intérêts. Mais il ne fallait plus y penser. Ça lui donnait des palpitations.

Le Boumian avait les cheveux gras et sales : on aurait dit qu'une fourmilière habitait dedans. Il les gratta furieusement, les lissa, puis laissa tomber :

« Plus j'y pense, plus il me semble que je devrais opérer tout seul ! Le Borgne doit être encore en train de dormir. Il s'est couché très tard. Il a eu un gros travail hier soir.

— Ah ! bon ?

— Oui, Pat. On l'a donnée aux crabes.

— Et vous ne m'avez pas encore annoncé la bonne nouvelle !

— Je ménageais mon effet, monsieur.

— Vous a-t-elle dit où l'on peut trouver Charly ?

— Elle n'a pas eu le temps.

— Counas ! »

Ce fut la seule insulte qu'il proféra. Les autres, cougourde, cagassier, cataplasme, cafalot ou tchoutchou, ne franchirent pas le seuil de ses lèvres. Elles coururent longtemps dans sa tête où elles finirent par provoquer une mauvaise migraine qu'il tenta d'évacuer au Doliprane.

Quelques minutes plus tard, le Boumian était à l'affût, quai de Rive Neuve, sur le Vieux Port, le casque vissé sur la tête, incognito derrière sa vitre noire, à une quinzaine de mètres du bar où Aurélio Ramolino avait ses habitudes.

Avant, le Boumian s'était fait deux rails de coke. Il en avait plein les narines et les gencives. Il se sentait tout fébrile et, en même temps, fort comme la mort. Surhomme, mais un peu trop.

Il regretta d'être venu seul. Aurélio-le-Finisseur était toujours accompagné de quatre nervis armés comme leur patron. Sans parler du chauffeur qui attendait dans la voiture et d'une moto d'escorte, conduite par un as de la voltige, surnommé le Toréador. Mais bon, les dés étaient jetés.

Il était 10 heures et quelques quand Aurélio sortit du bar. Aussitôt, le Boumian démarra, fonça et logea deux balles dans la carcasse du jeune parrain de Marseille, qui tomba raide sur le trottoir. Il avait visé la poitrine. C'est toujours ce qu'il faut faire quand on tire de loin. On a plus de chance d'atteindre la cible. Surtout au 44 Magnum, ça rouinte tout. Le cœur, les poumons et tout le reste se transforment en une soupe grenat que la victime hoquette puis vomit.

Comme prévu, la garde noire du Finisseur lui tira dessus et le motard d'escorte le prit en chasse. Le Boumian descendit le quai, fila dans la rue de la République et, après la place Sadi Carnot, tourna à gauche en direction du Panier. C'est le plus vieux quartier de Marseille. Quand les nazis commencèrent à le raser pour éradiquer la vermine et en finir avec ses trafics, ils mirent au jour un monde étrange. Un fouillis de boutiques, de cagadous, de fermes et de bordels d'où sortirent des vaches, des putes, des fadas, des anges, des drogués et des truands, dans une odeur de boue, de merde et d'urine. Ils prirent peur et renoncèrent à leur funeste projet.

C'était là, dans les intestins de Marseille, que le Boumian avait passé son enfance. Il en connaissait chaque recoin, les ruelles, les dédales, les fressures.

Apparemment, le Toréador aussi connaissait bien le Panier. Il ne se laissa pas semer.

Même quand le Boumian dévala à pleins gaz la Montée des Accoules, calvaire des arthritiques, le Toréador restait collé à sa roue. Impossible de s'arrêter ni même de ralentir. Sinon, l'autre sortait son calibre et le butait. Comment s'en sortir ? Il calcula qu'il fallait faire un demi-tour pour abattre le Toréador.

C'est ce qu'il fit, en moins de temps qu'il ne faut pour l'écrire, place de Lenche, en bas de la Montée des Accoules. Il s'arrêta net et tira trois coups de suite sur le Toréador qui déboulait.

Après quoi, le Boumian descendit de son engin et lui donna, dans la nuque, le coup de grâce qui le fit sursauter de tout son long, comme s'il se réveillait d'un mauvais rêve.

41

« Atteinte aux droits de l'homme »

> *« Les armes à feu sont de si peu d'effet,*
> *à part l'étonnement des oreilles,*
> *que j'espère bien qu'on en quittera*
> *bientôt l'usage. »*
> Montaigne

« Oh ! le con à la voile ! C'est pas demain la veille qu'on me butera ! »

Quand il se releva, Aurélio-le-Finisseur avait un air de deux airs. Ses nervis l'observaient avec une certaine anxiété. Ils s'attendaient à une de ces colères dont il avait le secret et qui se traduisait par des spasmes accompagnés de jurons proférés à tue-tête. Mais non, il soupira puis rigola, tandis que deux de ses hommes époussetaient son blouson Prada et son pantalon délavé.

« Il ne m'a même pas graffigné », dit-il.

Pas une égratignure, en effet : Aurélio-le-Finisseur portait un gilet pare-balles. Sa félicité eût été complète si, à ce moment-là, deux policiers n'étaient pas arrivés en courant. Un boudenfle de cent cinquante kilos, bon poids, et une petite chose vicieuse à tête de musaraigne.

« Que s'est-il passé ? demanda le premier, essoufflé.

— Mais rien, monsieur l'agent, assura Aurélio.

— On a entendu des coups de feu.

— Des coups de feu ? Coquin de sort ! Qui vous a dit ça ?

— Mais on les a entendus.

— Entendu-du ?

— Vous avez bien compris. De nos oreilles.

— Eh bé, ça alors ! Vous êtes sûr ? Ce doit être un malentendu.

— Veuillez nous suivre, s'il vous plaît », conclut la musaraigne.

Les policiers étaient en faute. Ils auraient dû sécuriser la « scène du crime » et chercher les douilles. Ils auraient dû, surtout, commencer par alerter la P.J. Au lieu de quoi, ils voulaient emmener Aurélio et sa bande au commissariat. Le Finisseur décida donc de les suivre sans faire de scandale. Selon la procédure en vigueur dans son clan, un de ses hommes lui retira discrètement le calibre qu'il portait toujours à la ceinture, sous la chemise, et le donna à un autre, un petit chauve surnommé l'Invisible, qui suivait partout le boss, mais de loin, comme s'il ne faisait pas partie de la bande. Pas question de se faire arrêter pour port d'armes prohibé.

C'est désormais l'Invisible qui portait toutes les armes sous son blouson. Cinq, en comptant la sienne. Elles lui faisaient un bédelet de femme grosse. Il prit discrètement la tangente sans que les deux policiers aient remarqué son manège, avant d'aller ramasser les douilles des balles, près du bar, expliquant à qui voulait l'entendre qu'il en faisait collection.

Quand Marie Sastre apprit qu'Aurélio avait été interpelé au Vieux Port, elle demanda aussitôt un mandat de perquisition au juge des libertés sous prétexte qu'elle avait un renseignement selon lequel Aurélio Ramolino stockait des armes chez lui. Un motif fallacieux, bien sûr, mais qui lui permettait de rester dans le cadre de la légalité.

Elle obtint le mandat sur-le-champ. C'était un bon jour. Le téléphone n'avait pas sonné dans le vide, comme il arrivait si souvent au palais de justice, et, une fois n'est pas coutume, le juge des libertés semblait même, au bout du fil, d'humeur enjouée, voire farceuse :

« Si vous continuez à les embêter comme ça, les truands de Marseille vont finir par porter plainte pour harcèlement moral ! »

C'est ainsi que Marie Sastre et son équipe vinrent perquisitionner à l'Estaque, au domicile d'Aurélio-le-Finisseur qui venait d'être relâché.

Quand ils franchirent le seuil de sa porte, il hurla, tout dévarié, l'air défait :

« Bou diou, qu'est-ce que c'est que ce cirque ?

— On cherche des choses, dit la commissaire Sastre avec un sourire mystérieux.

— Demandez ce que vous voulez, je vous le donnerai, mais ne foutez pas tout en l'air. Un peu de respect s'il vous plaît ! »

C'est le drame, avec les policiers. Ils ne savent pas perquisitionner. Il faudrait leur donner des cours pour leur apprendre à trouver sans chambarder. Au lieu de ça, ils mettent toujours tout sens dessus dessous. Ils ne respectent rien.

Aurélio Ramolino était un homme d'ordre. Il exécrait les faux plis, les miettes de pain, les poils sur les draps, les papiers sales sur la plage, les bougnettes sur les chemises ou les racadures qui jonchent les rues et les rompe-culs de Marseille. Il ne supportait pas davantage les gens en retard, les manifestations syndicales ou les attaques de fourgons blindés.

Il votait à droite. « De père en fils », comme il disait. Il rêvait d'un monde où rien ne changerait et où le temps s'arrêterait.

Quand sa femme, Claudia, au bord de la crise de nerfs, commença à trembler, Aurélio finit par exploser :

« Pourquoi faites-vous ça ? Vous n'avez pas le droit ! »

La commissaire Sastre sortit son mandat de perquisition de sa poche, le déplia et le lui mit sous le nez :

« Nous agissons en toute légalité.

— Alors là, vous m'esquintez, dit Aurélio. Légalité, légalité, vous n'avez que ce mot à la bouche mais c'est pour mieux nous roustir. Nous autres, on est des enfants, à côté de vous. Des ravis de la crèche. Des cataplasmes. On a des règles et on s'y tient. Vous, vous passez votre temps à en changer pourvu que vous puissiez nous choper. C'est pas bien, ce que vous faites. Pas chic, pas clair, pas moral, je vous le dis comme je le pense. »

Il semblait sincèrement indigné et même au bord des larmes quand il poursuivit :

« Regardez dans quel état vous avez mis ma femme. Déjà qu'elle souffre de diabète, de tachycardie, d'arthrose cervicale et je vous passe le reste. C'est bien plus qu'elle n'en peut supporter. Je vais appeler mon avocat et je vous poursuivrai jusqu'à la Cour européenne de justice pour cette atteinte aux droits de l'homme, c'est pas des blagues. »

Quand Marie Sastre rentra à l'Évêché avec son équipe, elle fut aussitôt convoquée par Jean-Daniel Pothey. Il avait l'expression de quelqu'un qui vient de boire un verre de vinaigre et paraissait bien décidé à ne lui prêter aucune attention. Les yeux rivés sur son ordinateur, il lisait ses messages de la journée.

« Bonne pêche ? demanda-t-il au bout d'un moment, sans lui jeter un regard.

— Je ne sais pas. On a trouvé des dossiers et une valise pleine de documents. On va voir ce que ça vaut.

— Soit. »

Bien qu'il ne le lui eût pas encore proposé, elle décida de s'asseoir de son propre chef, puis demanda :

« Voulez-vous savoir quelque chose de particulier ? »

Il lui lança un regard noir et furtif :

« Non, pourquoi ? »

Mais elle sentait qu'il avait envie de parler. Il fallait juste le laisser venir. Pendant qu'il continuait à lire ses messages, elle se décrotta quelques ongles avant de céder à la tentation qui la démangeait depuis le début de la journée. Elle passa sa main sous sa chemise et se gratta, au niveau de la taille, une grosse nappe de papules et de vésicules qui, aussitôt, commencèrent à suinter délicieusement. Qui n'a pas connu les ravissements affreux de l'eczéma ne connaît rien aux ruses et aux détours du plaisir.

Marie Sastre n'aurait su dire combien de temps dura l'attente, tant elle était aux anges. Tout d'un coup, le directeur de la police judiciaire releva la tête, ébaucha un sourire jaune puis laissa tomber, sur un ton faussement dégagé :

« Il est possible qu'on se soit mal compris, sur le Rascous. Ne vous méprenez pas. Je pense comme vous. C'est un danger pour cette ville. Une honte et un danger. Il faut en finir avec ce type. Qu'on n'en parle plus. Je compte sur vous, commissaire. »

Elle se leva, hésita à le remercier, puis, avant de prendre congé, lui envoya son plus beau sourire en se demandant si, finalement, elle ne s'était pas trompée sur son compte.

42

La prière de Ganagobie

> *« La vie est une œuvre*
> *qu'on ne nous laisse jamais finir. »*
> Blaise Mortemar

Quand le Commandeur l'avait convoqué au monastère de Ganagobie, quelque part au milieu du ciel, sur la route de Sisteron, le Rascous s'était demandé si son protecteur ne tramait pas un guet-apens.

Mais non, s'il avait fixé le monastère comme lieu de rendez-vous, c'était juste parce qu'il venait dans la région pour inaugurer une usine de retraitement des déchets, tout près de là, aux Mées, en sa nouvelle qualité de ministre de l'Industrie.

Les deux hommes s'étaient donc retrouvés en haut de la colline qui donne à pic sur la vallée de la Durance où semblait dormir un long soleil blanc. Les pins chantaient. Le souffle du monde bourdonnait au loin. L'air était comme une eau tiède qui apportait partout la paix et la tranquillité.

Comme d'habitude, les deux hommes s'étaient embrassés pour se saluer, mais avec tant de réserve que ça ressemblait à un dernier baiser, celui du lit de mort. D'autant plus qu'après, ils avaient tous les deux le visage de quelqu'un qui vient de respirer une mauvaise odeur.

« Avec toutes tes conneries, dit le Commandeur d'entrée de jeu, tu m'as mis dans de sales draps. C'est à cause de toi que j'ai été rétrogradé du ministère de l'Intérieur à l'Industrie.

— C'est un beau ministère, l'Industrie.

— Qu'est-ce que tu en sais, couillon ?

— On te voit toujours à la télé.

— C'est une coquille vide, ce ministère. Je suis un homme fini et la presse, qui m'a si longtemps encensé, a maintenant décidé de me brûler vivant.

— C'est le jeu, avec les journalistes. Ces gens-là n'ont pas de suite dans les idées. Ce sont des étourneaux. »

Les deux hommes marchaient sur un petit chemin qui surplombait le vide. Le Commandeur avait un tic étrange. Il suçait sa bagouse à rubis. On aurait même dit qu'il la tétait. Après l'avoir retirée de ses lèvres, il s'arrêta, soudain :

« Te rends-tu compte qu'en ressortant tes flingues, tu as ruiné ma carrière ?

— Il fallait que je me défende. J'étais menacé.

— Non. Tu as réagi comme un petit voyou des bas quartiers alors que tu étais passé depuis longtemps à la vitesse supérieure. Car c'est bien toi qui as cherché à déquiller Charly, contrairement à ce que tu m'avais dit. »

Le Rascous baissa la tête :

« Je n'avais pas le choix. Il avait trop de charisme, trop d'ascendant sur les gens. Il me piquait tout. Mes amis, les bons coups et le patin-couffin. Il ne peut pas y avoir deux patrons à Marseille. C'était moi ou lui, tu comprends.

— Et Aurélio ?

— Je ne peux pas me laisser tondre la laine sur le dos par ce type. C'est une question d'honneur et de dignité. Il fallait que je réagisse comme je réagirai bientôt contre tous ces voyous arabes qui se croient chez eux à Marseille et qui braquent des boulangeries. Ils apprendront vite qu'ils sont ici chez moi. Je ne suis pas un tchoutchou et je vais le leur prouver, à toutes ces pourritures. »

Le Commandeur soupira, recommença à marcher, puis souffla :

« À partir de maintenant, il faut que tu saches que je ne peux rien faire pour toi. Je ne tiens plus personne dans la police et elle n'en fera qu'à sa tête. Pothey a déjà oublié tout ce que j'ai fait pour lui, la Légion d'honneur et le reste. Il s'est mis au service de mon successeur qui va me chercher des poux. Tu dois t'attendre à tout, Gaby.

— J'avais compris, merci. »

Au bout du chemin se dressait la chapelle des bénédictins de Ganagobie. Ils poussèrent la porte. Les moines disaient la messe. Les deux hommes restèrent jusqu'à la fin de l'office et sans se passer le mot, mais parce qu'ils le sentaient dans les parages, prièrent Dieu de leur épargner son châtiment. Les mains jointes, le Commandeur en profitait pour sucer sa grosse bagouse à rubis.

De retour à Marseille, le Rascous décida d'aller aux nouvelles et tenta de prendre contact avec Joseph Botinelly, le président du conseil régional. Un gros malin celui-là. Dans son cabinet, il avait embauché les enfants d'un juge d'instruction, d'un avocat général près de la cour d'appel, d'un contrôleur général de la police et de deux conseillers à la chambre régionale des comptes. Après ça, il ne risquait plus rien.

Joseph Botinelly aurait pu lui dire si la situation était aussi désespérée que le Commandeur l'avait prétendu. Il était, d'une certaine façon, la tour de contrôle de Marseille, toujours au courant de tout. Mais il ne donna pas signe de vie.

43

Le déshabillage du Rascous

> *« La vérité est un fruit*
> *qui ne doit être cueilli*
> *que s'il est tout à fait mûr. »*
> Voltaire

« Le Rascous est fait aux pattes. Y a plus qu'à le déquiller ! »

Marco, son bras droit à la BRB, avait fini par réveiller la commissaire Sastre, à 4 heures du matin, pour lui faire partager son excitation après avoir passé en revue les documents saisis lors de la perquisition chez Aurélio.

« Quelle heure est-il ? »

Ce fut tout ce que la commissaire trouva à dire. Elle posait toujours cette question quand on la réveillait la nuit : ça lui permettait de reprendre ses esprits. Marco, qui le savait, ne prit même pas la peine de lui répondre.

« Bonne Mère ! reprit-il. Il ne peut plus s'en sortir. Avec le matériel que tu as récupéré, on a un état à peu près complet de ses turpitudes. »

Marie Sastre étira son bras et, après s'y être repris à deux fois, finit par allumer la lampe de chevet. C'était une petite chambre monacale avec un crucifix au-dessus du lit. On aurait dit un placard emménagé. La commissaire était en eau : malgré le vent qui bouffait dehors, la nuit cuisait tout dans son jus. Même les murs transpiraient. Elle bâilla sans se redresser et demanda d'une voix encafougnée :

« Qu'est-ce que tu as trouvé ?

— Dans une sacoche, j'ai découvert une sorte de dossier d'instruction, avec des disquettes. Eh bé ! Y a de quoi l'envoyer au trou pour un certain temps. »

La commissaire lutta contre la tentation de se rendre tout de suite à l'Évêché. Impossible de laisser tout seul son fils, Alexis, qui dormait dans la chambre d'à côté. En attendant, elle se fit raconter par le détail les résultats des investigations de Marco. Les abus de biens sociaux du Rascous. Ses fraudes fiscales. Ses emplois fictifs. Ses prête-noms. Ses tripatouillages en tout genre. Tout était établi sans appel sur les disquettes retrouvées dans la sacoche, celle-là même que l'Immortel avait remise à Aurélio. Le travail de la police étant ainsi mâché, quelques jours seulement suffiraient à boucler le dossier sur le plan judiciaire.

Ni Marie ni Marco n'arrivaient à comprendre à qui et à quoi ces disquettes devaient servir. Ils jugeaient Aurélio incapable de réunir tous ces éléments : ce n'était qu'une gâchette et rien d'autre. Ils ne l'imaginaient pas, de surcroît, en train de faire chanter le Rascous avec des documents qui, d'une certaine manière, le mettaient en cause lui aussi, tant leurs affaires étaient imbriquées.

« Qu'importe, conclut Marco. Avec ça, on a totalement déshabillé le Rascous. Maintenant, il ne reste plus qu'à le sauter. »

Après avoir raccroché, la commissaire Sastre ne parvint pas à se rendormir. Elle avait des cacarinettes dans la tête. Trop de doutes et de joies mélangés. La peur, aussi, d'échouer tout près du but. Elle tenta bien de tuer son insomnie au porto, mais rien n'y fit.

Le matin, dès que Marie Sastre arriva au bureau, Jean-Daniel Pothey la convoqua et lui annonça qu'il entendait superviser de très près la chasse au Rascous :

« C'est une mission importante qui nous échoit, commissaire. Pour Marseille, pour les Bouches-du-Rhône, pour la France. »

Le directeur de la police judiciaire semblait l'avoir à la bonne, tout d'un coup. Sa gêne de la veille avait cédé la place à une complicité effusante. Parce qu'il fallait toujours qu'il en fasse trop, il invita Marie à déjeuner le jour même. Elle accepta de mauvaise grâce, les yeux baissés, en bredouillant et en se demandant ce que ça cachait. Mais enfin, elle n'avait pas trop le choix.

Avec lui, ce fut un déjeuner au fromage. Aux trois plats. Ce jour-là, son haleine empestait le camembert, le vrai, au lait cru, bien jaune et coulant, dans un état de décomposition avancée. Marie se demandait pourquoi elle aimait tant le camembert et détestait tant cette haleine.

Au café, il annonça à Marie qu'elle recevrait bientôt une « bonne nouvelle ». Une prime ? Une promotion ? Une décoration ? Elle n'en tira pas davantage et en déduisit qu'il allait, comme promis depuis trois ans, augmenter enfin les moyens et les effectifs de la BRB.

Après avoir payé l'addition, Jean-Daniel Pothey laissa tomber :

« Je vois que Marseille est entré dans une nouvelle ère et vous y êtes pour beaucoup, commissaire. Je vous félicite pour votre détermination. Quand tout sera fini, il faudra que nous ayons une vraie conversation. Nous avons tant de choses à nous dire. »

Il y avait quelque chose d'étrange dans sa voix, comme un soupçon de menace. Les heures suivantes, Marie Sastre se gratta plus que de raison, sous le genou, à l'aisselle et puis aussi derrière l'oreille.

44

La sonnerie des cors

« *La plupart oublient tout,*
excepté d'être ingrats. »
Le Coran

Une quinzaine de jours plus tard, cinq voitures déboulèrent en même temps, toutes sirènes hurlantes, devant deux roulottes aux parois rouillées, dans un hameau perdu de La Bédoule, près de Cassis.

C'était au petit matin. Un brouillard d'albâtre, aussi léger que l'air, s'emmêlait dans les cheveux des arbres et les collines alentour grondaient comme des fleuves quand ils ruminent leur colère. Il faisait chaud pour l'heure et pour la saison.

Une vingtaine de policiers jaillirent de conserve, brassard au bras et arme à la main, tandis que Marie Sastre gueulait dans le mégaphone :

« Police ! Sortez, les mains en l'air ! Pas d'armes apparentes ! Première sommation ! »

Quelques secondes s'écoulèrent avant la sommation suivante. C'est juste après que sortit le premier homme. Torse nu et tête de mort, la peau sur les os et un regard vide de hareng saur. On voyait tout de suite qu'il aurait pu concourir, avec quelque chance de succès, au titre de l'homme le plus bête du monde. C'était l'un des gardes du corps « historiques » du Rascous.

Aussitôt après, le Rascous apparut à son tour. Il n'en menait pas large et, pour un peu, aurait inspiré pitié. Les cheveux en désordre, les mains tremblantes, le corps en eau et la démarche mal assurée, on aurait dit une biche devant un couteau.

« Ne tirez pas », cria-t-il.

Avant même qu'un mandat d'arrêt fût lancé contre lui, le Rascous avait pris la fuite pour s'encafourner à la Bédoule avec un de ses gardes du corps. Il était parti dans la précipitation, sans un sou, et avait veillé, depuis, à n'entretenir aucun contact avec sa famille aussi bien qu'avec son clan, afin que la police ne puisse pas le « loger ».

« Merci d'avoir été raisonnable, dit Marie Sastre. On n'a même pas eu à nous servir des grenades lacrymogènes.

— Je ne suis pas raisonnable. Je suis juste épuisé, ensuqué et affamé. »

Il ne lui restait plus, pour parler, qu'un filet de voix plaintif. On ne pouvait pas croire, en le regardant, qu'il était encore, quelque temps plus tôt, la terreur de Marseille. Le grand babaou des enfants et des parents.

Marie Sastre lui signifia son arrestation et, après lui avoir mis les menottes, l'emmena à l'Évêché. Pendant le voyage, il ne desserra pas les dents. Il valait sans doute mieux. Il avait l'haleine cruelle.

Sous les bras, le Rascous sentait, de surcroît, l'épaule de mouton. Quant à l'odeur de ses pieds, elle prenait au nez. Il ne s'était pas lavé depuis plusieurs jours et ça le mettait en position d'infériorité pour la garde à vue.

C'est pourquoi il demanda, dès son arrivée à l'Évêché, de pouvoir prendre une douche.

« Nous verrons plus tard, si vous le voulez bien, répondit la commissaire. On a des questions plus urgentes à régler. »

Marie Sastre consentit néanmoins à lui retirer ses menottes et à commander deux sandwichs, une tarte aux abricots, ainsi qu'une tablette de chocolat au lait. En double, car son garde du corps à tête de mort réclama le même menu.

« J'aimerais bien savoir qui m'a engarcé, dit-il, dans un dernier accès de forfanterie, avant que l'interrogatoire commence. Y a quelqu'un qui m'a donné, c'est pas possible autrement. Si vous me dites qui c'est, je suis prêt à vous balancer beaucoup de choses. »

Après avoir décliné son identité et répondu à quelques questions rituelles, il enfourna les sandwichs et le reste. Sa goinfrade terminée, il n'avait pourtant pas retrouvé son tonus d'antan. Il restait l'ombre de lui-même.

Il n'inspirait plus la peur, désormais. Maintenant qu'elle était partie, il se trouvait réduit à lui-même. Une petite gouape qui s'encroyait.

Quand la commissaire Sastre commença à entrer dans le vif du sujet, autrement dit ses combines financières, le Rascous réclama son avocat qui était en route, avant de se mettre à golgother avec des airs christiques :

« J'ai beaucoup fait pour cette région. J'ai mis en elle toute ma foi, mon énergie, ma volonté, mes ambitions. Et voilà comment on paye en retour, peuchère. On me carcagne, on me persécute, c'est tout juste si on ne me jette pas des pierres. Franchement, j'ai honte pour mon pays.

— Nous voulons juste savoir comment sont organisées vos affaires.

— Excusez, mais je ne suis pas n'importe qui. J'ai créé des emplois, merde ! J'ai lancé des marques, inventé des concepts et développé des projets immobiliers, autant de choses qui font honneur à la Provence. Et vous me traitez comme une estropiadure, un zesco, parce que vous avez décidé de me faire la peau. De m'escarrer comme un mouton. Eh bien, je vous le dis : c'est triste, cette ingratitude, triste et révoltant. »

Pendant la garde à vue du Rascous, Marie Sastre eut surtout droit à des jérémiades de ce genre. Trempé comme une soupe, l'air hagard, Gaby Caraccella jurait n'être au courant de rien :

« Ne m'en voulez pas si je ne peux pas répondre à vos questions quand elles sont trop précises. Je suis les choses de loin, vous comprenez. J'ai pris beaucoup de hauteur, ces dernières années. J'inspire, je supervise, mais je n'entre pas dans les détails. Le vrai patron, en fait, c'est Pascal, mon demi-frère. Un as de la finance. Il connaît tous les dossiers. Il faudrait voir avec lui.

— Mais il est en fuite ! »

Il leva un sourcil étonné :

« En fuite ? C'est possible. Mais ce qui est sûr, madame le commissaire, c'est qu'il serait le mieux à même pour vous répondre. Moi-même, avec la meilleure volonté du monde, je ne vous serai d'aucune utilité.

« — Allons, vous êtes le cerveau de tout ça…

— Non, le cerveau, la direction exécutive de notre holding familiale, je vous jure Dieu que c'est Pascal. Pas moi. »

La tête flancha, soudain. Toujours ce vire-vire. Le Rascous blêmit et resta un moment en arrêt, la bouche ouverte, les yeux à moitié blancs, comme s'il allait tourner de l'œil.

« Quelque chose ne va pas ? demanda Marie Sastre.

— Un coup de pompe. C'est bien naturel, après toutes ces émotions. Je ne suis pas en sucre.

— Voulez-vous que j'appelle un médecin ?

— Oui, ce serait raisonnable. Mais j'ai surtout besoin de repos.

— Je crois que ça tombe mal. Nous avons beaucoup de choses à voir ensemble. »

Il secoua la tête, jeta un soupir puis essuya son front avec le revers de sa manche de chemise :

« Le principe de précaution est un droit constitutionnel, madame. Il n'est pas fait pour les chiens. Si vous ne tenez pas à avoir des ennuis, il me semble que vous devriez m'hospitaliser, sans vouloir vous commander. Imaginez que je passe l'arme à gauche, tout de suite, devant vous, adieu pays. Vous seriez quand même dans un sale pétrin, coquin de Dieu !

— Il me semble que vous exagérez votre importance, cher monsieur. »

Au lieu d'exploser, il lui jeta un regard veule et rentra sa tête dans les épaules. La colère est le courage des pleutres. Il n'avait même pas ce courage.

C'est alors que le directeur de la police judiciaire convoqua Marie Sastre. Cette fois, il l'attendait debout, à la porte de son bureau.

« Asseyez-vous, dit-il avant de commencer à tourner autour d'elle, les yeux baissés et l'air très absorbé. Voilà. Je vous dois des excuses. Quand j'ai commencé à recevoir des e-mails ignobles qui m'accusaient d'intelligence avec le Rascous, j'ai tout de suite pensé que c'était vous, commissaire. »

Un peu de rouge monta aux joues de Marie Sastre.

« Je ne sais pas qui m'a envoyé ces e-mails, dit-il, mais je m'en fiche parce que la preuve a été faite, grâce à vous, que je ne protégeais pas le Rascous. Je ne protège au demeurant personne. »

Le sang battait très fort dans les tempes de la commissaire quand il poursuivit : « Je sais qu'on vous a vue plusieurs fois dans un cybercafé du Panier d'où m'ont été adressés certains des fameux e-mails mais ça ne m'a pas convaincu, voyez-vous. En revanche, j'ai la certitude que vous fréquentez de temps en temps des tripots mal famés pour jouer aux machines à sous, et ça, figurez-vous que ça me gêne. Je dirais même plus : ça me navre. J'ai un dossier accablant là-dessus. La seule façon de vous racheter, ce serait de faire mon panégyrique, demain, quand le nouveau ministre de l'Intérieur viendra nous rendre une visite-surprise, pour féliciter la police judiciaire de son travail contre la pègre. Vous serez la reine de la journée, puisque vous passez pour être la tombeuse de Rascous. Dites-lui publiquement que vous me devez tout et je passerai l'éponge. »

Le lendemain, la commissaire Sastre s'exécuta et eut droit, en échange, à une bise du directeur, sa première en trois ans.

45

Un vrai-faux suicide

« Yahvé avait donné, Yahvé a repris ;
que le nom de Yahvé soit béni. »
Livre de Job

Quelques mois plus tard, l'empire de Gaby Carac-cella avait été réduit en pièces. Du puzzle qu'il avait mis tant d'années à constituer, ne restaient plus que quelques éléments comme la boîte de nuit d'Aix-en-Provence, le Calypso, la plus grande d'Europe, qui continuait à tourner, qu'une dizaine de restaurants et la marque de café. En ville, on ne parlait du Ras-cous qu'au passé.

En prison aussi. Aux Baumettes, les détenus avaient tout de suite surnommé l'ancien parrain la « Marraine ». Même si, pour plus de sécurité, la jus-tice avait tout de suite transféré son ennemi intime, le Pistachier, à la prison toute proche de Luynes, le Rascous n'était pas parvenu à s'imposer auprès de ses collègues. S'il ne s'était pas retranché du monde, il aurait sans doute fini comme « serveuse », dans les douches, à soulager leurs désirs.

On aurait dit que la prison entière avait décidé de lui faire payer la crainte qu'il inspirait naguère. Il était devenu la tête de Turc des Baumettes. L'objet de toutes les risades. Le ravi de service. Le tchout-chou.

Pendant la promenade quotidienne, il croisa des regards si hostiles qu'au bout de quelques jours, il cessa de s'y rendre. Il préférait rester encafourné toute la journée dans sa cellule. Tout lui était pré-texte pour se caguer dessus. Un bruit, un geste, un rien. S'il avait pu, il se serait même caché dans un trou de souris.

Il redoutait la vengeance de l'Immortel dont il voyait le regard dans les yeux de tout le monde, y compris des gardiens qui, au demeurant, lui par-laient mal. Il s'inquiétait mêmement de l'exécration de la police et de la justice, décidées, pendant qu'elles y étaient, à tout lui coller sur le dos, à commencer par le meurtre d'un juge d'instruction, quelques années plus tôt, comme si c'était son genre.

Il n'en pouvait plus de cette hostilité contre lui qu'exsudaient le monde entier, les gens, les murs des Baumettes et même l'air qu'il y respirait. Pressé de retrouver sa famille et de serrer, chaque soir, ses enfants dans ses bras, il n'avait qu'une obsession : sortir de prison. Mais son avocat, Me Blès, n'avait pu obtenir sa liberté sous caution. La machine judi-ciaire était en marche, rien ne l'arrêterait tant qu'elle n'aurait pas broyé le Rascous.

« Si vous me libérez, avait-il promis à sa juge avant la clôture de l'instruction, je suis prêt à dire tout ce que je sais.

— C'est du chantage.

— Non, c'est la vérité, madame le juge.

278

— Je m'en fiche, lui répondit-elle avec l'insolence des tout-puissants. Je ne vous relâcherai pas dans la nature. »

En décidant de le maintenir en détention avant son procès, la juge d'instruction avait mis la vie du Rascous en danger. À tout moment, il pouvait se faire empoisonner au curare, étouffer à l'oreiller ou égorger aux dents de fourchette. Pour que l'Immortel ne puisse pas appliquer la loi du talion par personne interposée, Gaby Caracella n'avait qu'une solution : l'évasion. Mais pour ce faire, il fallait d'abord sortir des Baumettes qui ne laisse jamais personne s'échapper. Donc, se faire transférer à l'hôpital où tout devenait possible.

C'est ainsi que le Rascous commença à se suicider. Une, deux, trois fois. Au lacet, à la ceinture ou à la chaussette longue, mais toujours sans succès : ces pendaisons avortées ne le menèrent jamais plus loin qu'à l'infirmerie.

Il lui allait donc frapper un grand coup, avec un vrai-faux suicide qui le laisserait quelque temps entre la vie et la mort. De quoi apitoyer le petit peuple de Marseille et obtenir un passeport pour l'hôpital puis, de là, pour un paradis fiscal.

Selon les pronostics les plus optimistes de Me Blès, le procès, qui s'approchait, le condamnerait à trois ou quatre ans de prison. Comme la justice n'avait pas de preuves contre lui sur l'essentiel, il écoperait du maximum pour l'accessoire. Ah ! elle est belle, notre justice, toujours dure avec les faibles et faible avec les forts ! Maintenant qu'il était à terre, il fallait qu'il s'attende au pire. Or, il ne se voyait pas croupir aux Baumettes sous l'œil de l'Immortel qu'il croisait jusque dans la lunette des toilettes.

En raison de son état dépressif et grâce à l'entregent de son avocat, le Rascous avait obtenu de disposer d'une cellule pour deux personnes. Parce qu'il était soi-disant suicidaire, le directeur des Baumettes tenait à ce qu'il eût un compagnon. De son choix, bien sûr.

Qui ? Me Blès demanda au Boumian de lui donner un nom. Une lourde responsabilité. Il ne fallait pas se tromper. Le compagnon de cellule du Rascous devait être tout à la fois loyal, malin et de préférence insomniaque afin de pouvoir protéger le patron de nuit comme de jour.

Pas question de lui coller le garde du corps « historique », arrêté avec lui à la Bédoule. Trop bête. De lui, le Rascous disait souvent, l'air apitoyé, en levant les yeux au ciel : « Il est bien de Martigues. »

Le lendemain, le Boumian donna un nom à l'avocat : Max Piéri. C'était un grand balèze du genre taciturne, un ancien videur du Calypso, la boîte de nuit du Rascous, adepte de la corde à sauter, ce qui rendait le faux suicide plus aisé. Il purgeait une petite peine pour braquage raté, à la prison de Luynes. Il fallait juste le transférer.

Parce qu'il s'adressait à lui avec tous les égards dus à son rang, Max Piéri plut tout de suite au Rascous. Rien à voir avec ces roulades qui font leur quelqu'un sans jamais devenir personne. Cet homme-là savait rester à sa place. Il était, de surcroît, d'une pudeur de jeune fille et souffrait le martyre quand il lui fallait caguer devant Gaby.

Le Rascous ne supportait pas non plus de caguer en public. Telle est la tragédie de la prison. Elle ne consiste pas seulement à couper le détenu du monde, mais aussi à l'abaisser et à l'humilier. Qu'est-ce qu'une cellule ? Un WC avec un lit, un cagadou agrandi, un pati. L'homme y fait ses besoins devant les autres comme toutes les bêtes.

La prison nous ramène ainsi à cette condition animale que nous refusons depuis la nuit des temps. Souvent, les détenus tentent de résister. C'est pourquoi les constipations chroniques ou les occlusions intestinales prolifèrent dans les maisons d'arrêt.

Encore quelques mois comme ça et le Rascous, qui allait à la selle tous les deux ou trois jours, finirait par choper une occlusion avec hospitalisation garantie. Mais il n'avait pas le temps d'attendre. Il lui fallait s'esbigner tout de suite.

Un soir, alors que Max Piéri sautait à la corde, apparemment son activité préférée, le Rascous lui fit part de son intention.

« La prison me fatigue. Je suis complètement fracada.

— Moi aussi, je suis cassé.

— Je vais donc me suicider ce soir. »

Max Piéri s'arrêta de sauter et roula de grands yeux étonnés.

« Pas pour de vrai, rassure-toi, reprit le Rascous. Mais je veux être hospitalisé pour pouvoir m'évader après, tu comprends ?

— Que dois-je faire ?

— Pas grand-chose. M'assister. »

Pour se tuer, rien ne vaut la pendaison, la vraie. Il suffit d'un clou, d'un marteau, d'une corde et d'une chaise. Un coup de pied dans la chaise et dès qu'elle tombe, adieu Botte, le tour est joué.

C'est le coup du lapin. Contrairement à la légende, le pendu ne meurt pas étouffé ou étranglé, mais assommé, les vertèbres disloquées. La mort propre et instantanée.

Mais en l'espèce, il ne s'agissait pas de mourir. Eût-il vraiment voulu se pendre, le Rascous ne disposait pas, de toute façon, du matériel approprié. Bien décidé à vivre, il se contenterait de simuler une strangulation. Il prit la corde à sauter de Max Piéri, se la passa autour du cou et lui demanda de la serrer aussi longtemps qu'il ne lui ferait pas un signe de la main.

Max Piéri lui proposa de procéder autrement, en le garrottant, sous prétexte que c'était plus simple et moins douloureux. Le Rascous avait confiance. Il y avait chez cet homme un mélange de douceur et de maîtrise de soi qui le rassurait.

Le Rascous s'assit par terre entre les deux jambes de son compagnon, assis lui-même sur le lit. Max Piéri passa son stylo dans la corde et le tourna, la tendant ainsi en la tordant, selon le principe de la garrotte, supplice en vigueur en Espagne jusqu'à l'abolition de la peine de mort, au siècle dernier.

Au bout d'un moment, le Rascous commença à se bouléguer en agitant les membres. S'il avait pu, il aurait hurlé à la mort, mais aucun son ne sortait de sa bouche. Il semblait aussi affolé qu'un poisson qui se tortille au bout de la ligne.

Il faisait des gestes de la main et même des deux mains. Max Piéri, qui avait arrêté de tourner le stylo dans la corde, ne relâchait pas la pression. De son bras libre, il cherchait même à maintenir le Rascous contre lui. Mais ça devenait de plus en plus difficile. La mort donne des forces.

Le Rascous était tout ébouriffé de souffrance et son visage violaçait à vue d'œil. Il avait des inquiétudes dans les jambes, qu'il chassait à grands coups de pied, mais elles s'incrustaient. Ses cils battaient de plus en plus vite et, dessous, sa tête de quetsche suppurait un mélange tout moustous de larmes, de bave et de morvelle.

Soudain, Gaby Caraccella parvint à échapper du bras de Max Piéri et, toujours garrotté, réussit, d'une ruade, à faire tomber la table et l'énorme écran plat qui trônait dessus, avec un téléviseur et un lecteur de films.

Il y eut du bruit dans le couloir. Des cliquetis de verrous, des grincements de porte et pas mal de brouhaha. Les surveillants accouraient.

Max Piéri desserra la corde. C'était presque bon. Le Rascous avait le rire bête et silencieux des agonisants quand ils vont passer, mais il bougeait encore, le visage brûlant, au bord de l'asphyxie, prêt à dégorger ses tripes.

Après quoi, Max Piéri lui enfonça la pointe du stylo dans le cou, sous la glotte. Le sang se mit à pisser mais, bien sûr, ça ne calma pas le Rascous. Il n'arrivait toujours pas à respirer et continuait à se tordre en soufflant des forges.

Ses yeux devenaient laiteux et il grelottait doucement, entre deux spasmes, tandis que grossissait la flaque de sang autour de sa tête.

Aux matons qui déboulèrent, Max Piéri expliqua que la chute de l'écran plat l'avait tiré de son sommeil. En voyant l'état du Rascous, il lui avait tout de suite fait une trachéotomie. Au stylo, certes, mais enfin, c'était la seule chose qui pût le sauver.

Il avait l'air si désolé, Max Piéri, qu'un des gardiens lui mit la main sur l'épaule pour le réconforter.

46

Le Requiem des faux-culs

*« C'est le sort des familles désunies
de se rencontrer uniquement
aux enterrements. »*
Michel Audiard

Pour être aimé, il suffit de mourir. Quand la nouvelle de sa mort se répandit, le Rascous connut, pour la première fois de sa vie, une certaine popularité. Pour un peu, on aurait dit que Marseille le regrettait.

La rumeur rapportait avec ravissement ses dernières paroles où il aurait laissé percer une ironie qui, jusqu'alors, lui avait toujours manqué. : « Quel malheur qu'il faille mourir soi-même ! » La presse racontait en détail sa vie, son œuvre, avec ce mélange d'épouvante et d'éblouissement qu'on appelle la fascination. Sur les photos des rétrospectives, il est vrai qu'il avait de l'allure.

C'est souvent comme ça, après la mort des tyrans. Si leurs funérailles sont toujours si imposantes, c'est que le peuple pleure tout à la fois leurs exactions, ses couardises anciennes et ses remords nouveaux. Sans parler du temps qui passe et qui, sous leur joug, s'était arrêté. Il y eut donc beaucoup de monde à l'enterrement de Gaby Caraccella, et même pas mal de beau monde.

Suzy, la femme du Rascous, avait bien fait les choses : la messe eut lieu à l'abbaye Saint-Victor, au-dessus du Vieux Port, et un orchestre de chambre joua du Mozart, du Verdi, du Schubert et du Fauré, une sorte de pot-pourri de leurs quatre requiems. Impossible de ne pas fondre en larmes.

À gauche de la nef, Suzy était assise au premier rang, avec ses quatre enfants, tout de noir vêtus et les yeux bordés d'anchois. À côté d'elle, trônaient les deux parents du Rascous, blancs comme des linges et raides comme la mort. Derrière, se tenait le demi-frère de Gaby, Pascal Vasetto, avec sa famille nombreuse.

À droite de la nef, on trouvait quelques-unes des autorités de la région, tous bords confondus. Le sénateur Barbaroux, très éprouvé, les députés Rigozzi, Roche, une brochette de conseillers généraux et deux adjoints au maire de Marseille qui, retenu à Paris, s'était fait excuser. Absent lui aussi, le président du conseil régional, Joseph Botinelly, avait envoyé une monumentale couronne mortuaire. Eugène Carrédu et le Commandeur s'étaient également fait porter pâles.

Dans les travées, perdues au milieu des voiles, des crêpes et des airs affligés, on pouvait reconnaître, au septième rang, Aurélio-le-Finisseur, entouré de ses gardes du corps. Un peu plus loin, Martin Beaudinard, la tête toujours baissée, comme s'il priait. Dans une aile, le Boumian et le Borgne qui ne quittaient pas leur prie-Dieu des yeux. À quelques chaises de là, Gaëtan Guérini, le célèbre promoteur immobilier qui, grâce aux équipes du Rascous, avait longtemps fait la loi dans les enchères. Au fond, enfin, tout près du portail, Charly Garlaban qui restait debout, observant son monde avec des airs de chasseur à l'espère.

Mais il ne chassait rien de particulier. Il était juste à l'affût, comme d'habitude. Ce qui ne l'empêcha pas d'entonner tous les chants, même ceux qu'il ne connaissait pas, ou peu, avec une autorité de mange-bon-Dieu. Ou bien de verser sa larme quand Dany, le fils aîné du Rascous, monta sur l'autel pour lire un petit texte :

« La mort n'est rien. Je suis seulement passé dans la pièce d'à côté... Donnez-moi le nom que vous m'avez toujours donné. Parlez-moi comme vous l'avez toujours fait. N'employez pas un ton différent, ne prenez pas un air solennel et triste. Continuez à rire de ce qui nous faisait rire ensemble. »

Les yeux de l'Immortel se mouillèrent quand la voix de Dany s'étrangla, pour la conclusion :

« Je vous attends. Je ne suis pas loin, juste de l'autre côté du chemin. Vous voyez, tout est bien. »

Après la messe, toutefois, l'Immortel s'abstint de bénir le cercueil et de présenter ses condoléances à la famille. Il attendit dehors la sortie du cortège funèbre, seul dans son coin et bien conscient du malaise que suscitait sa présence. Quand, enfin, le cercueil du Rascous apparut sur le parvis, il versa une seconde larme.

Une larme sincère, comme la première. Jadis, il avait tant aimé Gaby, l'homme à la caresse facile, le prince des frotadous, toujours à tripoter les femmes ou à courir derrière le premier pétadou venu. On ne savait pas où il allait, mais il y allait, le sourire aux lèvres et la fleur au revolver.

Aurélio aussi l'avait beaucoup aimé, dans le temps. Il avait les yeux rougis et embrassa trois fois l'Immortel, avec une emphase un peu déplacée :

« C'est quand même triste, non ? »

Charly baissa la tête, en cherchant une réponse, mais quand il la releva, Aurélio était déjà parti. C'est à ce moment-là qu'une main se posa sur son épaule, une main comme une pince. Il se retourna.

C'était Pascal Vasetto qui le regardait noir, le sourcil froncé.

« Y a quelque chose que je ne comprends pas, con, dit le demi-frère du Rascous. Pourquoi es-tu venu ?

— Je suis venu enterrer ma jeunesse.

— Pardi ! Et puis quoi d'autre ?

— Une ancienne amitié.

— Ça, c'est des phrases, con.

— Non, collègue. C'est des sentiments. J'ai franchement de la peine pour ses enfants qui ont tous sauté sur mes genoux. Ce n'est pas ma faute, si on en est arrivé là. »

Pascal Vasetto serra les dents, s'approcha de Charly, puis, en lui soufflant une mauvaise haleine qui, apparemment, était un trait de famille :

« Bon, maintenant, tu dégages !

— Ne me parle pas comme ça.

— Allez, zou, tu dégages ! »

Le demi-frère avait haussé le ton et semblait prêt à décharger sa rate. À moins de chercher l'incident, il fallait s'exécuter. En partant, Charly passa non loin du Boumian et de Martin Beaudinard qui semblaient deviser ensemble.

Charly vissa son chapeau sur la tête, puis vérifia qu'il tiendrait bien. Le vent soufflait très fort sur la colline, rapportant du Vieux Port tout ce qu'il avait soulevé. Les mots, les odeurs, les images, les risades.

Le bonheur eût été complet pour l'Immortel, n'était la mauvaise odeur dans ses narines, l'odeur de l'haleine de Pascal Vasetto. Il cracha à deux reprises, mais elle s'accrochait.

Il décida d'aller prendre un verre sur le Vieux Port, comme avant, et, en s'y rendant, chantonna tout au long « Una furtiva lagrima », un air de *L'Élixir d'amour* de Donizetti.

Son verre bu, il prit le « ferry-boîte » qui traverse le Vieux Port et qu'il avait si souvent emprunté, jadis, avec le Rascous.

47

Repas de famille

> « *Il n'y a que quand la pendule
> s'arrête que le temps se remet à vivre.* »
> William Faulkner

C'était une belle journée d'hiver. Quelque chose montait de la terre, réveillant les herbes, les graines, les bourgeons. Une espérance d'une force incroyable qui coulait comme un torrent et remplissait le ciel de vibrations.

Le soleil s'était posé sur le monde. Les pins du jardin se caressaient les cheveux au vent. Les joncs froufroutaient. Les chiendents se pâmaient. Les oiseaux dansaient. Surtout, l'air s'était remis à vivre.

Il faisait tiède. C'est pourquoi Charly avait décidé que le déjeuner aurait lieu en terrasse, au restaurant de Cavaillon où il avait ses habitudes. Une table de dix personnes pour un repas de famille comme il aimait.

Il ne ratait jamais une occasion de réunir les siens. « Je suis très famille », aimait-il dire. Rien qu'en regardant ses enfants, il était souvent pris d'accès de vanité dont, après coup, il n'avait même pas honte.

Souvent, les repas de famille sont l'occasion de se manger les uns les autres. Charly, qui avait en horreur ce cannibalisme-là, maîtrisait l'art de tuer toutes les disputes dans l'œuf. Il lui suffisait de faire les gros yeux.

Ce jour-là, il fêtait les trente ans de Charlotte, sa fille aînée, issue de son premier mariage, avocate à Nice, une jeune femme très entreprenante, toujours pressée, qui avalait ses mots qu'elle ne mâchait pas non plus. Elle était venue avec ses deux enfants et son mari, un cataplasme de la catégorie Saint-Jean-Bouche-d'Or, patron d'une grosse clinique à Cannes.

Pour cet anniversaire, il y avait aussi, bien sûr, la femme de Charly, Christelle, et leur fils Anatole. Sa mère, qui allait plan-plan, avec une lenteur extrême, en prenant appui sur tout, les meubles, les gens, les murs, avec la hantise de s'estramasser par terre : qu'elle ne tombât jamais tenait du miracle. Son fils cadet, Étienne, vingt-six ans, issu de son deuxième mariage, publicitaire à Montpellier et en instance de divorce : bien qu'il fût bel homme, ses problèmes personnels l'avaient transformé, provisoirement sans doute, en refrejoun à la triste figure.

Il y avait, enfin, Martin Beaudinard, invité de dernière minute parce qu'il fallait de toute urgence lui changer les idées. Sa femme Clotilde était en phase terminale à l'hôpital de la Timone. Le cancer avait fait son travail, il ne lui restait plus qu'à passer à l'acte. Une question de jours, peut-être d'heures. Pour être sûr de ne pas rater l'appel, Martin avait posé son portable sur la nappe, à côté du couteau.

Pour les trente ans de Charlotte, l'Immortel avait commandé à Christelle et à la mamet un menu composé des plats préférés de son aînée. Une sardinade accompagnée de panisses, des galettes frites à la farine de pois chiche. Une pastachoute de tagliatelles à la truffe. Des banons crevés qui écoulaient sur le plateau de fromage leurs divines purulences. Enfin, comme gâteau d'anniversaire, une génoise au chocolat et à la glace au miel de lavande, « l'écu du pape », une spécialité de Cavaillon.

Ils mangèrent tous à se crever le bédelet. Sauf Martin qui s'était goinfré de chocolats fourrés avant le déjeuner. Au café, Charly se tourna vers lui et lui demanda sur un ton dégagé :

« Je rêvais ou c'est toi que j'ai vu hier, à l'enterrement du Rascous ?

— Oui, j'y étais. Toi aussi, j'ai ouï dire.

— T'as vu des gens ?

— O Bonne Mère, j'en ai vu. Encore que Gaby mort a quand même moins d'amis qu'au temps de sa gloire, n'est-ce pas ?

— Franchement, je reste étonné qu'il en ait gardé autant. Pour être vraiment apprécié des gens, tu sais, je crois qu'il faudrait mourir tout le temps. »

Il y eut un silence, meublé par le bruit des couverts en action, et l'Immortel reprit :

« Ceux que je plains, ce sont ses nervis. Dans ces cas-là, ils finissent toujours par y passer. Souviens-toi de ce qui est arrivé après la chute des Guérini ou du clan Zampa. Tous calibrés, escanés, zigouillés. Une boucherie, une éradication totale. À propos, je t'ai vu parler, hier, avec le Boumian. Tu le connais, celui-là ? »

Martin Beaudinard répondit du tac au tac, sans se démonter :

« Pardi ! Bien sûr que je le connais. Il travaillait à l'OM, dans le temps. Au service de sécurité. »

Soudain, Charly regarda sa montre et se leva d'un trait :

« Il faut que je file. J'aurais bien passé le reste de la journée avec vous mais j'ai un rendez-vous important.

— Tu pars déjà ? » demanda Christelle de cette voix plaintive qui, dans ces occasions, l'agaçait tant.

Charly embrassa tout le monde et plus particulièrement Martin qu'il serra très fort dans ses bras en lui soufflant à l'oreille :

« Sache que je suis avec toi, vieux frère. Appelle-moi quand tu veux, je serai là. »

En montant sur sa moto, Charly avait le regard plein de marrisson et une larme au coin de l'œil.

48

Soupçons

*« Toutes les femmes sont des hommes
mais tous les hommes
ne sont pas des femmes. »*
Angelus Merindolus

« Coquin de pas Dieu ! Je n'en crois pas mes oreilles. O Marie, tu es sûre de ce que tu avances ? »

Pour marquer son étonnement, Marco avait les sourcils en accent circonflexe et une gerbe de rides sur le front. La commissaire Sastre hocha la tête.

« Ce suicide était un crime, dit-elle.

— Y a plus qu'à faire ce que tu dis. »

Ce jour-là, la commissaire Sastre avait invité à déjeuner chez elle Marco et sa femme avec leurs trois enfants. Ils couraient dans tous les sens, les nistons. On n'aurait pu dire à quoi, au juste, ils jouaient, mais enfin, ils jouaient, le rouge aux joues, en montant et descendant sans arrêt l'escalier de la maison.

À l'apéritif, Marie Sastre avait demandé à la femme de Marco si elle pouvait garder les enfants une partie de l'après-midi, car elle avait quelque chose à faire, avec son mari, après le déjeuner. Une histoire d'une heure ou deux.

Sylvie, la femme de Marco, répondit en rigolant :

« Si c'est pour ce que je pense, c'est un peu long. Sinon, j'aimerais bien savoir de quoi il s'agit… »

Une femme de policier est deux fois plus curieuse qu'une autre. Sylvie l'était davantage encore : c'était une ancienne de la BRB qui avait quitté la police pour élever ses enfants.

« On va aller voir quelqu'un, répondit Marie Sastre.

— Peut-on savoir qui ?

— Le Boumian. Il va nous dire si le Rascous s'est suicidé ou non.

— Mais je croyais que l'enquête était close, dit Marco.

— Tu croyais… Mais ce n'est pas parce que Pothey l'a dit que c'est vrai. »

Le lendemain de la mort du Rascous, le directeur de la police judiciaire avait réuni toute l'équipe de Marie Sastre dans son bureau pour lui tenir à peu près ce discours, sur un ton sans appel : « Je me fiche pas mal de savoir si Gaby Caraccella s'est vraiment suicidé. On ne va pas perdre de temps à faire une enquête sur les circonstances de sa mort parce que ça n'intéresse personne et que ça serait de l'argent perdu. Il est mort, bon. On a maintenant d'autres affaires, autrement plus importantes, à élucider. Le casse du Crédit Lyonnais. La disparition du patron du Port autonome. L'assassinat du maire du VIIᵉ arrondissement. Le braquage du fourgon blindé de la Brink's qui a fait deux morts et dont les coupables courent toujours. Alors, je vous en prie, ne gaspillez pas les deniers publics sur une affaire pourrie.

Un truand a passé l'arme à gauche ? Et alors ? Ça en fait un de moins, bon débarras, on s'en fout, ça ne concerne pas les honnêtes gens, on passe à autre chose. »

Le discours de Jean-Daniel Pothey s'adressait à Marie Sastre. Mais elle ne pouvait rien trouver à redire. Il ne dérogeait pas à une vieille règle non écrite de la police judiciaire qui veut qu'on n'enquête pas, ou peu, sur les morts de truands. L'inspecteur Echinard résumait cette tradition par cette formule : « Que fait-on après l'assassinat d'un voyou ? On enterre le cadavre et l'affaire avec. »

Le directeur de la police judiciaire, qui suspectait Marie Sastre de vouloir enquêter sur le prétendu suicide du Rascous, avait donc mis en garde sa brigade contre un éventuel manquement à la règle. La commissaire l'avait, bien sûr, enfreinte en rendant visite à Me Blès. L'avocat de Gaby Caraccella disait en ville que son client avait été assassiné. Il parlait d'une conjuration où aurait trempé le Boumian.

Me Blès avait confirmé à Marie Sastre qu'il ne croyait pas à la thèse du suicide. Depuis son arrestation, le Rascous n'était plus que l'ombre de lui-même. Une pauvre fangoule. Avec ça, hypocondriaque et toujours à se tourner les sangs. Il ne songeait qu'à sortir de prison et, pour ce faire, semblait prêt à tout, y compris à se dénoncer lui-même.

C'était le Boumian qui avait choisi Max Piéri comme compagnon de cellule pour le Rascous. Il avait donc signé son crime. Me Blès indiqua à la commissaire que Pascal Vasetto était sur la même ligne et qu'il comptait demander des explications à l'ex-bras droit de son demi-frère. Quel genre d'explication ?

« Pour vous répondre, dit l'avocat dans son style ampoulé, il eût fallu que je le susse. »

Marie Sastre rit :

« J'eusse aimé que vous le sussiez. »

Après ça, il était urgent d'avoir une discussion avec le Boumian. Surtout, avant que Pascal Vasetto ne lui rende visite. Comme le personnage ne lui inspirait pas confiance, la commissaire Sastre avait pensé qu'il était plus raisonnable d'aller le voir à deux, avec Marco.

Ils ne sortirent de table qu'à 4 heures et quelques. Marco et sa famille étaient arrivés très en retard, selon leur habitude. Le four était tombé en panne. Il fallut faire cuire le poulet à la casserole. Il avait brûlé et ça s'était terminé par le plat préféré d'Alexis : des pâtes au thon. Un estrangle-belle-mère.

À cœur vaillant, rien d'impossible. À ventre plein, mêmement. En allant retrouver le Boumian aux Goudes, Marie et Marco avaient la panse si remplie qu'ils se sentaient invincibles.

49

La cérémonie des adieux

*« La vie est un refrain dont on finit,
un jour, par perdre le fil. »*
Jehan Dieu de la Viguerie

Le soleil d'hiver avait passé la journée à réchauffer le monde, rappelant à la vie les odeurs de la mer. Charly respira très fort en essayant de distinguer chacune. Celle des poissons échoués sur la rive. Celle des coquillages que le roulis a jetés. Celle de l'humus des fonds marins que ramenaient les vagues, dans un bruit de trot.

Après quoi, Charly se dirigea d'un pas assuré vers la maison du Boumian, sur le port des Goudes. Arrivé à la porte, il sonna et attendit.

Le Boumian mit du temps à ouvrir. Quand il vit Charly, il se maîtrisa assez pour n'avoir ni expression de surprise ni mouvement de recul. Il le calcula un moment sans rien dire, puis :

« Que voulez-vous ?

Il le vouvoyait pour lui montrer qu'il le respectait.

« Parler, répondit Charly.

— Entrez. »

Il invita Charly à s'asseoir dans le salon avant de demander :

« Que puis-je pour vous ?

— Je veux que vous m'éclairiez sur ce qui s'est passé le fameux soir de mon accident.

— Toujours cette histoire ! C'est une obsession, ma parole. Il faudrait penser à tourner la page.

— Je veux savoir. Vous êtes le dernier à pouvoir me dire.

— Ça, je ne crois pas.

— Ah ! bon, y en a un autre ?

— Voui et ça pourrait vous surprendre...

— Qui ?

— Si je vous dis son nom, vous allez me calibrer après, c'est ça, votre scénario ? »

Charly haussa les épaules.

« Je suis meilleur que vous croyez. Meilleur et pire.

— Je ne vois pas quel est mon intérêt de vous le balancer.

— Je ne comprends absolument rien de rien à tout ce qui m'est arrivé. Si vous me dites la vérité, je prends l'engagement de vous laisser tranquille, je vous le jure.

— Ce sont les menteurs qui jurent, objecta le Boumian. Surtout sur la tête de leurs enfants.

— Eh bien, je ne vous le jure pas, je vous le promets, si ça peut vous rassurer.

— Même si ça vous fait mal ?

— Même.

— Bon, ce sera long. Voulez-vous un café ou un pastis ?

— Un café, si ça ne vous dérange pas. »

Le Boumian se leva et partit balalin-balalan dans la cuisine. Avant de faire le café, il prit un petit revolver de femme dans un tiroir, derrière le sucre et la farine. Un Deringer pour femme qui passait pratiquement inaperçu dans la poche.

Quand l'eau de la machine à café commença à couler, le Boumian revint, l'air tout aussi nonchalant, et demanda :

« Par qui ou par quoi voulez-vous que je commence, collègue ?

— Mickey.

— Je sais qu'il a morflé, le pauvre. Mais ce n'est pas moi, j'y suis pour rien. C'est Telaa et Vasetto. Vasetto, surtout. Quand je tue, moi, je tue propre. Renseignez-vous, c'est connu.

— L'enlèvement d'Anatole ?

— C'est moi mais j'ai laissé le petitou s'enfuir.

— Je sais. Il m'a dit. Et Pat ?

— Pat, c'est un collègue, pour me tirer d'affaire. Je suis désolé mais on n'avait pas trop le choix : c'est elle qui est venue me chercher garouille chez moi, dans ma chambre, avant de me droguer. Des choses comme ça, on ne peut pas laisser passer, vous savez bien. C'est une question de respect. En tout cas, on a fait ça vite, nickel chrome. Y a pas eu de préambule, pas de torture non plus. »

Il y eut un silence pendant lequel Charly semblait se ramentevoir les beaux jours passés avec Pat, dans les calanques. Il lui passait des nuages dans la tête.

« Une chic fille, dit Charly. Je l'aimais tant... Et qui est l'inconnu du guet-apens d'Avignon, le dernier compte qu'il me reste à régler ?

— J'ai beaucoup de choses à raconter avant. »

Charly fronça les sourcils et se gratta la gorge, puis :

« Puisque vous voulez qu'on parle d'autre chose, je voudrais savoir qui a tué les gens de la liste que je voulais calibrer moi-même, c'est-à-dire Fontarosa et Telaa.

— C'est l'inconnu dont vous parlez et que je vous dirai quand j'aurai tout fini, si j'ai confiance en vous.

— Vous me jurez que ça n'est pas vous qui les avez fumés, ces deux-là ?

— Non, je ne les ai pas tués, même si ça n'est pas l'envie qui m'en manquait, Bonne Mère.

— Est-ce vous qui avez pris mes armes dans ma cache à côté de mon cabanon, dans les calanques ?

— Je ne sais pas de quoi vous parlez.

— Des armes dans une petite grotte, là où vous m'aviez logé, ça ne vous dit rien ?

— Rien.

— Allez, vaï, réfléchissez bien.

— C'est tout réfléchi. »

Le Boumian se leva tout d'un coup :

« Je vais voir si le café est prêt. »

Après avoir disparu dans la cuisine, le Boumian dit en élevant un peu la voix, au milieu d'un bruit de vaisselle, parce qu'il mettait les tasses à café sur un plateau :

« S'il y a quelque chose qui m'a frappé tout au long de cette affaire, excusez ma franchise, c'est que vous avez été trop naïf et même un peu counas.

— Je confirme, collègue. J'ai toujours eu l'esprit d'escalier.

— Pour moi, c'est du couillonisme, voilà ce que c'est.

— Pas vraiment, objecta Charly. Je laisse venir les choses. Je crois à la main de Dieu.

— C'est quoi, la main de Dieu ?

— La vengeance. »

Ce mot jeta un froid. Quelques secondes s'écoulè-rent, puis Charly reprit, en feuilletant un magazine de voile qui traînait sur la table basse :

« Un jour, j'ai entendu un curé citer, dans un ser-mon, une phrase de saint Paul : "Ne vous vengez pas vous-même, mais laissez agir la colère de Dieu." C'est ce que je fais, voyez-vous. Mais quand cette colère tarde à venir, je supplée. À part l'amour, je ne connais pas de chose plus délectable, dans la vie, que la ven-geance. C'est un grand bonheur, je vous assure. On a des palpitations, les trois sueurs, des excitations dans les bras, comme au commencement de la pas-sion. Qui n'a pas éprouvé ces sensations ne sait rien des plaisirs de ce monde. »

Quand il releva les yeux, le Boumian était dans l'embrasure de la porte de la cuisine, un revolver dans la main, du fil électrique dans l'autre.

« Je suis venu en ami et sans arme, protesta l'Immortel. Qu'est-ce que vous faites ?

— Je me protège parce que j'ai compris ce qui m'attend, après ce que vous venez de dire.

— Détrompez-vous. Parfois, je pardonne.

— Je ne vous crois pas. C'est ce qui vous a sauvé et fait tenir, ce besoin de vengeance.

— Je suis juste très attaché à la justice, approuva Charly, mais je ne connais pas, c'est vrai, de justice plus efficace et finalement plus juste que la ven-geance. Elle ne se trompe jamais de porte, elle. »

Le Boumian fit quelques pas, puis :

« Maintenant, vous allez faire tout ce que je vous dis. D'abord, vous vous agenouillerez, les mains der-rière le dos... »

Sans doute avait-il prévu de le ligoter pour le tuer ailleurs. Il eût été plus simple de le dessouder là, dans son salon, mais ç'aurait été risqué et, de surcroît, salissant. Un coup de feu ne pouvait passer inaperçu, aux Goudes. Surtout un jour comme ça, sans vent. En plus, le Boumian, qui ne souffrait pas le désordre, n'avait pas envie d'ensanglanter son parquet, ses murs, ses canapés. Même en lavant tout à grande eau, il aurait, enfin, mâché le travail de la police en lui permettant de trouver, si elle le désirait, l'ADN de l'Immortel. Sept litres de sang, puisque c'est ce qui coule en chacun de nous, ça ne s'efface pas d'un coup de frotasse.

De toutes les méthodes, le Boumian préférait le revolver. C'était net et rapide, comme au cinéma. Certes, il aurait pu étrangler l'Immortel, l'étouffer sous un oreiller ou le noyer dans la baignoire. Mais bon, c'eût été long et pénible. Or il n'aimait pas faire souffrir. Il sentait qu'il n'aurait en tout cas pas ce courage aujourd'hui. Il était trop fatigué. Il suffirait de le tuer demain. À moins d'appeler le Borgne qui expédierait vite fait la chose. Après tout, c'était peut-être la meilleure solution.

Alors que ces pensées couraient dans sa tête, il se penchait sur Charly pour lui ligoter les mains avec son fil électrique quand l'autre, se retournant et se redressant d'un même mouvement, lui donna un coup de boule qui l'envoya dinguer par terre.

Le Boumian avait sous-estimé l'Immortel. Il n'aurait pu imaginer qu'il y avait tant de force dans cette vieille carcasse déglinguée avec un bras HS et une jambe qui boitait.

De sa main valide, l'Immortel tordit le poignet du Boumian qui laissa tomber son calibre avant de se jeter sur lui en poussant des hulées de l'autre monde. Il était maintenant ventre contre ventre sur Charly dans la position du missionnaire, les deux mains prêtes à l'étrangler, quand une affreuse grimace apparut, soudain, sur son visage.

Impossible de savoir ce qu'elle exprimait au juste. Un mélange de surprise, de douleur et d'indignation. L'Immortel le repoussa et le Boumian roula à côté de lui, la bouche ouverte mais silencieuse, les deux mains sur le ventre.

« Ce n'est pas ma faute, dit Charly, si tu t'es jeté sur mon couteau à cran d'arrêt. »

Sur quoi, L'Immortel se releva, puis examina son blouson avec mauvaise humeur :

« Tu m'as sali, avec tes bêtises. »

Il donna un coup de pied dans le Deringer qui partit à l'autre bout de la pièce, et alla dans la cuisine rincer son blouson dans l'évier, prenant bien soin d'effacer, ensuite, ses empreintes sur la poignée du robinet. Quand il revint, le Boumian était toujours à la même place. Le calibre aussi.

« Rassure-toi, dit Charly, je ne vais pas te finir, mais appeler le SAMU. Où est ton portable ? »

Le Boumian fit un signe des yeux. Le portable était sur un guéridon derrière lui. Après avoir appelé la police-secours, Charly laissa tomber avec un air attristé :

« J'espère que tu pourras tenir d'ici l'arrivée du SAMU. Excuse-moi si je garde ton portable et t'emprunte le magazine que j'ai feuilleté tout à l'heure, tu peux comprendre ça, hé, je ne veux pas laisser de traces de doigts. Je dois aussi reprendre mon couteau. Désolé, ça va te faire un peu mal, mais je ne peux pas le laisser là, sur toi, avec mes empreintes dessus. »

Le Boumian poussa un gémissement d'enfant quand l'Immortel retira la lame de son ventre avant de refermer le couteau et de le fourrer, tout sanguinolent, dans la poche de son blouson. Il retourna se rincer les mains dans l'évier, puis revint en disant :

« Tu n'as plus rien à me dire ? »

Le Boumian secoua la tête avec un rictus de souffrance.

« Tu ne peux pas me donner le nom qui me manque, maintenant ? », insista l'Immortel.

Le Boumian secoua de nouveau la tête, mais en poussant, cette fois, une sorte de glapissement.

« Bon, eh bien, zou, je file. »

Charly ouvrit la porte avec son coude, toujours pour ne pas laisser d'empreintes, et cria, avant de la refermer :

« Bonne chance, collègue ! »

Quand il sortit de la maison du Boumian, Marie et Marco venaient juste de descendre de voiture. Il les vit. Apparemment, eux non. Ils avaient à peine avancé qu'il avait déjà enfilé son casque et fait démarrer sa moto.

Avant de retourner à Cavaillon, l'Immortel s'arrêta à l'hôpital de la Timone pour y saluer Clotilde. Il posa sa main sur la sienne et lui demanda pardon pour tout. Elle ne répondit rien.

Même si elle vivait encore un peu, elle avait déjà une splendide tête de morte. Elle entrait dans la mort comme d'autres entrent dans la vie : avec un mélange d'assurance et de félicité.

Après quoi, il décida d'aller brûler un cierge pour Clotilde dans la crypte de Notre-Dame de la Garde.

Un très grand cierge. En sortant, il resta un long moment, sur la colline, à regarder Marseille se mirer dans le ciel qu'elle aveuglait de sa vertigineuse blancheur.

C'est là que Charly fit la connaissance d'un chat gris qui l'adopta tout de suite. Il avait trop faim.

Il ferait la paire avec le chien.

50

Les grands vers du nez

*« On n'allume pas une lampe
pour la mettre sous le boisseau. »*
Évangile selon saint Luc

C'était, quelques mois plus tard à Cassis, ce fameux jour de cagnard absolu où l'Immortel avait encore annoncé à Martin Beaudinard son intention de se retirer des affaires, résolution à peine formulée, sitôt abandonnée.

Martin s'était déshabillé et ils étaient tous les deux allongés en maillots de bain sur le pont du *Forban*, le nouveau bateau de Charly, à écouter danser et clapoter les eaux du port. Il n'y avait rien d'autre à faire, par un temps pareil. Inutile de fuir la chaleur. Elle vous suivait partout, même à l'ombre. Il ne restait plus qu'à s'abandonner à elle.

Tout d'un coup, Charly demanda, d'une voix inhabituelle, que faisait trembler l'émotion :

« Il faudra que tu m'expliques un jour ce que tu faisais avec le Rascous, dans le parking d'Avignon, le jour de mon "accident".

— Pardon ? bredouilla l'autre au bout d'un moment.

— Tu as bien entendu, cousin. »

Il y eut un long silence, plein d'inquiétude.

« Je ne comprends pas bien ce que tu veux dire, souffla Martin.

— C'est tout simple : tu étais l'un des huit qui m'ont tiré dessus. »

La voix de Charly s'étrangla, puis :

« Pourquoi, dis ? »

Un nouveau silence, de mort cette fois, puis Martin Beaudinard murmura :

« Je ne t'ai pas calibré, Charly. Tu as noté que l'un des huit avait tiré toutes ses balles à côté. La police a même laissé filtrer ça dans les journaux. Et, comme tu sais, je ne suis pas un mauvais tireur. En tout cas, à la chasse. Eh bien, ce type-là, c'était moi.

— Mais qu'est-ce que tu faisais là, Martin ?

— Le Rascous m'a pratiquement emmené de force. Il est entré dans mon bureau alors que j'étais en rendez-vous et il m'a dit : "Viens."

— Et tu es venu ?

— Écoute, vous n'étiez pas encore en guerre tous les deux. Je ne savais pas ce qu'il mijotait et il était si insistant. En plus de ça, ce n'était pas le genre de type à qui on disait non. Surtout quand il avait la mort dans les yeux. C'était un jour comme ça. Et tu sais bien que mon cabinet travaillait aussi pour lui. C'était un client qui payait bien, je gagnais sa confiance, il me donnait de plus en plus de boulot, je n'avais pas le choix.

— Quand as-tu su que c'était moi, celui que vous alliez dessouder ?

— Quand je t'ai vu dans le parking, pas avant. Il s'est bien gardé de me le dire, tu penses bien ! Évidemment, j'ai tout de suite compris qu'il s'agissait d'une exécution. Ses hommes et lui étaient armés jusqu'aux dents, dans les deux voitures. C'est pourquoi j'ai essayé de me défiler. Je lui ai expliqué que je n'avais jamais participé à des expéditions de ce genre mais il m'a répondu que c'était trop tard et que je ne pouvais plus reculer, avant de me mettre un 357 Magnum dans les mains. À aucun moment, vu vos rapports à l'époque, je n'ai pensé que tu pouvais être la cible.

— Qu'as-tu fait quand tu m'as vu ?

— Rien. Je ne pouvais rien faire, hélas, mais je ne t'ai pas tiré dessus.

— C'était bien le moins, cousin.

— Après ça, j'ai décidé de lui faire payer tout ça, au Rascous. J'ai compris qu'il m'avait fait participer à ce guet-apens pour me tenir. Il y a quelque temps encore, il faisait mon siège pour que je lui file ta comptabilité et je le soupçonne d'avoir organisé le vol dans mes bureaux pour la trouver. J'ai résisté, bien sûr, et je me suis vengé.

— Ne me dis pas que tu as tué, pour me venger, plusieurs de ses nervis que je comptais fumer moi-même, je ne te croirai pas.

— Non, c'est vrai, Charly, je les ai tués pour qu'ils ne parlent pas, car ils m'avaient vu au parking, les bordillasses. Quoi que tu penses, je me suis quand même vengé du Rascous.

— Comment ?

— En retournant le Boumian. Je l'avais connu à l'OM, comme je t'ai déjà dit. Un type très sérieux et très efficace. Un ronflon aussi, qui avait besoin de reconnaissance. Le Rascous le traitait très mal. Je l'ai flatté, j'ai fait appel à ses bons sentiments et je lui ai proposé de monter une petite affaire avec moi. Disons que je l'ai intrumentalisé.

— Il m'a tiré dessus à plusieurs reprises.

— Au parking, oui. Mais après, quand je l'ai retourné, il a veillé à ne jamais te toucher. Je suis étonné que tu ne t'en sois pas rendu compte. Je crois que tu n'aurais pas dû le tuer, tu sais.

— Mais il voulait me tuer, Martin !

— C'était un type qu'il ne fallait pas énerver. Tu l'as mal pris, j'en suis sûr. Son fond était bon mais il avait, pour un rien, des rats dans la tête. Y a autre chose que je n'aimais pas, chez lui. Il balançait à la police.

— Comme le Rascous.

— Mais pas dans les mêmes étages, je crois. »

Il y eut un silence. C'était leur langue préférée. Au moins, il ne ment pas, lui.

« C'est le Boumian qui a monté l'assassinat du Rascous aux Baumettes, reprit Martin.

— Je le subodorais. Pour ça, il mérite bien de la patrie. Dommage quand même. J'aurais préféré tuer le Rascous de mes propres mains ».

L'Immortel suivait les arabesques d'une mouette qui nageait dans l'eau bleue et bouillante du ciel de Cassis. Il se crut cette mouette un moment avant de redescendre sur terre :

« Pourquoi as-tu essayé de me faire accuser des assassinats que tu as commis toi-même en utilisant, par exemple, un silencieux comme moi ?

— C'est le Boumian qui m'a conseillé le silencieux, pour la discrétion. Y avait pas d'autre raison.

— Allons, Martin, tu as quand même bien tenté de m'estanquer quand, pour tuer Telaa, tu as utilisé une de mes armes avec mes empreintes dessus ?

— Non, je ne voulais pas te planter. Je faisais disparaître mon arme après chaque crime, comme le Boumian m'avait dit de le faire. Mais après avoir tué Telaa, j'ai paniqué, à cause de sa femme qui avait une crise d'hystérie. Je ne savais plus ce que je faisais. Une cagade de calibreur amateur. Je ne suis pas professionnel comme toi, cousin. »

L'Immortel repartit dans le ciel. Un grand ciel qui embrassait la terre de plus en plus fort. C'était bien un peu mais on en avait assez, à la fin. Trop d'amour tue l'amour.

« Une dernière chose, dit l'Immortel. Je voudrais savoir pourquoi tu ne m'as rien dit.

— Parce que j'avais trop honte et que je voulais régler tout ça moi-même.

— C'était ton erreur. »

Martin Beaudinard avait de la chance d'être allongé. Il ne pouvait pas voir, à cet instant, le regard glaçant de Charly Garlaban.

Épilogue

Malgré le petit malaise qui persista entre Charly et Martin, leur amitié survécut à cette histoire dont ils ne parlèrent plus jamais. On ne se trompe que si on n'arrive pas à surmonter la vérité. L'Immortel avait toujours su. C'était sa force.

Les semaines suivantes, la main de Dieu ne chôma pas. Baptistin Gargani, le scoliotique que l'on disait bossu et qui était l'un des hommes de main de Pascal Vasetto, fut fauché par un tir de pistolet-mitrailleur, alors qu'il rentrait chez lui.

Pascal Vasetto lui-même finit par disparaître, après avoir échappé à plusieurs tentatives de meurtres. On retrouva son corps ou plutôt les morceaux qui en restaient dans une forêt du Lubéron, au milieu d'une clairière où la société locale de chasse donnait aux sangliers leur content de maïs.

Les bêtes avaient débité la carcasse, notamment l'échine, les jambons, les épaules et les tripes, comme des professionnels de la charcuterie.

La rumeur disait que c'était l'Immortel qui, après l'avoir assommé, avait donné Pascal Vasetto à manger aux cochons. Il démentait avec énergie, expliquant qu'on lui prêtait plus qu'il ne pouvait livrer et rien ne permettait de douter de sa parole. En attendant, Mickey, son ancien bras droit, avait été vengé.

Depuis, Charly a repris sa vie d'antan. On le croise aussi bien à l'opéra que dans les réunions de boxe ou sur les champs de course. Dans les restaurants étoilés qu'il fréquente, il offre toujours des bouteilles de champagne à la ronde dès lors qu'il connaît les gens ou sympathise avec eux.

Officiellement, ce n'est qu'un petit attaché de presse à la retraite. Mais c'est l'une des gloires de Marseille. L'incarnation vivante du talion. La résurrection faite homme. C'est aussi le juge de paix du Milieu. Intouchable, parce qu'il bénéficie de la haute protection d'Aurélio Ramolino dit le Finisseur qui, depuis la mort du Rascous, est devenu le maître de la ville.

Aurélio Ramolino a disparu de la circulation. On ne sait plus où il habite. À Marseille, on ne parle de lui que sur le mode allusif, avec un mélange de respect et de crainte, en évitant de prononcer son nom parce qu'il paraît qu'il déteste ça.

Pour le reste, chacun suit son destin. Les fourmis, les cigales, les rascasses et puis tous les autres, sans savoir où ils vont mais en continuant d'avancer, poussés par l'urgence, les ennemis et les générations suivantes. Après avoir été mis en examen pour une affaire d'emploi fictif, le Commandeur a dû quitter le gouvernement où il a été remplacé par Eugène Carreda, l'étoile montante de la Provence. Pour ses services rendus dans la lutte contre la pègre marseillaise, Jean-Daniel Pothey a été promu préfet du Nord. À sa sortie de prison, le Pistachier a refait sa vie à Paris où il est devenu producteur de cinéma. Marie Sastre est toujours commissaire et Charly Garlaban, toujours vaguement amoureux d'elle.

Mais il a décidé qu'il était trop tard pour le lui dire. On sait comment vivre quand on est bon à mourir et l'Immortel a fini par apprendre, après tant d'années, que le bonheur, comme l'amour, n'est jamais que dans l'instant : c'est de l'eau qui fuit dès qu'on croit la tenir entre ses mains.

Il avisera, la prochaine fois, dans une autre vie, s'il meurt un jour, ce qui reste à prouver.

Remerciements

Je tiens à remercier mon ami René Fregni qui, le premier, m'a raconté certains faits dont je me suis inspiré en toute infidélité, pour écrire ce roman.

Il me faut, bien sûr, remercier les policiers, les voyous et les truands de Marseille qui m'ont fait confiance en répondant à mes questions. C'est grâce à tout ce qu'ils m'ont appris que j'ai pu, ensuite, laisser libre cours à mon imagination.

Je dois dire aussi ma gratitude à mon ami René Coppano, l'ancien commandant fonctionnel de la BRB de Marseille, et à Alice d'Andigné pour toute l'aide qu'ils m'ont apportée.

Je veux enfin rendre hommage à Marseille qui, de la première à la dernière ligne, m'a tenu la main et la plume.

Table

8565

Composition Nord Compo
Achevé d'imprimer en France (Malesherbes)
par Maury-Imprimeur le 22 février 2010.
Dépôt légal février 2010. EAN 9782290007310
1er dépôt légal dans la collection : janvier 2008

Éditions J'ai lu
87, quai Panhard-et-Levassor, 75013 Paris
Diffusion France et étranger : Flammarion